José Sebastião Witter

Memorial de Mogi das Cruzes

Ateliê Editorial

Copyright © 2002 by José Sebastião Witter

ISBN 85-7480-101-1

ATELIÊ EDITORIAL
Rua Manoel Pereira Leite, 15
06709-280–Granja Viana–Cotia–São Paulo–S P–Brasil
Telefax: (0xx11) 4612-9666
e-mail atelie_editorial@uol.com.br
www.atelie.com.br
2002

Printed in Brazil
Foi feito depósito legal

Este livro, editado pelas mãos de Plinio Martins Filho, é dedicado, em primeiro lugar, a todos os mogianos e mogianas, que me ajudaram a fazê-lo. É também oferecido à minha família nuclear (Geraldina, Telma, Erick, Carla, Fernanda, Nicole, Michele e Daniel), pois nomear todos os membros que a compõem seria impossível. Todos são brindados, neste momento.

Sumário

Peregrinando – Paulo Bomfim	13
Introdução – José Sebastião Witter	15

Eu

Calhaus & Burgaus	19
Nós, os Envelhecidos	22
Nostalgia, Talvez	25
As Normalistas	28
"A Inesquecível Confraria do Ettore"	30
Confraria do Ettore	33
"Cinema Paradiso"	36
Lady	38
"Quem Quiser Fazer por Mim	40
A Nova Desigualdade	42
Guararema	44
Guararema II	46
Guararema III	48
Portos Felizes	50
Sessões Solenes	52
Isso é pra Cachorrinha?	54
O Último Boêmio!	56
A Banca da Estação	59
As Secretárias	61
Nos Tempos do Tiro	63
Escolas Normais	66
Uma Coluna que é uma Festa	68
Crônica das "Crônicas"	70
Só se Liberta quem Muda a Direção do Olhar	72
O Beco do Inferno	74
Saudade	76

Guararema – Mais uma Vez 78
Calouros de 1958 80
Mogi, seus Arquivos e Museus. Suas Histórias 82
Preciosidade 84
Panathlon e Jubileu 86
Futebol + Fotografia = Arte 88
Sinal dos Tempos 90
Outubros 92
Relembrança 95
A Festa das Luzes 98
Cá Estamos 100
Cerimônias e Rituais 103
Que Saudade da Professorinha! 106
A Festa do Divino 109
No Berro 111
Shazam 114
Dia da Banda 117

GENTE

Dom José 121
Tenente Simões 124
Obdulio Varela 127
Crônicas de Ivan Mazzini 130
Sebastião Hardt 133
Pietro Maria Bardi – Um Vero Professor 135
Bandeirantes – Gente 137
Baltazar – O Cabecinha de Ouro 139
O "Lobo Mau" 141
Dona Carmen 143
José Reis 145
Intervalo – Francisco Ornellas 148
Walter George Durst 150
José Mindlin 152
Eurípedes Simões de Paula 154
O Papa Peregrino e o Herói Cubano 156
Odilon Nogueira de Matos 158
Orlando Signorini 160
UMC – A Realização de um Sonho 162
O Rei da Voz 164

O João "Barbeiro" 166
Décio de Almeida Prado 168
Odilon – 82 170
Isaac Grinberg 173
Mário Covas 175
Léa Brígida e as Ferrovias 177
Sex...agenário 179
Chico e Sérgio Buarque de Holanda 181
Anita Novinsky 184
Um "Pulo do Gato" com Gente da Bandeirantes 186
"Seu" Álvaro 189
Ivan Borgo 191
Fiori Giglioti 193
O Professor e Mestre Montoro 195
Aos Mestres com Muito Carinho 197
Reencontros 200
O Milionésimo Gol 203
Dona Júlia 206
Tia Júlia 209
Dona Guiomar 211
Ary Silva 213
Adeus José 215
Raul Castrezana 218
Aquele Menino 220
Alfredo Bosi 222

Espaços e Coisas

A Matraca 227
Aumc 229
Futebol – O Presente e as Lembranças 232
Escravidão 235
Cartolas e Treinadores 238
As Festas Joaninas 241
Resgatar é Preciso 244
A Serra do Itapeti e Mogi 247
Violência, Violências 250
Mogi das Cruzes 252
A Igreja do Carmo 255

O Arquivo do Estado 257
Diário de Viagem I 259
Diário de Viagem II 261
Teotihuacan 263
Ano Novo... Vida Nova? 265
A Serra do Itapeti 267
Mogi das Cruzes... Século XXI 269
São Sebastião 271
Oscar, Mogi e Fernanda 273
Amparo, Mogi, Santa Maria 275
Patrimônio Cultural e Histórico 278
Casarão e Patrimônio 281
Socorro 284
Itu – Um Exemplo 286

Fonte 289

Peregrinando

Paulo Bomfim

Tenho com Mogi das Cruzes uma ligação de raízes oriundas de Brás Cubas. Quatrocentos e muitos anos de amor à urbe irmã de Santos e do Convento do Carmo em São Paulo; todos nascidos da gesta do fundador da primeira Santa Casa de Misericórdia do Brasil.

Há tempo venho convivendo com Mogi por meio de seu antigo prefeito Sebastião Cascardo, do saudoso Isaac Grinberg, do desembargador Nelson Pinheiro Franco, do cientista Crodowaldo Pavan e de José Sebastião Witter, meus irmãos em nostalgia bandeirante e evocadores da alma de seu burgo quinhentista.

José Sebastião Witter, que dinamizou com o coração mogiano as tradições do Museu do Ipiranga, reúne neste volume crônicas inspiradas em fatos e fastos da terra que tanto ama.

Caminhando pelas páginas deste livro, empreendemos um peregrinar por igrejas e ruas de outrora convivendo com personagens e tradições da metrópole sertanista. Partindo do chão da infância, o autor dialoga com problemas de nossa realidade e desafios do vasto mundo. Traz para os temas abordados a intuição do poeta, a argúcia do pesquisador, a precisão do retratista e o encantamento de enamorado das perspectivas de outrora e de veredas vindouras.

Com que orgulho um remoto descendente de Brás Cubas saúda o canto de ternura que seu amigo José Sebastião Witter oferece à bem-amada Sant'Ana das Cruzes de Boygi!

Introdução

Estas crônicas que, reunidas, recebem o nome de *Memorial de Mogi das Cruzes*— e passam a ser um livro— são a soma de muitos anos do escrever de um professor que pensa ser também cronista. Esta reunião de textos escritos com ou sem cuidado, com muita ou pouca inspiração, só pode acontecer porque passaram pela minha vida dois jornalistas sensíveis e generosos: Tirreno Da San Biaggio e Francisco Omellas. Ambos, faz muito tempo, abriram-me as páginas de *O Diário* para que eu fizesse e refizesse comentários, que, julgo, podem ser considerados crônicas. Os tempos de convivência com a redação do jornal, aqui e ali com dificuldades de ordem pessoal e coletiva, foram me apresentando muita gente que, cada um à sua maneira, ajudou-me a chegar até aqui. Seria justo que eu enumerasse todos, porém, muitos ainda estão batalhando, outros não, e seria muito complicado esquecer muitos deles. Para não cometer injustiças vou me lembrar de alguns nomes com os quais mais convivo, e espero que neles se sintam representados todos os funcionários de *O Diário*, estejam eles à frente das reportagens e da redação, estejam nas retaguardas – desde as oficinas até o atendimento ao público. Ressalto as figuras de Darwin Valente, Célia, Edinho, Carla, Lenina, Eliane, Tiago e Anderson, que me acompanharam desde sempre e me aturam no dia-a-dia.

Outros e, não são poucos, ajudaram-me a prosseguir na tarefa de falar sobre a nossa Mogi das Cruzes. Por razões muito minhas, enumero algumas pessoas: Ari Silva, Veiga, Ricardo Strazzi, Milton Peixoto de Moraes, Mário Kauffmann, Walter Gomes Amorim, Sebastião Hardt, Antônio Guimarães – o Lobo Mau – e Ângelo Nanni. É claro que muitas outras merecem estar aqui, como Hugo Ramos, Antônio Mármora Filho – o maestro Niquinho –, Miguel Nagib, Horácio da Silveira, Jurandyr Ferraz de Campos, Alberto Borges dos Santos, Milton Alves – Chiba –, Miled Cury Andere, Arnaldo Martins Silva... e assim vai. Mas cabem mais três nomes, Benedicto Alves dos Anjos, Fábio Arouche Alves e Nabor Arouche Alves. Figuras novas em minha vida são Regina Coeli Bezerra de Melo Nassri e Luís Fernando Giazzi Nassri.

Creio que eram necessárias estas anotações num livro que conta muito de minha história convivendo com Mogi das Cruzes. Se nomes de pessoas foram citados, cabe ressaltar o papel da Universidade de Mogi das Cruzes, que, ao me acolher em seu seio, trouxe-me de volta à nossa cidade e tem permitido e apoiado os meus vôos literários, em especial o chanceler Professor Manuel Bezerra de Melo. Isaac Roitman, o atual reitor, também foi um apoio constante.

Finalmente, sem nomes a ressaltar, vale o registro de todos os membros do CCH – Centro de Ciências Humanas da UMC, desde os coordenadores, assessores diretos, professores, auxiliares de vários níveis, porque, ao apoiarem o "chefe", permitiram que ele pensasse em outras coisas além da dura tarefa de administrar.

Calhaus & Burgaus

Convidado a escrever uma coluna para *O Diário,* de Mogi, aceitei por total irresponsabilidade. Até quando? Quantos fatores interferem para que uma aventura como essa possa ser de boa duração? São muitos a determinar ou a permitir a continuidade de uma tarefa, que é específica do jornalista. Outra é a forma de ser de um professor de história que busca sempre um documento para comprovar aquilo de que ninguém tem dúvida. Acho que qualquer coluna que tenha certa prioridade precisa ser identificada por uma marca, e, assim, encontrei um nome para esta, inspirado em um livro do professor Jair Rocha Batalha, escrito em 1958: *Calhaus e Burgaus.*

Por que este batismo? Pelo significado das palavras, que traduzem, de certa forma, o que esta coluna será. Burgau é igual a cascalho; calhau é igual a um fragmento de rocha dura: seixo; pedra solta. Os dicionários dizem que calhau e burgau são praticamente sinônimos. Calhau, no entanto, é, "na gíria jornalística, artigo ou tópico de pouco interesse que se põe de lado, reservando-o para ocasião em que falta melhor matéria" ou "pequeno texto, clichê etc., aproveitado para preencher claros na paginação de jornais ou revista". Assim entendida, esta coluna poderá até ser interessante: o que não pode é desejar que ela seja indispensável.

Calhaus & Burgaus surge com a idéia de que poderá tratar de temas e pessoas que ficaram esquecidos no decorrer do tempo apressado em que vivemos. Sempre faltam minutos na hora e sempre faltam horas no dia, dias no mês e meses no ano... Cada um de nós está sempre atrasado ou com uma nova reunião a realizar. Não podemos mais viver o tempo do homem. A urgência está em viver o tempo da máquina, e usar a linguagem do último *software*. Quem escreve lentamente com a máquina de datilografar não pode mais competir com quem usa o "último programa *Windows*". Pois aí está a diferença desta coluna – que até usa o computador – mas que se manterá no ritmo da Olivetti "STUDIO 46". Estou convencido de que a sociedade que vive nessa "aldeia global" precisa se repensar com certa urgência e se perguntar sobre o porquê de tanta pressa.

Uma pergunta ingênua como essa deve fazer morrer de rir os executivos que falam de seus celulares enquanto dirigem seus carros importados no meio do trânsito, ou caminham pelas avenidas conturbadas da capital ou de cidades do interior. Até mesmo aqueles analistas de sistema que buscam num sofisticado computador chegar com sua última invenção até algum correspondente na Ásia ou Noruega, atingindo-o em menos de um segundo via Internet. Certamente serei, para todos os comunicadores atuais (dos jornalistas aos cientistas), alguém que vive em outra galáxia ou que hibernou no começo do século XX e agora é despertado para a vida real, a lembrar certos filmes de ficção. Aliás, para muitos de nós está ficando difícil saber onde pára a ficção e começa a realidade e vice-versa... Ambas, vistas de diferentes ângulos, são preocupantes e sugerem que pensemos no que estamos querendo e projetando para o futuro do planeta. Tudo é feito com precisão e rapidez, até que uma "queda na rede" tire o sistema do ar ou uma interrupção brusca de energia elétrica leve para "não sei onde" um projeto que estava na memória do computador. Há dados armazenados que, por incompetência do operador ou pela ação de vírus, nunca mais são recuperados, e ainda assim deixa-se de pensar e memorizar. Isto até com o recado mais simples, porque ele é guardado no computador. Mas esta é a realidade e ela nos fornece dados incontestáveis de que não poderemos sobreviver sem o auxílio dessas máquinas maravilhosas. O que sempre me pergunto então é: o homem não está se tornando uma parte de um intrincado sistema e não estará se transformando numa de suas partes?

Pois bem, misturando canais, me interconectando com Mogi e com o mundo, aí está o começo da aventura, que só poderá ser acompanhada por aqueles que, como eu, se preocupam em descobrir, no mundo atual, os "Calhaus e Burgaus" espalhados em tão diferenciados espaços.

Nós, os Envelhecidos

O tempo passa para todos os viventes. É verdade que a Morte é a única certeza da vida e com ela não sabemos conviver. É difícil admitir, principalmente quando ficamos mais velhos, que o caminho é de mão única e que vamos todos para um mesmo endereço. Diz sempre um amigo meu que temos um contrato de tempo de vida assinado e ele é limitado e que, quando termina, não há como prorrogá-lo e temos de partir. Embora tente sempre me exercitar com este tema não o faço, comumente, em público, porque aqui estamos para viver – e bem – a nossa vida.

Venho aqui, hoje, falar de uma boa parcela de nós, que, há muito pouco tempo, fazia parte de um Brasil jovem e que, agora, sente-se envelhecida, assim como o país. E por que falar dos envelhecidos? Porque é um assunto que anda me incomodando. Porque eu mesmo sou um dos envelhecidos de que falo. Há 43 anos fiz uma opção de vida e resolvi ser professor primário. Como eu, tantos outros e em tantas outras profissões começávamos uma carreira. Em qualquer escolha, de bancário a diplomata, as regras eram claras e todos tínhamos certeza, moços que éramos, de que a nossa velhice estava garantida. Por isso podíamos nos dedicar, com afinco e amor, à profissão escolhida e dela somente viver.

Agora, quando chegou a vez de termos o retorno de nossa dedicação exclusiva, começamos a ver nossos direitos ameaçados. Direitos adquiridos, principalmente o de ter um fim de tempo sem dependência ou sobressaltos. Não é o que está acontecendo, como nos dão notícias os nossos meios de comunicação, em especial a revista *Problemas Brasileiros*, que mostra a solidão de tantos e a sobrecarga que os velhos representam para suas famílias. Então são encaminhados para os famosos asilos. Sobre estes não quero falar.

O que estamos assistindo, mais uma vez, é que "o inocente paga pelo pecador". Isto é antigo, não? Mas cada vez mais verdadeiro. Ou nos esquecemos todos de que os diferentes órgãos do governo federal, ao longo dos últimos 43 anos, têm sido acusados de rombos e fraudes, e que, nas raras vezes em que são identificados os responsáveis, nada acontece? E sempre é a maioria dos assalariados que continua pagando as contas. E nós, os envelhecidos, que teimamos em não morrer, vamos ficando expostos aos desmandos generalizados, e aqueles que permaneceram cumprindo suas missões vislumbram dificuldades para o futuro. Fala-se, com freqüência, dos privilégios de professores universitários públicos por terem garantidos os seus salários depois de se aposentarem. E sempre se lembram, ao falar em privilégios, daqueles que se aposentam com cinqüenta e poucos anos de idade, nunca se lembrando dos muitos que, por definição, continuam trabalhando até os setenta e somente deixam seu labor pela aposentadoria compulsória, que a maioria apelidou de "expulsória". E não são poucos esses ensandecidos. Estes são, de fato, os envelhecidos e não velhos.

Será que receber os proventos integrais depois de cinqüenta anos ou mais de idade é privilégio? É necessário pensar sobre isso e começar a olhar com cuidado o futuro deste país, que também envelheceu e não pode esquecer que não se preparou para este momento. Agora, vivem, principalmente os dirigentes de todas as instituições públicas deste Brasil, a demonstrar o ônus representado pelos "inativos" nas diferentes folhas de pagamento.

Será que ninguém lembra de nossa história? Se for difícil ir ao passado mais longínquo basta repassar os acontecimentos dos últimos cinqüenta anos para se entender o porquê de nossos desatinos. E cabe perguntar se, mais uma vez nós, os envelhecidos deste país, seremos obrigados a deixar nossos postos de trabalho por estarmos ameaçados de perder nossos direitos. Ou será que teremos de buscar em outros setores de atividade o nosso próprio sustento? Só peço para que comecemos a refletir sobre este grande problema brasileiro que somos nós, os envelhecidos...

Nostalgia, Talvez

Mogi das Cruzes, 17 de agosto de 1996, esta a data. Local: Clube de Campo de Mogi das Cruzes. Evento: 39º aniversário do Clube. Festa com direito a *show* de Cauby Peixoto. Esclareço que nunca fui fã de Cauby Peixoto e nem de seu repertório. Admiro e aplaudo muito algumas de suas interpretações, pois o considero um artista excepcional. Sempre faz bem o papel de Cauby. Mas, se o *show* era de artistas já consagrados, surgiu com raro brilho um outro artista, que vive o dia-a-dia de Mogi, no Fórum ou na banca de advogado, alguém chamado Marcos Souza Leite, que roubou a cena. Cauby sentiu o golpe, absorveu-o e continuou com toda classe, mas viu que Mogi tem gente boa. *Shows* dentro do baile de aniversário não faltaram...

Foi um momento bastante especial, pois senti uma grande dose de novas gerações assumindo o centro do salão e nós, aquelas duas ou três dezenas de remanescentes do Itapeti Clube, pela primeira vez nos últimos anos ocupando a sua verdadeira posição, respeitável porque bons dançarinos, mas minoria absoluta. Aí foi dando uma saudade de esbarrar naquele grupo de sempre e, no encontro amistoso, uma recordação alegre dos nossos tempos de rapaz e maduros casais a acontecer ao som de Sílvio Mazzuca, George Henry, Orquestra Tabajara ou Biriba Boys. Então, os bailes eram mais suaves, o som mais compatível com os seres humanos. Hoje, os inúmeros decibéis acima do suportável impedem uma conversa na mesa e, quando se dança, é preciso "falar ao ouvido" do parceiro nem que se queira, ou que não seja adequada esta posição para a música que se dança. Outros tempos, outros usos e costumes. Não se trata de dizer que um tempo é melhor que outro, mas sim diferentes. Bem diferentes aliás, mas com seus próprios encantos.

Embora diferentes e diferenciados, os bailes comemorativos mantêm um certo encanto (que será adequadamente narrado por quem entende e é altamente qualificado para isso, o Willie – na sua coluna consagrada) que se transforma em "hora mágica". É aquele momento do "rodopiar" nos salões ao som de valsas, sambas, fox, booggie-wooggie, ou forró e sentir-se como que transportado para o universo dos sonhos. É um ir e voltar no tempo. Em segundos, como que viajando numa máquina muito especial do tempo, nos encontraremos no "1º de maio", que ficava ali perto da Matriz e onde me aperfeiçoei no samba e pouca gente dele se lembra, para em seguida estar no União, no Vila Santista e no Itapeti Clube. Deste último ninguém se esquece, e o atual Clube de Campo tem sido muito de Itapeti. Quando o Clube de Campo nasceu, e já fazem 39 anos, ele surgiu porque o Itapeti começava a ficar muito popular para o "gosto" das elites de então, escolhendo-se um outro espaço mais adequado para permitir a continuidade dos eventos sociais de marca e estirpe.

Além disso, ficava fora da zona considerada urbana. Daí Clube de Campo de Mogi das Cruzes. Atualmente, quando se está neste famoso clube com profundas tradições, a gente se encontra, pratica-mente, no miolo da cidade. O crescimento de Mogi trouxe para as proximidades do Clube de Campo as universidades, o shopping, além de pequenas mas agitadas casas noturnas ou barzinhos da moda. São, de fato, outros tempos.

Com todas as mudanças, sempre necessárias, não deixam de estar presentes, em ocasiões como essa, as marcas de um passado, quase sempre representado por aqueles que insistem em permanecer no palco e não deixam de ensinar aos jovens os passos que aprenderam há muito tempo e serão sempre atuais "os dois prá lá, dois prá cá" com ou sem um torturante *band-aid* no calcanhar.

Nostalgia? Talvez...

As Normalistas

> Vestida de azul e branco
> trazendo um sorriso franco
> Num rostinho encantador
> Minha linda normalista.

Quem não se lembra destes versos e do vozeirão do Nelson Gonçalves que os preenchia de ternura e amor? Quase todos os que estudaram há uns trinta ou quarenta anos... O azul e branco das saias e das blusas preenchiam os espaços das ruas estreitas de Mogi ou os amplos espaços do jardim. Elas, sempre alegres, acreditavam que aprendiam a ensinar e, de fato, ensinavam bem.

Não há quem não se lembre (os que estão acima dos cinqüenta anos) daquela quantidade enorme de moças de todas as idades, que em blocos andavam pelas ruas da cidade de saia azul pregueada e camisa branca, mais uma gravata azul. Por onde passavam antecipavam o seu papel na sociedade, seremos professoras e ocuparemos um lugar importante na formação de todos que nos olham!!!

Quantidade absoluta de mulheres, alguns poucos homens escolheriam a bela, e, ao mesmo tempo, dura profissão.

O tempo de formação era de três anos e ao esforço para aprender a ensinar correspondia uma grande recompensa: "a Cadeira Prêmio". Lembram-se disso? O melhor aluno, com as melhores médias obtidas nos três anos de estudo recebia uma vaga no Sistema de Ensino

Primário. Essa vaga, quase sempre, ficava no município onde o estudante cursara a Escola Normal. Se ficasse em Mogi como tantos ficaram... Aos poucos tudo foi sendo alterado e as normalistas, "vestidas de azul e branco", deixaram de preencher as lacunas nos jardins das praças, nas lanchonetes ou nos cinemas. Aos poucos as Escolas Normais desapareceram. Mudou-se a legislação e, com o fim das normalistas, perdemos parte da nossa História da Educação.

Foi uma pena. O tempo correu... Discute-se atualmente a crise da universidade, a crise dos cursos de pós-graduação e exige-se a qualificação dos professores, que devem ser mestres, doutores, titulares, em suas escolas de origem, o mais rápido possível.

Será que é por aí que anda a verdadeira crise? Ou toda ela está vinculada a um passado não tão distante, com a desvalorização do professor primário e de sua formação?

E tenho dito.

A Inesquecível Confraria do Ettore

De repente, contra toda a organização de um Congresso de História, um professor decreta que o grupo do qual eu participava não iria de forma alguma a um dos jantares programados. Ressaltava que um seminário ou curso ou o que quer que fosse, cuja preocupação era a imigração italiana, não poderia ser encerrado numa churrascaria. Tinha de ser numa cantina, e na do Ettore. Acrescenta ainda que eu, nesta oportunidade, ia a Vitória, no Espírito Santo, pela 23ª vez e desde a primeira ele tinha programado ir comigo até Vila Velha para me apresentar o Ettore.

Não sei se desde a primeira vez, mas há muito tempo ele me falava de Ettore e de suas qualidades. A força de vontade do amigo fez com que os que lhe são mais próximos não contestassem e logo aderissem. Quanto às responsáveis pela programação, não tiveram coragem de insistir para que eu as acompanhasse. Afinal, o meu destino era Vila Velha.

Saímos com destino ao restaurante depois de ter vivido uma experiência interessante no Institvo Histórico e Geográfico do Espírito Santo e em seguida a uma corrida passagem pelo Arquivo Público, onde um livro não ficou pronto. Tudo depressa porque precisávamos chegar à casa do grande Ettore.

Depois de ultrapassar a moderna Terceira Ponte, que liga Vitória a Vila Velha, percorremos algumas ruas, sempre procurando manter a conversa viva. Nenhum dos meus companheiros sabia bem onde ficava a tão decantada cantina. Finalmente a encontramos e fomos os primeiros a chegar. Ettore, que tinha sido prevenido para a visita destes seus convivas e de um "estrangeiro" já havia se organizado para a recepção. Entramos e esperamos os demais. No final, dez amigos, que fizeram daquela noite uma das inesquecíveis da minha vida.

A cantina é uma cantina. Alegre, simples e com uma comida boa, muito boa. É claro que eu já não faço as mesmas extravagâncias de tempos atrás. Não faço regime, mudei meu comportamento por necessidade, mas aprecio a boa mesa. Afinal, a minha tradição familiar sempre me fez entender, e bem, o papel fundamental da mesa na vida das pessoas. Massas e vinho... E lá ficamos até bem tarde. Havia, no entanto, trabalho na manhã seguinte. E eu era o ator principal...

Preocupado com a tarefa a ser cumprida na manhã seguinte, não dormi. Fiquei pensando no que deveria tratar nessas circunstâncias... Mas muito da conversa daquela noite não me abandonou durante todo o período em que custei para conciliar o sono. Aquelas figuras que me envolveram com muito carinho não me saíam da cabeça. Lá pelas tantas eu comecei a rever o que significa em minha vida esse pequeno grupo que, a partir de agora, eu denomino Confraria do Ettore.

Afinal, de todos os que estavam comigo, cinco compõem essa incomparável confraria: Renato José Costa Pacheco, Luiz Guilherme Santos Neves, Lea Brígida Alvarenga Rosa (a única mulher a enfeitar o grupo), Miguel Deppes Tallon (o líder da confraria) e Ivan Borgo ou Roberto Mazzini... E este meu passeio ou devaneio noturno me fez pensar no quanto este país é rico de gente. Cada um deles tem uma história diferente. Idades também diferentes. A uni-los o fato de serem todos professores universitários e voltados para as ciências humanas. Mais ainda a literatura. Todos são excelentes escritores e, se competentes pesquisadores e acadêmicos, melhores ainda quando caminham pela ficção. E pela poesia também...

Passados tantos anos foi preciso que o Ettore entrasse na minha vida para que eu pudesse, através de uma simples cantina, encontrar uma razão e tanto de eu ver em Vitória uma cidade diferente e poder entender que essa diferença está, acima de tudo, nessa confraria muito especial, com a qual convivo e de quem tanto tenho absorvido. Nestes anos ela tem me permitido viver um mundo muito rico, quanto o é o Espírito Santo e nesse Estado de Marataízes e Guarapari quanto são interessantes Vitória e Vila Velha.

Confraria do Ettore

Uma convocação telefônica de uma figura ímpar em Vitória, no Espírito Santo, o doutor, historiador e imortal Renato Pacheco, seguida de um fax (antes seria um telegrama) do presidente do Instituto Histórico e Geográfico do Espírito Santo, o Dr. Miguel Depes Tallon davam-me conta de que, ao lado das Jornadas da Navegação, teríamos a segunda reunião anual da nossa confraria. Nada anunciado, no entanto, como faz bem às sociedades secretas. Tão secreta é esta que, creio, só existe na minha cabeça. Nenhuma palavra sequer sobre uma reunião, um jantar...

Às 16 horas do primeiro dia das Jornadas falei sobre um tema que sempre me toca, que é o Mito Americano – título que emprestei de um artigo de Sérgio Buarque de Holanda e que somei a estudos de figura absolutamente esquecida que foi o professor Thomaz Oscar Marcondes de Souza. Tudo para cumprir com o ritual primeiro de discutir o período dos descobrimentos portugueses, cuja efeméride dos 500 anos se aproxima e os amigos do IHGES se antecipam nas suas comemorações e críticas. Ao final da reunião o aviso: amanhã, dia 7 de novembro, jantar no Ettore.

Dia 7, às 18:30, chegam os quatro primeiros convidados: Renato Pacheco, Lea Brígida A . Rosa, Luis Guilherme Santos Neves e eu, o único estrangeiro, oriundo de São Paulo. Na frente da Cantina, agitando o pedaço, Ettore.

Entramos na cantina e logo em seguida Ettore e Moisés arrumaram uma mesa onde poderíamos ficar mais à vontade. Momentos de espera e expectativa. Chegamos muito cedo e os demais demoravam. Chega a pessoa que daria a tranqüilidade que buscávamos. É Eliane, a mulher do presidente. Quase 20 horas. Aparecem os demais membros da confraria: Miguel, João Bonino, Ivan Borgo, Netinha, conduzidos pelo Joãozinho, o motorista de táxi que vai para cima e para baixo com Miguel. Este, inteligente como é, não dirige nunca e, assim, pode beber sempre. Miguel e seu companheiro são figuras especiais.

Está instalada a reunião. A primeira providência são as encomendas das massas, que Moisés se apressa em indicar quais as mais saborosas, depois de já ter aberto a primeira garrafa de vinho italiano do bom! Ao lado das águas e refrigerantes *diet* dos que já encerravam as carreiras de apreciadores de cervejas e bebidas em geral... Todos escolhidos, vinhos, refrigerantes e pratos e, agora, a pauta.

A pauta é longa, apesar de não explícita. Alguém tem de falar de suas preocupações com a nova forma de avaliação das universidades. Longo debate sobre o "provão": depois o que está acontecendo com o ensino, com a saúde, e o imposto do cheque. Alguém se lembra que os temas são os do momento, mas que temos de tratar de outras questões mais amenas e, então, Vitória e seus tipos mais tradicionais vêm à tona. O "Mudinho", o David e os pescadores da última enchente... Alguns afiançam que o dilúvio aconteceu porque não houve cuidado com a limpeza, outros... Bem. E o vinho vai tomando o seu lugar na vida de todos nós... Aí chegou quem faltava, Ivantir Borgo, que escreveu um importante livro sobre a Universidade Federal do Espírito Santo e prepara um estudo alentado sobre a História da Educação do Estado. Volta o assunto do ensino e da universidade... Os debates acalorados envolvem Ivan Borgo/Mazzini, Renato Pacheco e Miguel. Mas todos se voltam também às questões políticas locais e à figura extravagante de um dos candidatos a prefeito, para serem membros da confraria, entre eles Ivantir, ajudaram a preparar um plano de governo. Um dia darei detalhes, mas vale lembrar que um desses planos era construir um estacionamento flutuante na entrada do porto de Vitória e outro um viaduto sobre o Aeroporto. Além disso, as questões mais marcantes, que é discutir o viver de cada um em Vitória, Cachoeiro, Alegre, ou nas montanhas. Onde deveremos nos reunir numa próxima temporada das navegações ou já no ano que vem...

Que bom que existe a confraria e que ela continua a viver, mesmo que seja tão secreta que só minha.

"Cinema Paradiso"

Quem viu o filme vai, de pronto, entender do que vou falar.

"Cinema Paradiso" e a "Última Sessão de Cinema", feitos em épocas muito diferentes, abordam, cada um do seu jeito e a partir da perspectiva de seus diretores, uma coisa que toca a todos nós que vivemos a magia do cinema, muito antes da TV e da Multimídia.

Ir ao cinema é, antes de tudo, um ato de vontade. É preciso deixar o imobilismo e o conforto do sofá da sala para "arrumar-se" e sair de casa. Com fila ou não, chegar à sala de espetáculo é sempre um desejo de "sair do real " e entrar para o "mundo mágico" do "escurinho do cinema". Ainda hoje é assim, o que pensar de nossos anos dourados... O cinema era parte integrante de nossas vidas e mais facilmente fomos todos aos cinemas que existiam.

Em que pese a grandiosidade do Cine Urupema e a beleza do concorrente, o Cine Avenida, as salas de cinema de nossa infância não podem sair de nossa memória. Elas eram o Cine Odeon e o Cine Parque. Fico com o Cine Parque. Quem se lembra dele? Hoje, o seu espaço é ocupado por um maltratado estacionamento. Aqui pertinho do Diário...

Um espaço enorme, pelo menos nas minhas lembranças, compunham o conjunto de um parque muito bonito e, no meio dele, uma sala de cinema, também enorme e bem cuidada (será mesmo ou a minha fantasia impede de vê-la sem grandiosidade?). Desde o portão sentia-se algo especial.

O Cine Parque fazia a nossa vida muito melhor e nele vivíamos nossas aventuras em todas as suas concorridas matinês de domingo. Depois do documentário, um jornal cinematográfico muito antigo, um desenho animado, um capítulo de uma "fita em série" e um filme – que podia ser uma comédia ou um filme de aventuras. Era uma longa sessão de cinema, com direito a intervalo e, nele, coca-cola de graça.

Como era agradável o domingo à tarde nesta nossa querida Mogi das Cruzes. Havia, da parte de todos nós, meninos e meninas da época, uma espera ansiosa pelo capítulo seguinte do "Arqueiro Verde", "Dick Tracy", "Cavaleiro Solitário", "Flash Gordon", "O Sombra", "Brick Bradford" e tantos outros.

Também era um lugar de flerte, dos primeiros contatos com as meninas escolhidas e que, quase sempre, nos rejeitavam. Éramos muito jovens! A diferença de idade era de um ou dois anos, mas muito grande quando se tem somente treze ou quinze anos.

Depois as primeiras experiências no "escurinho do cinema" e todo seu encanto. Mais tarde cantado em prosa e verso... Mas vivíamos um tempo de muitas ilusões, de sonhos, que os nossos heróis mascarados como o Zorro ou o Besouro Verde acabavam por realizar e as telas nos conduziam por tantos mundos quanto pudéssemos querer visitar. Éramos ingênuos e sonhadores e, talvez por isso, conseguíssemos viver alegres e felizes, apesar do pouco que tínhamos.

O tempo passou e, tal como no filme "Cinema Paradiso", o nosso Cine Parque também teve de ceder lugar ao mundo moderno, talvez mais rico em novidades e nos permitindo, pelo conforto da poltrona da sala de TV, viajarmos muito mais e termos muito mais do próprio cinema em casa. Mas será que isso pode ser melhor do que as sessões de cinema de domingo no Cine Parque?

LADY

Ela chegou em nossa casa há dezoito anos. Tem agora quase vinte. Continua bela e carinhosa como quando chegou. O tempo trouxe para ela, como para todos nós, mudanças acentuadas, mas nada que a transformasse tanto. É presença obrigatória. Preenche os espaços vazios e aparece em quase todas as fotos da família. De corpo inteiro, um pedaço qualquer, lá está ela.

Traz muita alegria! Tem também causado preocupações, pois é muito alérgica. Há muitos anos deixou todos muito tristes pois desapareceu por cinco dias. Não se tinha idéia de onde pudesse estar. Apareceu abatida, mas arrependida, e com sua volta passou a ser a rainha da casa. Ocupou um espaço bem maior do que tinha e passou a ganhar mais carinho ainda. É muito generosa e, por isso, ganha as pessoas da casa, os vizinhos e as crianças. Entre as crianças, os netos que a adoram e a chamam de "leidinha" ou "leidoca". Leidoca com cara de pipoca. E também outras frases se somam ao trato recebido por ela.

É tão marcante a presença dela na casa que ninguém abre a porta sem buscá-la, demonstrando ou não. E ela corresponde a essa atenção constante. É difícil não ser ela a primeira a receber quem chega. E o faz com alarido incomum ou com o ar de reprovação pela demora. É sempre bonito sentir seu amor e sua atenção. A qualquer movimento ela reage e diz "aqui estou". E mesmo quando não se manifesta ou está em ponto distante de cada um sente-se a sua presença silenciosa e atenta. É quase gente a nossa cachorrinha. Muitos já disseram que a ela "só falta falar".

Por que falar dela, da "nossa Lady"? Talvez por imitação. Talvez seja um reparo para sua ausência. Ela está velhinha... Carlos Heitor Cony, na *Folha de S.Paulo*, faz uma crônica que me marcou pela forma incomparável e pelo conteúdo marcado pelo amor e pela dor da partida de suas duas amigas cadelinhas, mãe e filha, que, como a Lady, marcaram suas presenças na vida dele, principalmente a Titi, que o deixou mais recentemente. Como sinto que as forças de Lady a estão deixando e ela já não sobe mais nas camas e nos sofás por si mesma, creio que falar dela e apresentá-la aos meus amigos e leitores é uma forma de ir me despedindo daquela que tem sido, além de uma companheira, uma guardiã implacável da casa. Além de terror para as pessoas com quem não simpatiza. É impressionante como ela discrimina os que ela não gosta, mesmo que sejam freqüentadores da casa e até parentes. Também é marcante seu carinho para com os netos, que fazem dela tudo o que querem. Resmunga quando a brincadeira é mais forte, mas não agride nunca.

Acho que a forma toda como ela foi ganhando a todos nós me fez escrever sobre ela para ir me antecipando no sofrimento de possível perda. Entretanto, muitos de nós estão começando a acreditar que ela sobreviverá e outros apostam que ela nunca morrerá. Quando nos deixar, pode ter certeza de que cumpriu papel importante na família que é, também, sua.

Obrigado Cony, por ter me mostrado que podemos externar este tipo de sentimento e viva a Lady!

"Quem Quiser Fazer Por Mim...

QUE FAÇA AGORA..." Esta é uma das melhores lições deixadas pelo inigualável Nelson do Cavaquinho. Acrescentava: "Quando eu me chamar saudade quero preces e nada mais..." A obra toda de Nelson do Cavaquinho é feita de muito amor e de muito recado para todos nós mortais. A voz rouca e o cavaquinho bem tocado fizeram dele e de sua poesia algo muito especial em nosso cancioneiro popular.

Em momentos diferentes de minha vida repeti essa expressão, que acabou se transformando em um verdadeiro apelo. Não acreditava que seria atendido e da forma como tem acontecido.

Uso este meu espaço para historiar e agradecer. Muitas são as pessoas que têm "feito por mim agora" e por isso não citarei nomes para não omitir ou me enganar. Todos os envolvidos, de uma forma a ou de outra, saberão de quem e do que estou falando.

Nestes últimos sete anos tenho recebido um carinho muito especial de pessoas tão diferentes e diferenciadas que, a cada dia, tenho surpresas agradáveis. Nem tudo, entretanto, são rosas perfumadas. A unanimidade é burra, já dizia o inconfundível Nelson Rodrigues. E as poucas demonstrações de "mal querença" só confirmam, como exceções, a regra do bem querer, respeito e amizade. Isto vem de todos os lados e me vai fazendo sentir, ainda mais, a alegria de viver.

Alguns acontecimentos devem e precisam ser registrados porque não são nada comuns, neste final de século egoísta e egocêntrico.

Vamos lembrar, mais uma vez, a generosidade de *O Diário*, que me permite escrever todas as quartas-feiras o que bem entendo; a minha eleição e posse na Academia Paulista de Educação, a edição especial do *D.O. Leitura*, dedicada ao novo Arquivo do Estado, que lembra meu passar pela Instituição, a Universidade de Mogi das Cruzes; o Departamento de História da FFLCH-USP; diferentes setores da Universidade de São Paulo; a cidade de Itu; o Instituto Histórico e Geográfico de São Paulo; a Academia Paulista de História e o Instituto Histórico e Geográfico do Espírito Santo; os amigos íntimos da Confraria do Ettore – em Vitória; a família – com todas as suas mazelas; alguns amigos excepcionais – alguns dos tempos de ginásio, outros recentes e alguns muito recentes; algumas amigas, também de diferentes momentos de minha vida e de idades bem distintas – que, cada uma a seu modo e jeito me ajudaram a viver melhor. De todos os lugares por onde passei dirigindo ou sendo dirigido – tenho tido demonstrações de carinho e recebido deferências que me fazem, a um tempo, acreditar nas pessoas e passar a sentir aquele calor humano de que tanto necessitamos para continuar a luta, que só termina quando chegar a nossa hora de deixar este mundo...

Começo a acreditar que sou um privilegiado. Cresci num universo familiar difícil mas maravilhoso, enfrentei um mundo complicado, cheguei a fazer uma carreira muito bonita e recompensadora e, agora, quando a aposentadoria se aproxima – não porque a deseje mas por decorrência do próprio tempo de vida e de trabalho – venho recebendo, como Nelson do Cavaquinho sempre pediu, todas as flores em vida. Muito obrigado amigos, amigas, familiares, autoridades, instituições, por tudo quanto têm feito chegar até mim e que vai me permitindo ter a alegria e a felicidade possíveis nesta quadra da vida.

De verdade, "eu não tenho medo de ser feliz".

A Nova Desigualdade

Há um autor que gosto de ler. E, ao lê-lo, aprendo muito porque, ao lado de sua competência intelectual, há um verdadeiro professor. Seu nome: José de Souza Martins. Obras publicadas? Numerá-las e relacioná-las tornaria este espaço um catálogo. Pois bem, Martins acaba de lançar um novo livro cujo título é *Exclusão Social e Nova Desigualdade*, resultado de sua experiência de educador popular na prática de educar o educador. São seis trabalhos que tratam de temas, aparentemente distintos, mas interligados na forma e na essência.

Começo no início, que muito me encantou:

> Não me lembro de que não houvesse calos grossos e duros nas mãos de meus avós maternos, dos muitos anos de pobreza e de trabalho na roça, quando me davam a benção. Porém, neles o coração é que era terno. E disso me lembro bem. À memória deles, Maria e José, dedico este livro sobre os que sofrem da mesma labuta e sob o mesmo sol e agora padecem a incerteza do destino, sem terra e sem esperança.

Esta oferenda, porque assim a sinto, por si só mereceria uma publicação. E ver alguém que está onde está, como é o caso de Martins, ter não só a lembrança de seus ternos avós mas a coragem de externar seus sentimentos e publicá-los nestes dias em que "mantener la ternura" está fora de moda, dá a dimensão do professor e de sua obra.

Este novo livro de José de Souza Martins traz suas experiências e suas preocupações como professor de competência e militância, que procurou e procura continuar educando o educador. E, desde o início de seu trabalho, chama a atenção para as dificuldades dessa tarefa:

> [...] Toda a tentativa de rever criticamente as certezas infundadas e fantasiosas e a rigidez conceitual que a elas corresponde, a rigidez dos rótulos que parecem explicar, mas que de fato acobertam, distorcem e mistificam a realidade e a prática, esbarra nos dogmas das ideologias de partido ou das ideologias populistas decorrentes do trabalho popular e de base. Divorciadas, aliás, do tipo de experiência concreta que se pode ter no trabalho popular, não raro muito diferente da experiência referida à situação de classe social. Nesse trabalho, lida-se com outras diferenças e outras desigualdades, mais imediatas e mais cotidianas, incluindo a nova desigualdade gerada pela excludência. Um espírito de seita foi tomando conta das concepções daqueles que justamente se propõem a tarefa de educar para a liberdade, de contribuir para a libertação dos que supostamente sucumbem cativos da pobreza material e da pobreza de espírito [...]

A busca de respostas leva o autor aos seis temas que compõem sua nova obra e que enumero para dar idéia do conjunto: 1) O falso problema da exclusão e o problema social da inclusão marginal; 2) Migrações temporárias, problema para quem?; 3) A questão agrária nos dilemas da governabilidade; 4) O Brasil arcaico contra o Brasil moderno; 5) Mecanismos perversos da exclusão: a questão agrária; e 6) O significado da criação da Comissão Pastoral da Terra na história social e contemporânea do Brasil.

Com essas informações e poucos comentários, porque não caberia no espaço a análise cuidadosa que o livro merece e ainda mais as idéias do autor, convido a todos a percorrerem as páginas desta preciosa obra, que busca narrar o entender do sociólogo sem deixar de trazer o saber da História, que suporta este mestre que é José de Souza Martins.

GUARAREMA

Meu caro Dr. Euclides Marcondes – o Kiki da nossa infância – recebi seu recado. Que bom que seja meu exigente leitor. Nunca me esqueci de nossa querida Guararema e da nossa infância incomparável. Já fiz algumas referências ao nosso inesquecível Grupo Escolar "Presidente Getúlio Vargas", a Dona Evelina Barudi e alguns companheiros inesquecíveis.

É passado o tempo e, apesar de já estarmos na terceira idade, não esquecemos e não podemos esquecer de toda uma vida que vivemos naquela incomparável cidade dos anos de 1940. Eu a vivi, com você e tantas amigas, de 1939 a 1946, quando fui para Mogi das Cruzes fazer o Ginásio do Estado. Deixei, então, aquela maravilhosa casa de esquina do jardim onde todos nós brincávamos. Lembra-se do cirquinho que montávamos no fundo do quintal ou as infindáveis brincadeiras no meio das árvores frutíferas, que meu pai cultivava? Era um outro tempo... Não havia televisão e o nosso grande centro de lazer era o cinema, onde vimos tantos "seriados" do Zorro e Tonto até o Fantasma Voador, Arqueiro Verde, Dick Tracy, dentre outros. Foi também no nosso cineminha que curtimos *Gilda*, e nunca mais Rita Hayworth despovoou nossas cabeças. Quanta coisa boa a cidade nos dava. Desde os sonhos de Hollywood até os namoros gostosos e inconseqüentes daquela juventude ingênua e tão sabida.

Quem não se lembra dos nossos carnavais, das procissões piedosas e penitentes, dos sábados de aleluia, das festas juninas... Quem se esqueceu dos banhos escondidos no Paraíba e das brincadeiras de mocinho e bandido no "Bairrinho"... E do "seu" Temperani, que furava nossas bolas de futebol que caíam em seu quintal ou das histórias das "mulas-sem-cabeça" e do goleiro ou seu fantasma, que ouvíamos bater bola todas as noites no campo de futebol que ficava tão perto do jardim. Tudo era próximo e distante demais.

Essa Guararema de nossa infância não existe mais. Os tempos são outros, a TV é o centro de tudo e é por meio dela que chegamos à Índia ou a Londres antes de nossa querida cidade. Ela também está em tempos de Internet, mas certamente nós a temos mantida como a vivenciamos. Era o tempo das ruas de terra, do barro que a chuva fazia e com ela a sujeira de nossas bicicletas.

E as bandas de música no jardim e nas procissões? E a vivência incomparável das nossas mães e tias a se organizarem nas diferentes irmandades religiosas de então, as filhas de Maria, o Sagrado Coração, os Marianos e as Cruzadas Eucarísticas. Será que muitos se lembrarão do significado de ser coroinha naqueles bons tempos?

Eram outros tempos... nem sei se melhores! Alguns dirão que sim, porque a nossa memória e as nossas lembranças tentam valorizar os tempos idos e nós sonhamos muito e desejamos demais viver de forma mais amena, pois a infância tem muito desse sabor especial.

Guararema me marcou muito e foi nela que aprendi a gostar de ler. Acho que lá, naqueles bancos escolares, onde haviam verdadeiros mestres, fui iniciado nesta arte difícil que é a arte de traduzir em palavras as idéias dispersas no nosso mundo interior.

Guararema II

De novo em Guararema. Talvez até porque um grande amigo, o professor Jorge Nagle, ex-reitor da UNESP e colaborador da UMC atualmente, tenha me dito, em mais de uma oportunidade, que está pensando em ir morar na cidade onde passei a fase inicial da minha vida como estudante. É impossível esquecer tudo o que vivi em Guararema entre 1939 e 1946. É impossível não periodizar. Afinal, eu sou professor de História e nosso "defeito de fabricação" é explicitar as datas que marcam fases da história de cada um, a história de um país ou da própria humanidade.

Quando o professor me perguntava se seria bom viver em Guararema eu logo respondi que sim. Afinal é ainda uma boa cidade, de tamanho humano e até confortável. Mas confesso que já faz dois anos que não passo pela bela vila de minha infância, os tempos são outros e as mudanças mais rápidas do que podemos acompanhar. Ao falar de Guararema sempre penso naqueles tempos em que ir até o Bairrinho era uma aventura e que o cemitério era distante para todos nós. E um e outro ficam a menos de dois quarteirões do jardim central. Como estará o jardim de nossos passeios? E as bandas de música? Ainda existirão?

A minha casa, um casarão que ia de um a outro quarteirão das ruas centrais, não existe mais. Foi dividida e separada, desmembrada mesmo. Dela tenho muita saudade. Era bonita no seu corpo principal, com uma entrada típica da época. Tinha uma entrada que levava ao assoalho principal, que cobria um porão. Era o ventilador e o ar condicionado da área principal da casa. Depois vinham os complementos: a cozinha, os banheiros, um galpão onde ficavam as redes e as mesas para os almoços e jantares da família e também onde minhas irmãs namoravam e faziam os espetáculos cinematográficos íntimos. Fazia parte da molecagem e da aprendizagem. Mas tudo era muito respeitoso e discreto. Mas permitiam que a gente pequena sonhasse... Aliás, aquela casa era um lugar de sonhos, muitos sonhos.

A fábrica de sonhos da casa do "seu" Jacob e "dona" Helena era o rádio "capelinha" – cheio de antenas – que trazia as radionovelas, as histórias de heróis como o Sombra – o grande ator Mário Lago era o Sombra e talvez nem ele se recorde disso – que preenchia as nossas noites. Também era ele quem nos conduzia ao Rio de Janeiro para que ouvíssemos os grandes artistas nos programas de auditório. Todas as grandes emissoras da época tinham orquestras... E não faltava o futebol, que já povoava as nossas mentes e nos fazia a todos sonhar em ser um Leônidas, um Domingos da Guia, um King, um Fausto, enfim... Era ele também que já vendia as balas Futebol, que traziam os nossos craques que acabariam preenchendo as páginas de nossos álbuns de figurinha. E aí o jogo de "bafo" e as infindáveis negociações para trocar as repetidas ou comprar as carimbadas. Era difícil completar os álbuns. E também tinha o "álbum das balas-bicho"!

Mas quem não viveu as emoções de todos os domingos ao meio-dia, quando uma voz encantadora de mulher, muito sedosa e especial, anunciava: "Quando os ponteiros se encontram na metade do dia você também tem um encontro marcado. Com ele:... Francisco Alves..., o rei da voz...". E quem deixava a bola para este encontro: quase todos nós que não fazíamos outra coisa que não jogar bola – de meia, de pano, de borracha, e de capotão? Era um programa especial e que, talvez, fosse a unanimidade de audiência de todos os domingos.

Diferente, não?

Guararema III

Voltei a Guararema num dia desses do mês de outubro. Vinha de São Sebastião, onde chovia muito, e resolvi deixar a Dutra para "inspecionar" os trabalhos que estão sendo feitos na rodovia Mogi das Cruzes/Via Dutra – a Henrique Eroles. Passei pelo Ribeirão das Três Ilhas. Nos meus tempos de rapaz havia uma chácara de mesmo nome onde eu costumava passar com a família da namorada e amigos o dia 1º de Maio. Lembram-se os "mais antigos", que 1º de Maio sem *pic-nic* não era 1º de Maio. Não eram, ainda, os tempos do churrasco. Comia-se "bife à milanesa", frango assado, farofa etc., tudo preparado de véspera. Cervejas e refrigerantes davam o tom à festa. Revi, ao passar, o local e voltei aos anos de 1950, quando nos divertíamos ingenuamente "jogando bola" ou pescando no Paraíba.

Em seguida, passei pela Freguesia da Escada e cheguei ao meu recanto infantil em Guararema. Encontrei, às margens do Paraíba, onde tanto pesquei e garanti o jantar, o mesmo pau d'alho de então. Fiquei feliz. Havia algo que não mudara ou desaparecera como tantas coisas... Curioso, fui até o jardim. Percebi que nem tudo pode ser alegria. Ao buscar a minha casa dos anos de 1940 só encontrei construções que nada têm a ver com o que foi. Os quartos e as salas da minha casa viraram um restaurante – Cheiro Verde – de construção de gosto duvidoso; o galpão onde vivíamos boa parte do tempo brincando e comendo e onde as redes eram a atração, um lar "sem graça", e o quintal, onde havia árvores frutíferas de todas as espécies, um outro estabelecimento comercial...

O jardim está árido e onde havia grama e flores de rara beleza e colorido há somente ladrilhos de duvidoso bom gosto.

E o bar do seu "Marinho"? O cinema? O mercado? As casas? Só restou a velha estrutura do mercado, que virou de artesanato... e a rua só para pedestres, o que significa?

Mas há outros pontos, como a Igreja, a Santa Casa, o cemitério e o barzinho que me ajudavam a me rever menino brincando de "mocinho e bandido", "pega-pega" e futebol.

Apesar dos pesares a cidade é ainda acolhedora, mas está perdendo os seus encantos primitivos!

PORTOS FELIZES

O Tietê é um rio histórico. Geograficamente serpenteia ou serpenteava por quase todo o Estado de São Paulo. Separa-o do Paraíba do Sul a Serra de Sabaúna, que também tem história e histórias.

A minha história de vida acabou me aproximando de gentes e cidades banhadas pelo rio das Monções. Hoje vou me ocupar de duas delas: Mogi das Cruzes e Porto Feliz. E por quê? Por muitas razões, mas talvez pelo fato de nelas viverem pessoas que acabam nos unindo ainda mais a uma e outra. Outra razão, a proximidade da Semana das Monções, cuja versão número 42 promete ser muito especial. Sergio Buarque de Holanda, meu sempre mestre e orientador, descobriu as diferenças fundamentais entre as Bandeiras e Monções e escreveu um livro com o título *Monções*, que lançou em Porto Feliz há mais de quarenta anos. Desde então a cidade, através de seu povo e de suas autoridades, tem comemorado o evento monçoeiro com a devida pompa. Em Porto Feliz há também um Museu das Monções... E a tradição se mantém ao longo dos anos.

De repente, através de amigos comuns fico sabendo que mora em Mogi das Cruzes o padrinho do Prefeito de Porto Feliz. Ambos amigos meus, o Dr. Elias Habice e o Dr. Leonardo – o Leo. Essas coincidências felizes vão fazendo com que, a cada dia mais, a gente sinta uma certa magia nesses encontros e desencontros.

Porto Feliz faz parte de meu universo intelectual desde os tempos da leitura de *Monções* de Sergio Buarque e de minhas visitas ao Porto das Monções, desde quando meus filhos eram crianças, e todos já passaram dos trinta. Mogi das Cruzes é parte fundamental da minha formação desde os tempos de ginásio e até a universidade, tempo em que morava na nossa querida cidade e viajávamos, um bando de idealistas, para cursar as universidades paulistanas. O fluxo era ao contrário. Ia-se para a capital e não, como hoje, os estudantes de Mogi são da capital e cidades circunvizinhas. Mogi das Cruzes é um centro acadêmico nos tempos atuais e deverá se firmar a cada dia.

As minhas idas e vindas a Porto Feliz para colaborar com o Prefeito e seu Diretor de Educação e Cultura e o ir e vir a Mogi para conviver com o nosso povo, através do Willy Damasceno (sempre generoso com o velho mestre) tanto na Rádio Diário ou na sua coluna, foram me mostrando que vivo melhor, ultimamente, porque convivo em portos felizes, onde residem pessoas como Leo e Elias e tantos outros queridos cidadãos que sabem o valor da amizade firme e do amor aos seus lugares de origem.

Ambas, Mogi e Porto Feliz, estão ligadas por um fluxo ininterrupto de boas e límpidas águas, que nascem próximas a Mogi (em Salesópolis), vão se sujando pela ação de todos nós que vivemos nos vales ribeirinhos... Pena que nós, seres racionais, não saibamos manter com vida aquele rio que foi o caminho do progresso e do comércio para as minas de Goiás e Mato Grosso. Ele que deu vida a tantos, ao longo de seu leito, está sendo sacrificado por todos nós.

Que Mogi e Porto Feliz se unam, através dos Elias e Leos e, a partir da 42ª Semana das Monções, consigam devolver ao Tietê a sua força e exuberância.

Sessões Solenes

Com o passar do tempo, com as mudanças todas que a globalização ou a mundialização nos trouxeram, começo a sentir saudade das antigas sessões solenes. E, sessão solene tomada na sua acepção mais ampla, em todos os setores da atividade humana. Fosse nas igrejas, nas escolas, nos palácios ou nos quartéis, mas também nas praças públicas (nos coretos) havia muita solenidade. Atualmente, em que pesem alguns esforços isolados, tudo vai sendo desmontado.

Embora eu possa ser tachado de retrógrado ou, no mínimo, conservador, estou a querer um pouco mais de solenidade para os momentos que exigem essa postura. A minha melhor lembrança nestes últimos tempos foi a da posse do Reitor da Universidade de São Paulo, Jacques Marcovitch, em novembro último. Havia clima, havia ambiente, havia uma sessão solene. Isto cria imagem, que é absolutamente indispensável para que qualquer instituição exerça seu papel na sociedade em que ela esteja inserida.

O referencial está explícito, nestes tempos de agora, mas pode haver atos solenes outros que sirvam de composição. A estada do presidente da República em Londres pode servir muito bem como contraponto. Neste caso, os meios de comunicação nos ajudaram e nos fizeram sentir o clima de que venho falando.

Saindo das altas esferas vale perguntar se não estamos necessitando reformular os diferentes atos, como as cerimônias de casamento ou as defesas de tese nas universidades. É triste ver que, em quase todos os casamentos, ultimamente, a figura central é a do "câmera", que registra o fato e repete a cena como se fosse uma cena de novela ou filme sendo rodados. Nas teses, a descontração necessária está sendo confundida com os descuidos, até na postura. Não quero e nem solicito a volta do uso de becas, mas também é indesejável que seja abolida totalmente a indumentária mais conservadora. É necessária a postura acadêmica... Há casos de teses acadêmicas em que a banca examinadora e o candidato ou candidata são os únicos presentes, ao contrário de tempos pouco distantes, quando anfiteatros ficavam lotados. Claro, eram outros tempos e as defesas eram, também, revestidas de solenidade.

Falta também nos atos mais simples, como nas formaturas dos alunos, desde o grupo escolar até o curso superior, mais solenidade. E as missas, os batismos, as cerimônias religiosas?

É demais querer que as solenidades sejam solenes?

Isso é pra Cachorrinha?

Outro dia, um dia qualquer, fui até a farmácia próxima à minha casa nesta megalópole paulistana e o balconista que me atendeu disse, com muita atenção, "isso é pra sua cachorrinha"? Fiquei feliz em saber que, apesar de toda correria e da impessoalidade das relações, atualmente, há ainda gente que registra coisas como esta. Não havia o remédio que eu queria e saí a caminhar buscando em outras drogarias o produto desejado.

Enquanto ia de um canto a outro voltei aos meus tempos de rapaz, e, de jovem professor e pai de primeira viagem. Voltei à nossa Mogi das Cruzes dos anos de 1940, 1950 e 1960 e de imediato surgiram as fisionomias do "seu" Acácio, do Mário, e do Umeoka. As figuras que mais me marcaram, no entanto, foram as do Mário e do Umeoka. O "Mário da farmácia" foi, durante muito tempo, a figura única de todos nós quando precisávamos de ajuda para nossos apertos com saúde. Dos pequenos resfriados aos males maiores das andanças secretas sempre a ele se ia. E o Mário era sempre solícito. E resolvia quase tudo e tinha o bom senso de dizer que "era coisa para o Dr. Milton ou Dr. Nelson Cruz" quando percebia algum perigo. Vivi com ele a minha adolescência e havia, a meu favor, o fato de ele ser "compadre" do meu cunhado, Sebastião Hardt. Um e outro somavam as sabedorias e receitavam, principalmente no início de cada ano, as injeções de bismuto e a "famosa" 914. Cresci e o Mário da farmácia me ajudou a resolver problemas das infecções de garganta (as amigdalites e faringites) da filha mais velha. E quantas vezes eu o acordei para que ele aplicasse a injeção. Sempre generoso, atendia a cada um sem fazer "cara feia".

Tempos depois o Umeoka começou a dividir com o Mário as preferências daqueles que estavam mais velhos. Era sempre difícil decidir se a gente ia ao Umeoka ou ao Mário para aviar uma receita ou para "tomar uma injeção". Ambos eram, a partir da chegada do Umeoka, disputados porque eram competentes. Ao Mário sobrava a imensa tradição.

As farmácias foram grandes pontos de encontro e os farmacêuticos, figuras de destaque das cidades, principalmente nas do interior. Através delas e deles chegavam a muita gente a informação desejada ou até as não buscadas.

Os tempos mudaram e as grandes redes de drogarias alteraram essas relações de cliente, farmacêutico, até nos vilarejos menores. Aos poucos, o profissional, que até podia orientar, foi substituído pelo balconista. Com isso, a mudança da qualidade das relações. É também o que acontece na maioria das livrarias onde desapareceram os livreiros e surgiram os vendedores de livros.

Esses comentários resultaram da atenção de um farmacêutico à moda antiga, atencioso e observador. Dele até o Mário e o Umeoka foi um pulo. E, então, se pode dizer que ainda hoje há boas coisas neste mundo pasteurizado. E tudo a partir das necessidades farmacêuticas de uma velha amiga, a cachorrinha Lady – uma "vira-lata" de vinte anos.

O Último Boêmio!

Nunca será possível afirmar que desapareceu o último boêmio. Sempre haverá alguém a continuar na boemia e a manter o melhor de sua tradição.

Sempre haverá um cabaré decadente e um cantor de voz rouca lembrando as músicas que nos embalaram em outros tempos. Sempre haverá alguém a nos fazer lembrar de Francisco Alves, Vicente Celestino, Orlando Silva, Silvio Caldas, Mário Reis, Ataulfo Alves, Ciro Monteiro, enfim... Ou da Dalva de Oliveira, Eliseth Cardoso, Elis Regina, Nara Leão, entre tantas.

Quantos e quantas não estou citando... E somente para falar dos que têm projeção nacional e internacional. Em cada cidade deste país existiram e existem muitos seresteiros a alegrar encontros familiares ou de pequenos grupos. Pouco sabemos desses artistas incógnitos.

Pergunto sempre se alguém ouviu falar de um cantor e compositor mogiano chamado Sebastião Hardt. Há um grupo razoável de pessoas que lembrarão de seus recitais, lá no fundo de seu imenso quintal, embaixo do barracão mais querido daqueles que o freqüentavam.

Sebastião não deixava a seresta morrer. Como ele, deve haver uma quantidade razoável de cantores à moda antiga a manter viva a chama do romantismo, que rareia mas não desaparecerá. Comecei a pensar como o mundo vai ficando mais triste sem as vozes e vozeirões que preenchiam o meu universo infantil e adulto. Ao grupo seleto que deve estar fazendo festa e levando alegria para anjos e arcanjos foi juntar-se, ultimamente, o grande boêmio Nelson Gonçalves. Ao som de CDs do álbum *O Mito*, com que Roberto e Cidinha Pires me presentearam no dia em que me consagraram ituano honorário, posso vir viajando e sonhando por mundos tão diversos e cheios de sonhos.

O CD é muito bem feito e a seleção das músicas tem tudo a ver com homens da minha geração que eram a um tempo duros e sensíveis. O tempo tem passado muito rapidamente e as mudanças são radicais, mas, fechado num escritório atualizado pela multimídia, posso volver aos meus dias de Mogi, em que as normalistas enfeitavam nossas ruas, com suas saias pregueadas e blusas brancas durante o dia e à noite encantavam as sessões de cinema ou do teatro Vasques.

E, depois de passear pelo jardim, ou pelas praças, nós, os meninos rapazes íamos ver as "perdidas" e esperar que as portas do "Macuco" e do "Quase no Céu" se abrissem e pudéssemos ver a realidade de nossos sonhos. Tudo, no entanto, com recato, discrição e respeito.

Pois foi a voz de Nelson Gonçalves, considerado o "último boêmio" da geração de ouro da música brasileira, cantando "Renúncia", "Aquela Mulher", "Maria Betânia", "Ciúme", "Normalista", "Serpentina", "Amigo", "Última Seresta", "Camisola do Dia", "Carlos Gardel", "Hoje Quem Paga Sou Eu", "Meu Vício é Você", "Vermelho 27", "Mande Notícias" e a "Volta do Boêmio", que me fez entender o quanto gostei de viver minha juventude em Mogi das Cruzes e de, nesta cidade, me tornar professor.

Aqui me transformei em professor sim. Porque, se ainda consigo ensinar o que aprendi é porque fui normalista e professor secundário. Se sou considerado um bom administrador universitário é porque fiz a minha melhor aprendizagem como diretor da escola que me formou e lá no "Washington Luís" eu pude, dirigindo, aprender com meus professores de sempre o que é "mandar" e saber ouvir e obedecer.

Devo muito aos anos de 1940, aos de 1950 e muito a 1964 e 1965. A cada tempo uma verdadeira lição de vida, e, deste passado, o suporte para viver o que estou vivendo agora. Devo muito aos professores, aos alunos, aos funcionários e aos amigos, que nunca faltaram com seu amor.

E devo muito a toda boemia de nossa terra e aos bons esportistas também. E por que não reconhecermos que muito devemos aos artistas que nos interpretam? Nada melhor que Nelson Gonçalves para representá-los e receber nossas saudades.

A Banca da Estação

Dia desses passei pela nossa Mogi para ver pessoas, rever espaços por mim tão freqüentados e, de repente, me vi em tempos idos. Foi como se eu tivesse entrado numa "máquina do tempo" que me projetasse para os meus tempos de rapaz, mas não no Brás do Orlando Signorini.

Foi como se eu estivesse, numa manhã de domingo, passeando pelo jardim. Esse jardim teve muita história para nossa geração e o largo da Estação era a continuidade natural dele. Confesso que me bateu uma saudade de menino-moço a perambular, cheio de sonhos, pelas suas veredas e a subir as escadas do coreto e lá de cima pular, tentando testar as capacidades físicas.

O jardim, que não teve suas dimensões alteradas, me parecia ter o dobro do tamanho. O espaço, no entanto, é equivalente. A nossa lembrança é que o faz maior e muito mais bonito naquele passado vivido e revivido pelos nossos sonhos. "Amarcord", uma das inesquecíveis produções de Fellini, ou "Cine Paradiso", são filmes exemplare s sobre o que digo. Mas voltemos ao jardim e ao largo da estação. No entorno do jardim não posso deixar de lembrar do Cine Odeon, do hotel Jardim, do Fórum, dos consultórios do Dr. Milton e Nelson Cruz, irmãos do "seu" Acácio, que era dono da Farmácia Sta. Terezinha dos escritórios da Light & Power Company, o Inco. E também das m u retas do jardim, onde a gente sentava para olhar as "raparigas" que viviam discriminadas no entorno da praça. No centro só as "meninas de família", os rapazes bons, os senhores e senhoras da sociedade, como se dizia. No centro, o coreto das retretas dos domingos.

E ali, no largo da estação, que nem tem mais o largo, muito menos a Estação, havia uma banca de jornal e uma figura muito especial de gente, cujo nome de batismo se perdeu no tempo, o ímpar Caranguejo. O Caranguejo era uma espécie de referencial para todos nós. Recebia e dava recados, guardava recados, guardava revistas e jornais, fofocava e até, num determinado momento da minha vida, já estudante da USP, era o guardador da minha bicicleta. Este veículo de transporte chegava à banca por volta das 8h30 ou 9h00 todos os dias e lá permaneceria até a noite, quando a gente voltava da Faculdade de Filosofia, que era na rua Maria Antônia, aquela de tanta História. Nesta rua Maria Antônia, onde fiz o vestibular para entrar no curso de História, também havia um elo de ligação com Mogi das Cruzes, o tenente Simões. Quantas vezes já me referi a ele. Em 1957, quando o conheci, já era o reconhecido e comentado professor Dr. Eurípedes Simões de Paula, mas para os pracinhas mogianos ele continuava a ser o tenente dos campos de batalha da Europa em conflito.

Às vezes, ao chegar de volta da faculdade, a banca da estação estava fechada, o Caranguejo já tinha ido, mas lá estavam a bicicleta e um bilhetinho dele. Havia sempre o olhar de alguém a cuidar do meu patrimônio tão precioso. Não me esqueço dessas imagens tão marcantes.

O turbilhão da vida, a Roda Viva, que Chico Buarque tão bem cantou e com ela encantou as platéias, me levou de Mogi das Cruzes para Patrocínio Paulista; desta encantadora cidade me conduziu a outra não menos encantadora, Rio Claro de céu sempre azul e, depois, de volta a Mogi. Acabaram-se a banca, a estação e do Caranguejo também nunca mais ouvi falar...

Imagens de uma outra Mogi, que se transforma celeremente neste final de século.

As Secretárias

Quando vocês estiverem lendo estas poucas linhas, as maltraçadas linhas, como era moda dizer nos meus tempos de rapaz, todas as mulheres que dão suporte a um diretor de uma multinacional ou de uma simples casa comercial de um bairro de periferia, estarão recebendo uma lembrancinha ou um presentão de seus chefes. Sabem por quê? Porque hoje é o dia da secretária.

Para as secretárias sobram sempre as responsabilidades dos esquecimentos de seus diretores ou patrões e a elas também são atribuídas todas as falhas e esquecimentos daqueles a quem dão suporte nas pequenas ou grandes instituições.

Desde muito cedo, quando recebi, por meio de Angelo Nani e das mãos do Secretário da Educação do Estado de São Paulo, a incumbência de dirigir o Instituto de Educação "Dr. Washington Luís", compreendi a importância e o papel de quem secretaria uma instituição educacional. Naquela época, o secretário do Estabelecimento (assim se dizia) era o Otávio Esselin, com quem aprendi muito, apesar de nossas divergências. Mas ele sempre foi um fiel escudeiro e me mostrou o quanto quem dirige tem de confiar nesse assessor. Que fique claro, também, que o Esselin nada tinha de secretária não é?

O tempo passou e treze anos depois fui dirigir o Arquivo Público do Estado. Lá acabei tendo em Maria Helena a minha primeira secretária, de fato. E quanto ela me ajudou a superar os bons e os maus momentos da direção da coisa pública! Ainda hoje me lembro das suas observações, sempre apropriadas. Anos depois acabei sendo responsável pela direção do Instituto de Estudos Brasileiros e da Coordenadoria de Comunicação Social. Nesse período duas pessoas sustentaram o meu trabalho, no dia-a-dia difícil da Universidade de São Paulo daqueles tempos, Inês e Mônica. Agora no museu é a Ivonete quem faz todo o trabalho de "segurar" os desmandos do velho professor.

Ao longo do tempo, cada uma de seu jeito, com suas personalidades distintas e marcantes, me fizeram chegar onde estou. É uma longa trajetória, desde os anos de 1964 em Mogi até hoje, no Ipiranga. São 34 anos de aprendizagem.

Aí fiquei pensando e senti como o tempo passou, e tão depressa! Estamos chegando ao novo milênio e ainda são as secretárias quem movimentam e fazem as instituições andarem sobre os trilhos e chegarem, de tempos em tempos, seguramente, a tantas estações.

Na impossibilidade de ir até cada uma delas levando um caminhão de flores e todos os agradecimentos do mundo, registro neste cantinho as minhas homenagens e um pedido a Deus para que as proteja.

Nos Tempos do Tiro

Não se preocupem. Não vou lembrar de atos de violência, tempos de guerra ou coisa assim. Estou tentando recuperar um pouco da minha história nos tempos do Tiro de Guerra.

Talvez pouca gente ainda lembre do Tiro de Guerra e de sua função nas cidades onde existem. Mogi das Cruzes tinha um muito bem montado e cuja sede ficava bem pertinho do prédio da antiga Escola Normal e do quartel da Polícia Militar e da Santa Casa de Misericórdia. Compunham um quadrilátero e todos davam de frente um para o outro e tinham a rua Cel. Souza Franco como endereço principal.

Todos os Tiros de Guerra tinham por principal função absorver os contingentes humanos que não iam "servir" ao Exército (em Caçapava, na nossa região) e também não eram dispensados do serviço militar.

Abrigavam um número significativo de estudantes, o que era bom para os moços, as namoradas e as famílias. Mas também eram convocados recrutas de todas as camadas sociais. Aqueles que estudavam e faziam o clássico ou o científico na escola estadual ou freqüentavam o Liceu Brás Cubas, fazendo contabilidade, gozavam de outros privilégios. Lembram-se todos que os colégios eram divididos em clássico e científico, indicando um caminho para o ensino superior. Quem freqüentava o científico, como foi o meu caso, deveria ir para as áreas exatas ou as científicas (Engenharia, Medicina, Química,

Enfermagem) e os que faziam o clássico deveriam prestar Direito, Filosofia, Artes. Eu acabei sendo professor de história e outros terminaram na engenharia, embora clássicos. O que importava, no entanto, era que as regras eram melhor definidas nos sistemas educacionais da época. Se melhor ou pior quem pode dizer?

Mas eu falava do tiro de guerra e dos privilégios dos estudantes junto aos sargentos que os comandavam. Em geral, aos domingos, éramos os primeiros a ser dispensados. Muitos passavam pelo jardim uma, duas e até três horas depois de sermos mandados "fora de forma, marche". A este comando saíamos rápido, íamos "trocar de farda" e encontrar os amigos e namoradas e ficávamos pelas ruas e praças centrais. Havia uma dose de maldade em cada um de nós, que ríamos interiormente, ao ver um companheiro de farda muito tempo depois de nós sendo dispensado.

Outra lembrança é a dos nossos comandantes. Havia dois grupos distintos, um comandado pelo Sargento Diefenthäler e outro pelo Sargento Durval. Eram diferentes em tudo. Diefenthäler, de origem alemã, alto, elegante. Durval, baixo, baiano, sempre impecável dentro da farda. Ambos duros e exigentes. A rivalidade entre os grupos existia e ninguém gostava de ser comandado (o que acontecia, às vezes) pelo sargento do "outro grupo".

Nos tempos do tiro, Durval era nosso comandante. Meu número, 96, e raramente, aos domingos eu não era o primeiro a ser dispensado. E ainda me lembro e ouço a voz de comando: " Noventa e seis, fora de forma e dispensado". E lá pelas 10h00 ou 10h30 eu ia colocar a "roupa de domingo". Isto me valia a delicada lembrança dos companheiros: "aí, peixinho do sargento". Era quase uma ofensa, porém era bom "sair cedo".

E, aliás, essa história de peixinho me trouxe, de novo, a figura de Otávio Esselin Filho, que me chamava de "peixinho japonês", desde os tempos da Escola Normal.

No tiro de guerra vivíamos um tempo bem próprio da "moçada" da época, e a figura dos dois sargentos (voltaremos a eles) ficou gravada em todos nós. Depois do tiro e pelas relações de amizade com os filhos deles acabamos todos amigos. Os tempos do tiro são inesquecíveis! E a nossa Mogi de então, também.

ESCOLAS NORMAIS

Quanto mais o tempo passa e leio os jornais, revistas, anais de encontros científicos, livros e as questões debatidas sobre a qualidade de ensino, mais me lembro do papel das Escolas Normais na formação do professor. Hoje, ainda deve haver, embora muito descaracterizadas, algumas escolas que preservam esse nome. Não sei. O tema daria e certamente dará muitas teses acadêmicas.

Fixo-me na Escola Normal de Mogi das Cruzes, que freqüentei no início de 1950 e onde tantos professores e professoras se formaram, e, com suas competências potenciais, desenvolvidas pelos professores de então, acabaram ensinando tanta gente que ocupa posições de mando, comando e poder neste Estado e no Brasil! A Escola Normal, em Mogi, sabia ensinar e transformava os seus estudantes em professores que sabiam ensinar. Isto porque nela existiam mestres dedicados e estudiosos.

É evidente que quando alguém tenta se lembrar dos seus professores de um determinado período, quase nunca consegue recuperar todos os que o ajudaram a crescer, e quando se quer escrever sobre eles, há a responsabilidade de não cometer injustiças pelo fato de, de muitos, não se lembrar. E foram muitos, cada um a seu jeito, a facilitar a nossa chegada ao universo básico do ensino.

Naquele tempo, a escola primária, hoje ensino de primeiro e segundo graus, era chamada de Escola de Ensino Fundamental. Nele eram aprendidos os fundamentos, um conceito forte para bem caracterizar o início da aprendizagem.

Na Escola Normal de Mogi não havia luminares, nem prêmio Nobel, mas existiam professores extremamente dedicados e empenhados na tarefa a eles entregue. Vou citar alguns porque, talvez, tenham persistido por mais tempo na minha vida. Quem não se lembra do Prof. Miled Cury Andery, com sua postura de mestre e com os seus conhecimentos a nos elucidar os princípios biológicos da aprendizagem. A sua forma de "dizer as coisas" e a solidez de seus conhecimentos fizeram de todos nós melhores estudantes e professores conscientes. Dona Maria Elisa Lamaneres, muito criticada por alguns, nos mostrou, na prática, o que deveríamos desenvolver: Maria Aparecida, de Português; a Profa. Arouca, misto de mãe e mestra, quanto nos disse do papel do carinho na vida dos pequeninos; o professor Penteado, de Desenho Pedagógico, lembram-se dele? Figura diferenciada, mas que sabia ensinar. Os rabiscos que, hoje, ainda faço para ajudar um neto, lembra-me a sua pedagogia.

Continuo mau desenhista, mas o que sei e transmito tem origem nos seus desenhos. Continuo absolutamente desafinado (5ª voz) como me lembrava sempre o nosso maestro/professor Antonio Marmora (o Nicão) e me pedia, ainda na Escola Normal, que eu só abrisse a boca e fingisse que cantava. Faço-o até hoje quando, em público, canto o Hino Nacional (só dublo).

Outros tantos nos ensinaram muito e desses e tantos outros professores das Escolas Normais entendo terem sido os verdadeiros responsáveis pela boa formação de tantas gerações. A extinção dessas Escolas é, em grande parte, o elemento responsável pelo fim do bom ensino primário deste país.

Uma Coluna que é uma Festa

A coluna do Willy fez aniversário.

Prometi a mim mesmo, aos sobrinhos e amigos que não faltaria este ano, ao convívio de tantos que iriam brindar com o cronista no sábado 28 de novembro no Clube de Campo. Mas como diz Chico Buarque "Mas, eis que chega a Roda Viva e leva o destino para lá...". E assim foi. Não compareci à festa da coluna e quem perde, nesses momentos, é quem não participa. E não participando me pus a pensar...

Há mais de vinte anos, portanto, na década de 1970, chegava a Mogi das Cruzes o jovem jornalista, cheio de sonhos e de uma vontade incomparável de vencer. Encontrou um padrinho – Chico Ornellas – e um espaço generoso em *O Diário*. Teve o apoio de muitos, mas certamente sem o recebido do "Tote" Da San Biagio não teria logrado chegar onde chegou.

Será possível, juntos, recuarmos no tempo e voltarmos àquela cidade que deixou de existir? É difícil, mas cabe uma tentativa. Anos antes de o Willy chegar eu havia deixado a minha casa, lá perto do Clube de Campo, para ir viver numa outra Mogi, o bairro de Pinheiros em São Paulo. Aliás, como eu, muitos mogianos foram para a capital. Alguns, como Chico Ornellas, voltaram para a cidade e estão felizes. Eu continuo dividido – como, aliás, é da minha vida estar dividido – entre os encantos da cidade grande e de Pinheiros e as lembranças e os grandes amigos de Mogi.

Assim, enquanto Willy chegava eu estava, nesses meados dos anos de 1970, me desligando umbilicalmente da cidade que me viu crescer, me alimentou os sonhos, me formou e me deu forças para alçar vôos. Continuei sempre lendo *O Diário* e acompanhando, por ele, a vida da cidade e dos mogianos. A coluna do Willy sempre me ajudava a saber o que ocorria nos bastidores dos que chegavam e dos que saíam, dos novos empreendimentos das nossas conquistas acadêmicas – UMC e UBC – sempre presentes. Sabia do trabalho jornalístico do corajoso Willy, mas não o tinha visto de perto e menos tínhamos conversado. Um dia, no Clube de Campo, Cidinha Pires – sempre colunável – nos apresentou. A partir daí a coluna e o programa do Willy, na Rádio Diário, passaram a ser como que o meu referencial. Numa e noutro sempre compareço. São espaços importantes de comunicação com a terra e com a gente da cidade generosa que é a nossa Mogi.

Essa coluna fez aniversário e na data festejou a sua história. Agora, ao chegar o ano 2000, e com ele o novo milênio, certamente é hora de planejar os próximos tempos e organizar-se para continuar projetando bem a cidade que acolheu o jornalista de braços abertos.

A festa, a que não compareci, fez jus à Coluna que é uma FESTA.

Crônica das "Crônicas"

A Ateliê Editorial acaba de lançar um livro delicioso. Trata-se de obra que reúne as crônicas de Aluísio Falcão.

Aluísio, além de jornalista renomado, é escritor dos bons. Ao publicar estas crônicas está trazendo a vida de muitos para um universo muito mais amplo.

Como diz o apresentador Ricardo Galuppo:

> [...] as crônicas neste livro foram escritas para quem gosta de trocar idéias em volta de uma mesa de bar. E sobre Aluísio, confirma o que sentem os que leram suas crônicas nos jornais ou neste livro, Aluísio Falcão, o autor, não faz vatícinios. Dá sua opinião como se esperasse a resposta de companheiros de copos [...]

Desde "Um Veterano" até "Viva Maysa" são mais de duzentas páginas de entretenimento, prazer, boa literatura.

O livro foi uma feliz idéia.

Depois de ir lendo as crônicas na ordem proposta, voltei a algumas, que acabei lendo mais de uma vez. Fui me dando conta que umas tantas eu já havia lido no *Jornal da Tarde*, outras não sei onde. O engraçado é que aquelas que li mais de uma vez, no livro, com certeza já conhecia e já gostava delas. E, então, me dei conta da verdade, lembrada por Aluísio quando afirma que "não há prato melhor que o prato da mãe".

Li e reli, com muito encanto, o "Encontro com Ingrid Bergman". Como Aluísio eu sonhava um encontro com Gilda – a mulher incomparável. E como Ingrid não desceu em Pernambuco, embora tão esperada, frustrando o Aluísio, que tanto sonhava entrevistá-la, eu também nunca vi Rita Hayworth, a não ser no *écran*. Nem por isso deixamos de sonhar. São histórias e estórias de gerações.

Acho que Aluísio Falcão conseguiu, desde a epígrafe que diz:

Depois do terceiro uísque

Tristeza me esqueceu

Depois do terceiro uísque

O mundo é todo meu

Depois do terceiro uísque

Eu não sou mais eu

Pois aparece outro

Muito melhor que eu.

E a inspirada estória do jogral, que foi "um espaço boêmio que fervilhou em São Paulo nas décadas de 1960 e 1970. Era freqüentado por intelectuais que bebiam hectolitros e prestigiavam Carlos Paraná, dono e cantor da casa. Compositores iniciantes pintavam lá, como Chico Buarque, Toquinho, Vitor Martins, Gilberto Gil".

Lembra, ainda, Aluísio, de outra figura carimbada que é Paulo Vanzolini. É dele esta redondilha, improvisada num sábado à noite:

[...] Eu sou Paulo Vanzolini/Animal de muita fama/Tanto corro no seco/Quanto na vargem de lama/Mas quando o marido chega/Me escondo debaixo da cama [...]

"Crônicas da Vida Boêmia" podem ser lidas de um fôlego. E quero usar, mais uma vez, Ricardo Galuppo para com ele finalizar. "Meu conselho é: vá com calma. O efeito será melhor se os textos forem saboreados sem pressa. Ou, se me permitirem uma última metáfora, sorvidos em goles lentos, como se faz com os vinhos superiores".

E preciso dizer mais?

Só se Liberta quem Muda a Direção do Olhar

Faz muito tempo, muito tempo mesmo, que a frase "Só se liberta quem muda a direção do olhar" faz parte de minha vida. Eu a li num artigo, publicado na página 3 da *Folha de S.Paulo*. É de Alfredo Bosi, professor titular da USP e atualmente diretor do IEA – (Instituto de Estudos Avançados da mesma universidade). Não pedi autorização para usar a expressão do eminente professor e muito menos para usá-la como título de uma das minhas crônicas.

Sei que é uma ousadia e também uma temeridade extrair o pensamento de alguém e utilizá-lo fora do contexto, mas quis externar o que vai na minha alma, pois a todo momento – muitas vezes no dia – ela está à minha frente – sempre a me orientar nos difíceis momentos da vida e, mais ainda, quando algo nos incomoda tanto que não conseguimos nos reorientar. Então, Bosi nos apóia, nos socorre, e o dia ou o momento fica melhor.

Em muitos dias, com todas as repetitivas informações de tantos veículos de comunicação, sentimos como somos cativos e quase impotentes diante do poder político, da força religiosa e das manifestações da natureza.

Nessas horas, nós que sempre somos pretensiosos e estamos acima de tantos, percebemos a nossa pequena estatura e a mínima força. Sentimos que é momento de nos apoiar em forças confiáveis e de "mudar com segurança a direção do olhar".

Dia desses, vindo de Mogi, para rever parentes e amigos e participar de um dos programas do Willy, na Rádio Diário, andei pelo quadrilátero central e pude constatar que a minha Mogi não existe mais. Cadê os casarões, as casinhas que enfeitavam o núcleo urbano central? Existem algumas, muito poucas, porém sufocadas pela verticalização. Uma dessas poucas tem história, pois foi nela que, há quase cinqüenta anos, conheci a dona da pensão, a professora Geraldina. A casinha, duas janelas e uma porta típica dos anos de 1940 – ainda está lá e nela vive – espero – Inês Giordano. Esse pedacinho da minha vida não mudou, porém, tudo o mais foi-se embora. A Dr. Deodato, a Paulo Frontin, a Flaviano de Melo a José Bonifácio, a avenida, o jardim, de tantas lembranças e até as árvores quase centenárias. Tudo ia ganhando uma dimensão muito sufocante, triste e constrangedora e pensava em transferir as minhas angústias para os companheiros do programa, convidados do Willy, o Prof. Epaphras e o Maestro Niquinho, quando Bosi me bateu nas costas e me lembrou que era a hora de "mudar a direção do olhar" e ver os e as mogianas da antiga bela vila. Ao entrar no estúdio, o sorriso franco e o abraço carinhoso do Epaphras e a saudação do Niquinho me deram outra dimensão da vida e do universo em que estamos.

Embora voltássemos à Mogi do Epaphras e viéssemos aos meus tempos e do Niquinho – quando éramos craques do basquete – isto é, aos anos de 1920 e 1930 e depois aos de 1940 e 1950, pudemos falar também do presente e do futuro. Nostálgicos, saudosistas, um pouco tristonhos e querendo que muitas coisas voltassem a ser como então, nunca ficou o debate só na saudade... Muito pelo contrário. E, à medida que falávamos da nossa Mogi – de ontem e de hoje – eu podia sentir a força da frase e o valor do ensinamento de Alfredo Bosi: "Só se liberta quem muda a direção do olhar". Ainda bem!

O Beco do Inferno

Vez por outra percorro minha biblioteca em busca de obras ou de algum livro especial que me marcou durante a vida. Há uma série de publicações que li, reli e tornarei a ler muitas vezes. Em alguns casos para buscar subsídios, em outros pelo mero prazer de reler bons textos. Os autores Mello Freire, Jair Rocha Batalha e Isaac Grinberg estão entre os imprescindíveis e prazerosos. Da obra *Histórias da História de Mogi das Cruzes* extraí a minha crônica de hoje, neste final de janeiro.

Trata-se do "Beco do Inferno", que reproduzo e, tenho certeza, com a aprovação do autor. Vamos ao belo e interessante texto:

Havia, ligando o Largo da Matriz à rua "Nova", posteriormente Senador Dantas, uma viela escura, mal cheirosa, calçada com pedras brutas, que veio desde os tempos coloniais povoada de lendas, que a imaginação do mogiano conservou durante muitos anos.

O povo deu a essa viela o título de "Beco do Inferno". Diziam que, quando escurecia, um moleque de olhos que chispavam fogo ficava no centro daquela estreita travessa, aguardando a passagem de algum incauto para, sem que fosse pressentido, trepar-lhe no ombro. O gosto desse moleque era cavalgar os desavisados transeuntes pelas ruas da cidade, altas horas da noite. Por isso, raramente alguém atravessava aquela via pública, depois do toque de silêncio que, invariavelmente, era dado pelo sino da cadeia, às vinte e uma horas.

Na esquina, com frente para o Largo da Matriz, estava o sobrado do Senhor Antônio Ingliano, que ficou geralmente conhecido por "seu Antônio do Beco". Era um cidadão português, já velho, com domicílio em Mogi das Cruzes durante muitos anos, que gostava imensamente de conversar à tarde com seu genro, o tabelião Francisco Monteiro, e de comprar duas vezes por semana um bilhete de loteria. Chegara no tempo da monarquia, como escrivão de paz em Arujá, mas, não se acostumando com o lugar e com o cargo, para aqui veio e ficou o resto de sua vida, sempre benquisto por todos.

O "seu Antônio do Beco" tanto pediu à Intendência Municipal para lhe dar um jeito naquela travessa que, finalmente, no ano de 1897, foram desapropriados dois prédios do lado oposto, já em ruínas, e com a respectiva demolição, deixou de existir o "Beco do Inferno". Era preciso desaparecer aquele lugar perigoso, em uma cidade que já contava com grupo escolar, inaugurado a 7 de setembro de 1896, em dois sobrados, mais tarde substituídos pelo prédio da Prefeitura Municipal.

E o moleque de olhos de fogo, que diziam ser o "saci", desapareceu da crendice popular. Não é bom? E por reproduzir um bom autor mogiano como Melo Freire, deixe-me falar de outros – Walter Gomes Amorim, que ontem, dia de aniversário de São Paulo, brindou a todos os paulistanos com uma crônica a demonstrar mais uma vez a sua qualidade. Parabéns, Waltão, já que São Paulo, como você disse, acaba sempre com ão.

SAUDADE

Ouço muito um programa da Rádio Trianon de São Paulo, conduzido com maestria por Orlando Duarte, o "É de Manhã". A cada dia, um conjunto melhor de boas músicas. E sempre com ótimas obras do nosso cancioneiro popular.

E, enquanto o automóvel subia a Rebouças, entrava no túnel para atingir o Pacaembu, chegar à Marginal do Tietê e à Rodovia dos Trabalhadores (ainda não absorvi a nova denominação da Estrada) que me trouxe a Mogi das Cruzes, mais de uma vez eu tive os olhos marejados de lágrimas (como se dizia antigamente, quando o homem não devia chorar) ao ir ouvindo vozes inesquecíveis de cantores que já se foram e só o milagre da eletrônica nos permite mantê-los presentes.

Quanta gente insubstituível nos deixou nestes últimos anos, não é verdade? Basta parar um pouco e deixar o pensamento rolar e, de pronto, aí estão Ataulfo Alves, Ciro Monteiro, Eliseth Cardoso, Aracy de Almeida, Silvio Caldas, Frank Sinatra e tantos outros.

Entretanto, o que tocou mais fundo mesmo – e que ainda me arrepia, só de lembrar – foi o momento em que Orlando Duarte anunciou que, dentro da homenagem que prestava a Elis Regina, ele traria uma parte de um *show* (preservado por Zuza Homem de Melo) que reunia a Elis e os inesquecíveis Adoniran Barbosa e Vinícius de Moraes. Vinícius chegou, através de "Bom dia Tristeza" (parceria de Vinícius com Adoniran, arranjada por Aracy de Almeida). E a interpretação de Elis, com a participação de Adoniran, naquele instante, foi algo inesquecível e indescritível.

Fiquei com o som daquela voz inconfundível no meu ouvido o dia inteiro. Agora retorno e sinto como se eu estivesse, novamente, na frente do palco vendo Elis e Adoniran. Lindo, lindo!

Mas a sucessão de músicas, pois o programa é longo (felizmente) foi me levando a um universo insuperável dessa época e que nos marcou profundamente. A saudade bateu fundo e continua batendo.

Pensava que toda saudade aí estava resumida, mas quando comecei a escrever esta crônica, sintonizei no "É de Manhã" e, de repente, na voz de uma jovem cantora, uma canção inesquecível, "O Ébrio", que foi interpretada por Vicente Celestino nos meus tempos de menino e rapaz. Vicente Celestino é inesquecível para quem o viu cantar em picadeiros de circo, em grandes e pequenos teatros, em praças públicas. Uma volta no tempo, que nos enche de alegria e nos traz muita, muita saudade.

Saudade ainda de Nelson Werneck Sodré, historiador e cidadão brasileiro, Antonio Soares Amora, mestre incomparável, que se despediram de nós faz muito pouco tempo.

GUARAREMA – MAIS UMA VEZ

De tempos em tempos volto a Guararema, cidade da minha criancice (assim se dizia nos tempos de antanho). Desta vez, com Geraldina – companheira de cinqüenta anos – revisitamos, em 1999, aquela Guararema de 1939/1940, portanto, de sessenta anos atrás. E o que fomos encontrando, em cada rua percorrida? Façamos o roteiro, sabendo todos que não lembro o nome das ruas. Descreverei os locais, onde vivemos parte de nossas vidas sem sabermos que o outro existia. Dez anos depois iríamos nos conhecer, quando a garota estudiosa ganhou o prêmio que eu almejava – o prêmio Adrião Bernardes de História. Ela o conquistou porque obteve alguns pontos a mais que eu no Ginásio do Estado de Mogi. Ano, 1949. Adrião Bernardes foi professor de História e com seu nome batizou o prêmio do qual ninguém nunca mais falou. Coisas deste nosso Brasil.

Chegamos a Guararema, via Freguesia da Escada. A igreja histórica estava novamente fechada, com telhas no pátio externo, demonstrando novas reformas. Temo pelo futuro de tantas igrejas históricas que podem desaparecer pelo descuido. E as nossas autoridades? Ao passar pela estrada entre a Freguesia e Guararema – bem conservada – fomos reencontrando os espaços percorridos a pé ou a bicicleta até chegar ao "Pau d'Alho", lugar marcante em minha vida. Lá, apesar da chuva, havia muitos pescadores. Era o meu reduto dos tempos de criança, quando eu e meu pai íamos pescar quase todas as tardes. Lambaris, bagres e até dourados foram fisgados e viraram jantar, um lauto jantar.

O rio Paraíba era bem cuidado e esse lugar chamado "Pau d'Alho" era rico de peixinhos e peixões. Dali fomos em direção à igreja, onde fui coroinha, e dela à Estação da Central do Brasil. Essa estação de trens é outro ponto de nossas recordações. Está abandonada, mas lá ainda se pode ver o edifício onde esperávamos o jornaleiro para dele comprar o *Gibi*, o *Globo* juvenil e os jornais esportivos.

Nessa mesma estação aplaudi Leônidas da Silva, em 1942, quando ele veio do Rio de Janeiro para São Paulo. Depois passamos pelo jardim central – feio e sem graça – e minha casa, reduzida a um restaurante *self-service* e casas comerciais. Imaginar que ali havia tanta árvore frutífera, tanto verde, enfim... Mas tudo muda. Ainda bem que não mudou o G. E. Presidente Getúlio Vargas, onde estudei as chamadas primeiras letras. Não existe, ao lado dele, a casa dos tios queridos da Geraldina – Rodolpho Jungers e Dona Nenê – mas a Santa Casa e o Cemitério permanecem marcando, com sua inteireza, a nossa Guararema. Também a casa onde viveu Edna, a esposa do maestro Niquinho, resiste.

No cemitério uma pequena tristeza. Fui ver o túmulo de minha irmã querida Ondina Witter, filha obediente, como diz a epígrafe, e seu retrato, tão bonito, havia sido danificado por algum vândalo. Vamos tentar recuperá-lo para manter bonito o recanto onde Ondina repousa e o seu Jacob e D. Helena/Julia puseram boa parte das economias.

É sempre bom rever os lugares das infância; os momentos da alegria e satisfação, quando brincar era a nossa função. O tempo passou e lá vão sessenta anos, e parte daquele mundo se mantém, apesar do progresso e da tecnologia.

Bom foi rever Guararema, apesar da chuva.

Calouros de 1958

Dia desses Hertha, colega e amiga de muitos anos me telefonou. Sugeriu que eu recuperasse um pouco da nossa História. Em especial os dias vividos, logo depois do nosso exame vestibular, em 1958. Ela estava chocada com os acontecimentos da Medicina da USP e achava que eu poderia ajudar a diminuir as práticas violentas dos tempos atuais com a narrativa de nossa experiência.

Demorei um pouco para atendê-la. Agora o faço, com a mesma segurança de Fernanda Montenegro (que sabia não ser vencedora na premiação do Oscar) e, por isso, tenho a certeza que não ajudará a mudar as coisas neste mundo atual. Lembrou-me Hertha daqueles dias de recepção, que a marcaram profundamente, e que a minha memória não ajudou muito a recuperar.

Lembro-me de toda nossa alegria ao passar no vestibular. Totalmente diferenciado do de hoje, a começar pelo número de vagas e pela forma de preenchimento delas. Para começar essas vagas oferecidas nem sempre eram preenchidas. Quando eu e outros amigos inesquecíveis fizemos o vestibular para o curso de História, da Faculdade de Filosofia, Ciências e Letras da USP, eram cinqüenta vagas para o noturno e outras tantas para o diurno. Nem um nem outro acabaram preenchendo todos os lugares, mesmo com segunda época. A minha turma acabou ficando com vinte e três ou vinte e cinco alunos, em 1958. E entrar era difícil, porque se faziam exames escritos e orais. Os exames orais eram realizadas diante de uma banca de três professores, quase sempre catedráticos. Aqui vale lembrar o papel dos bons professores do ensino secundário. Quem se lembra do professor Mello – o Melinho, como o chamávamos? Pois ele, em todas as aulas, no início, no meio e no fim, encontrava um jeito de dizer: "Quando há uma negativa e não há *pas* e nem *point*, o *que* traduz-se por senão". Isto estava impregnado em cada um de nós. Eu, no exame, oral, comecei a traduzir um texto difícil e, logo no início, me deparei com o *que* sem "pas" e nem um ponto. Traduzi, automaticamente, por sinal, e fui dispensado do resto da prova. Se tivesse de prosseguir, sei não.

Mas, depois de sucessivas provas, das inscrições, das escolhas das matérias optativas, pois as obrigatórias eram obrigatórias, todos nós começávamos a viver o clima da rua Maria Antônia, na Vila Buarque, em frente ao Mackenzie. Nesse clima havia, entre outras emoções, a expectativa de como seria o nosso trote. É disso que devo lembrar e com muita alegria: o encontro dos veteranos e calouros. O trote acontecia no Grêmio da Filosofia, num espaço muito especial onde havia o Bar do Oswaldo. O Oswaldo foi também uma figura a nos marcar desde o vestibular. Além de explorar o bar e restaurante do Grêmio ele também era o barbeiro dos alunos da Maria Antônia e de muitos professores da Filosofia e da Faculdade de Economia, que ficava na Doutor Vila Nova e se comunicava com a gente pelo pátio interno.

O nosso trote demorou, se não me engano, uma semana. Todos os dias havia uma festa, que ia de *shows* musicais, passava por bailinhos e sempre acabava com muita comida, e cerveja pra valer. Todo pátio interno da Maria Antônia e o salão do bar se mantinham acesos até bem tarde. E sempre era festa. O trote era uma festa.

Mas diga-se, a filosofia sempre se destacou por "trotes-recepção" e "não trotes-agressão". Estes sempre existiram e existirão em algumas escolas, em todo o país. É uma pena.

Nós, no entanto, calouros de 1958, fomos recebidos com carinho e muita, muita festa.

Que bom!

MOGI, SEUS ARQUIVOS E MUSEUS. SUAS HISTÓRIAS

A cidade de Mogi das Cruzes tem muita história. Quase tão antiga quanto a capital, a terra de Brás Cubas (ou de Gaspar Vaz!) ainda preserva relíquias arquitetônicas que vão sendo esquecidas e, talvez, por isso, elas são tragadas pelo tempo e pela volúpia do poder econômico. Ninguém é desligado da realidade o suficiente para não entender que o mundo é dinâmico e que as condições de cada época impõem mudanças. Entretanto, um mínimo precisa ser mantido e cuidadosamente tratado.

Felizmente, com a decisão do prefeito Waldemar Costa Filho e a criação de uma Comissão Especial para tratar da problemática dos Arquivos Municipais há uma luz nova a iluminar os destinos da cidade.

Os Arquivos Municipais são fundamentais na preservação da história de um país. Tendo-os bem cuidados, metade do caminho está percorrido. Não é tarefa fácil, porém é um grande desafio que um grupo de mogianos, designados por Waldemar, está disposto a enfrentar.

O notável dos encontros dessa Comissão é que, automaticamente, na busca de um espaço apropriado para abrigar os documentos, venham à mente de muitos de nós edifícios como o da antiga Escola Normal, onde tantos estudaram, o Grupo Escolar Cel. Almeida, exemplar único do modelo de escola elementar em quase toda região. E ninguém se esquece do papel de todos os mogianos na salvação da Igreja do Carmo e de todo seu entorno.

Ao lado dos documentos que, na sua maioria, são administrativos e de uso corrente, pensa-se no Arquivo Histórico e no Museu Histórico e Pedagógico "Visconde de Mauá". Todos localizados no atual edifício da Prefeitura e que precisam encontrar seus ambientes adequados e, a partir daí, servirem à sociedade mogiana naquilo que eles, de fato, representam: a História.

É comum acharmos que a documentação que está sendo produzida nos diferentes setores da administração pública ou nas organizações particulares tem somente um valor atual e corrente. Na verdade, os documentos administrativos de hoje são os históricos de amanhã como, aliás, os históricos, de hoje, foram produzidos para gerar ações administrativas.

Agiu bem o prefeito ao criar a Comissão para cuidar dos Arquivos e mais ainda por ter determinado um prazo de 120 dias para que ela encontre os caminhos. Tomadas as primeiras medidas, tenho certeza de que não só os arquivos e museus da cidade serão preservados mas toda sua história e, com esta, o restabelecimento do amor próprio da própria cidadania.

Depois das primeiras providências, o apoio de *O Diário* será fundamental. E por falar em Diário registro, comovido, a generosa matéria "No Museu Paulista" do domingo, dia 23 de maio. Se fiz no Museu do Ipiranga alguma coisa é porque tenho equipe bem formada lá. Espero que, juntos, com uma boa turma, possamos fazer muito, também aqui em Mogi, por nossa cultura e nossos documentos e monumentos.

Preciosidade

Quando li, num determinado documento, a palavra "assexo" e não consegui encontrar o significado para o contexto, achei necessária a consulta a um bom dicionário de língua portuguesa. Encontrei, no novíssimo *Michaelis – Moderno Dicionário da Língua Portuguesa* o verbete, à p. 240, com o significado que reproduzo: "as.sexo (es) adj. (a-sexo). O mesmo que "assexuado".

Em seguida: "as.se.xu.a.do (es) adj. (a-sexuado) 1) Que não tem sexo ou órgãos sexuais funcionais. 2) Produzido sem ação ou diferenciação sexuais; assexo ou assexual". A partir daí, dando tratos à bola, achei ainda mais confusa a situação.

Cheio de afazeres e sempre me preocupando com as questões nacionais e internacionais neste momento de globalização e, ao mesmo tempo, precisando tomar pequenas medidas administrativas para que o Museu do Ipiranga não se enfeie, esqueci momentaneamente daquilo que me incomodara. Talvez tudo passasse e eu nem voltasse a pensar no assunto e, muito menos, o estaria trazendo para dividir com tantos que me acompanham. Acontece que o "e-mail" voltou à minha mesa com uma nova solicitação, da mesma pessoa, com a mensagem semelhante à primeira. De novo o "assexo" – sem sentido – me bateu de frente.

Por isso comecei a falar com pessoas próximas e distantes sobre o meu espanto. Encontrei até uma professora, dedicada e boa amiga, que me disse ser, talvez, o resultado de "teorias" que orientam os professores do ensino médio (primeiro e segundo graus) a não corrigir as crianças, pois isto pode levar a "criar problemas de personalidade" ou "traumatizá-las".

Outros amigos e colegas foram indiferentes e alguns acharam que eu estou "por fora" da realidade.

Angústias à parte, vejo com muita preocupação o seguinte pedido, que deu origem a tudo o mais:

Nesta Sexta-feira irei com um grupo da Faculdade X fazer um trabalho sobre turismo, no Museu do Ipiranga. Gostaria de saber se poderemos ter assexo livre.

Agora você, como leitor, pode entender que todo meu trabalho com o dicionário foi inútil porque o que os interessados queriam era ter acesso às dependências da Instituição.

Preciosidade ou não.

Panathlon e Jubileu

Um convite formal igual a todos os que foram enviados aos sócios. Em dois pontos escritos à mão, convocações irrecusáveis, do Nicolini, Bacalá e Aristides. E daí? perguntarão os que me agüentam todos as quartas-feiras.

É que o cronista de *O Diário* era convidado pela enésima vez a participar de um jantar – convívio do Panathlon Clube para onde foi levado pela generosidade de José Geraldo Massucato e Luis Bacalá e introduzido num grupo especialíssimo, formado por atletas e ex-atletas. Em especial, neste 6 de agosto de 1999, a data comemorativa dos 25 anos – Jubileu de Prata – do Clube em São Paulo. Mais ainda, homenagem especial a Fiori Giglioti, o nosso melhor narrador esportivo de todos os tempos e ao professor Massucato. Festa bonita, com mais de trezentos participantes. Gente do Brasil e do exterior. Não vou, por não saber, descrever a festa belíssima em seus detalhes. Não sou o Willy Damasceno, nem o Mutsuo.

Será, no entanto, necessário e oportuno transferir para os meus leitores um pouco do significado de ser um "pan-athleta" e, ao mesmo tempo, passar um pouco do espírito que anima tantas pessoas no Brasil, na Europa, nos Estados Unidos e na América Latina a se unirem em torno das idéias e objetivos culturais e esportivos do Panathlon. Basicamente estão reunidos em torno dos princípios éticos de todos aqueles que souberam e sabem competir em todas as modalidades esportivas. O salutar do lúcido e da alegria de vencer, e a sabedoria do bem perder são sempre demonstrados por aqueles que falam e ouvem nas reuniões mensais festivas ou não do clube, atualmente dirigido por Luis Bacalá.

O cronista homenageia o Jubileu do Panathlon, transcrevendo a letra do seu hino que ele não canta por continuar desafinado:

Essa nobre entidade
Do esporte é o senado
Uma verdadeira irmandade
No presente e no passado
O ideal está no esporte
A esperança renascida
De uma geração sadia e forte
Com maior respeito à vida
Eis aí a tradição:
Do basquete e voleibol
Atletismo e natação
Do iatismo ao futebol...
E depois de dura prova
Com o corpo já cansado
A amizade se renova
Vencedor ou derrotado!
(Autoria de Mario Albanese)

FUTEBOL + FOTOGRAFIA = ARTE

No saguão do Departamento de Sociologia na Faculdade de Filosofia, Letras e Ciências Humanas da Universidade de São Paulo, na Cidade Universitária e na seqüência em São Caetano, depois da Estação Sé do Metrô, uma exposição está sendo mostrada e continuará exibida por muito tempo. O assunto está no coração de todos nós que gostamos de futebol.

Trata-se, no entanto, de uma mostra muito diferenciada. Ela é composta por fotografias de amadores que acompanhavam os torcedores brasileiros durante todos os jogos da Copa do Mundo de 1998. Ao acompanhar as imagens, captadas pelas câmeras, fui me surpreendendo, mais uma vez, com o que nós brasileiros somos capazes de fazer.

O grupo de fotógrafos é composto por alunos de cursos diferentes da Universidade de São Paulo e liderados por um professor. Este mestre, de quem já falei neste espaço, é sociólogo e historiador do mais, alto nível. Excelente escritor, marcando um lugar até nas Academias de Letras deste país. Acho até que ele não se interessa pela imortalidade acadêmica. Trata-se de José de Souza Martins, revelado nesta exposição como sensível e competente fotógrafo. Grande parte das imagens foram captadas por suas lentes, a principal delas os seus olhos. E? Do ver de quem fotografa o resultado e a expressividade do objeto fotografado, principalmente quando o que se busca é a expressão facial. É muito boa a sensação de rever as emoções desses homens e mulheres, um ano depois de um de nossos maiores desencantos. Só não superou a inesquecível derrota de 1950, no Maracanã, frente aos uruguaios de Obdulio Varella.

As caras pintadas, as bandeiras, as roupas, o ambiente expressivo, a paixão estampada em cada gesto, em cada sorriso, em cada lágrima, nos mostram, através das fotos, o quanto significa o futebol.

José de Souza Martins e seu Grupo Phora de Phoco conseguiram captar, no momento exato, o viver e o conviver de tantos paulistanos, envolvidos pelo patriótico desejo de ver o Brasil vitorioso para "explodir" de alegria e felicidade.

As imagens do povo irmanado pelo futebol e registrado pela fotografia resultou numa obra de arte que precisa ser vista. Aqueles que percorrerem a exposição estarão registrando o saber fazer dos brasileiros e a criatividade inesgotável de que somos possuídos.

Vale mesmo conferir a exposição: "Patriamada – A Representação da Emoção da Pátria nos Torcedores de Rua da Copa de 1998". E por falar em Futebol, e pegando carona na Coluna do Chico Ornellas, quero cumprimentar o "Netinho" por mais um aniversário, comemorado com bom vinho e melhores amigos. É sempre bom lembrar dos tempos vividos e convividos e as lembranças das tantas histórias desse mogiano ilustre. Felicidades Netinho.

Sinal dos Tempos

Lia os jornais num dia de agosto e me dei conta das marcas das oscilações climáticas de São Paulo. Alguns dados ali contidos me diziam que o recorde de temperatura baixa, na cidade de São Paulo e adjacências, era ou foi registrada em agosto de 1955. Poucos graus centígrados acima de zero. Em seguida, os índices dos últimos sete anos. De alguns números nem me lembrava, muito menos que sentira todo aquele frio.

Fiz rápida conta e pude perceber que, em 1955, eu deveria estar nadando no rio Tietê, ali nas proximidades do Náutico, e só tinha 22 anos. Era uma prática antes da jornada do professor primário, alfabetizador dos pequenos japoneses da Vila Moraes. Era também o tempo de cuidar da filha primogênita, nascida em 3 de maio, pelas mãos do inesquecível Dr. Milton Cruz.

Neste ano de 1999, quarenta e quatro anos depois, num ano muito frio, batendo outros recordes de baixas temperaturas, percebi, por todos os ângulos, que o sinal dos tempos é presente. Se não sentia frio no maior recorde de todos, agora, dia-a-dia tenho sentido frio, frio, frio.

Todos aqueles que estão vivendo o mesmo tempo nem sabem do que estou falando: temos o calor da infância/juventude no alvorecer de nossas vidas e o "frio na alma" nos tempos do nosso entardecer. Não há nem tristeza, nem nostalgia nesta lembrança, o que há é a certeza de que os tempos são diferentes e cada um tem o seu tempo e o seu ritmo e o seu frio.

Mas também há outros sinais e outros momentos que mostram a resistência de um grupo de velhos-jovens que continuam se deliciando e bailando ao som da Orquestra Tabajara, do incansável maestro Severino Araújo, que, vez por outra, vem até Mogi das Cruzes, pelo Clube de Campo, para nos lembrar que ainda há boas coisas neste nosso Brasil. A Orquestra Tabajara, como eu, tem 66 anos e está próxima a bater o recorde como a orquestra mais antiga do mundo. E que orquestra! Que músicas! Eu felizmente não chegarei a entrar para o livro Guiness como mais velho, ok?

Se, de um lado, ao avançar os tempos, sentimos "frio en el alma" ou "deseo de vivir" como antes, também sentimos toda nossa juventude vendo o Scavone, ou o Milton Cury, dançando e sambando até às quatro horas da manhã, como se fora nos outros tempos de todos nós, no Itapeti Club.

Sentimos todos o "peso dos anos", mas também a alegria de continuar vivendo a vida, apesar de todos os sinais do tempo. E, por isso, esta crônica não tem tempo de ser publicada de modo atemporal enquanto existirem Robertos Pires, Cidinhas, Willys, Beneditos Hardt, Geraldinas, só para lembrar os mais próximos.

Outubros

Não me dei ao trabalho de fazer contas para saber quantos outubros eu vivi. Posso avaliar e afirmar que não foram poucos. Em quase todos, quando a primavera, ainda fria, vai chegando, aconteceram coisas na minha vida bem vivida. Nos últimos, então, nem se fala. Se pensarmos num número mágico como o nove, num ano de 999, os últimos nove anos são resultado de um acontecimento especial acontecido em outubro de 1990. Mas isto fica para uma outra vez.

Vamos ao século XIX. Num dia treze de outubro, nascia meu pai, o grisalho "seu" Jacob, que encontrou em Amparo "dona" Júlia ou Helena e deles surgiu, fora de tempo, o único filho homem do casal que ganharia o nome de José Sebastião – quase José Eduardo Sebastião – e que, desde os tempos dos juvenis de basquete e futebol só atende por Witter. Sim, falo do cidadão – cronista, que continua a acreditar que é mesmo cronista e devido a isso insiste em escrever nas quartas-feiras.

Pois, se há mais de um século, num outubro, nascia seu Jacob, outros outubros marcaram sucessivamente a vida deste capricorniano, que neste outubro de 1999 vive o seu momento mais dramático. Coisas muito particulares e que deveriam ser mantidas comigo mesmo. Entretanto, achei que meus leitores, que perdem tempo com minhas preocupações, deveriam e até têm o direito de saber o que se passa comigo, e assim poder entender a maior ou menor inspiração nestes dias de final de outubro. Se no século XIX nascia o maior responsável pelo surgimento desta figurinha, e é num final de século que essa mesma figurinha começa a viver uma profunda alteração na sua vida profissional e no seu cotidiano.

Depois de 47 anos como professor, que, como todos sabem, passou por todos os graus do magistério, desde o primário até o superior, começa o seu processo de aposentadoria naquela que foi a sua casa nos últimos quarenta e um anos: a Universidade de São Paulo (a USP de todos nós). A decisão de sair da ativa (porque nos próximos *holeriths* já serei identificado como inativo), sem deixar de viver um de meus prazeres, que é trabalhar, foi sem dúvida a mais difícil de minha vida. Não é preciso enumerar todas as razões. Talvez valha contar somente uma pequena história, vivida por outro colega de destaque diante da mesma decisão, há mais de vinte anos. Decidida a aposentar-se pediu ao então poderoso Eurípedes Simões de Paula que providenciasse sua aposentadoria. Eurípedes, cujo amor pela USP era indiscutível, lembrou à professora de que ao sair da USP ela também saía de foco. Disse ele que ao se aposentar, como ela, queria deixaria de ser vista, porque desceria do enorme cavalo branco (a USP) em que estava montada. E acrescentou: nós, eu e você, Witter e tantos outros não somos nem Sérgio Buarque de Holanda, nem Antonio Candido ou Mário Schemberg, que já eram e continuam ainda mais visíveis depois da USP.

Enquanto pensava na saída e, em conseqüência ter de deixar a direção do Museu do Ipiranga, ouvia a voz do grande mestre e professor Eurípedes, o tenente Simões dos mogianos, e confesso que balancei muitas vezes. Vaidoso e acostumado a ser notícia por causa das posições que sempre tive na USP, confesso que retardei ao máximo a tomada de decisão. Mas outubro é e tem sido mês de mudanças na minha vida. Outras oportunidades surgiram me dizendo que era minha hora. Chegara o momento postergado por dezessete anos em que continuei dando o melhor de mim para aquela instituição que acreditou em mim lá no final dos anos de 1950. Eu poderia estar usufruindo da aposentadoria desde então. Não fiz e não me arrependo porque, por não ter me apressado, pude ser Diretor do Instituto de Estudos Brasileiros (IEB), coordenar a Coordenadoria de Comunicação Social (CCS) e, finalmente, coroar a minha vida acadêmica como Diretor do Museu do Ipiranga (o Museu Paulista da Universidade de São Paulo). Saio um pouco antes do fim do meu mandato no Museu e para enfrentar novos desafios (assuntos para outro momento).

Este novo outubro, um dos tantos outubros, marca o fim e o recomeço, e tem muito a ver com o outubro de 1990, quando tudo poderia ter definitivamente terminado não fosse o amor pelo futebol e o diagnóstico acertado de Eulógio Martinez Filho, meu cardiologista e quase irmão desde então e que também agora tem muito a ver com minhas decisões deste outubro de 1999. Num determinado dia Eulógio me disse: é o seu momento e deve aceitar os novos desafios enquanto você será visto como um aposentado precoce. Daqui alguns anos, com mais de setenta, você acabará sendo um velhinho teimoso e eu sei o que são três anos de vida para aqueles que já passaram dos setenta. Era o que eu precisava ouvir e tomei a decisão, a de requerer a aposentadoria. Mais um dentre os tantos outubros a me marcar. Esta será "a decisão", porque ela não permite retorno. Novos tempos e hora de dizer ao bairro do Ipiranga, aos funcionários dedicados do Museu e a todos com quem convivi na USP o meu muito obrigado e "até sempre".

Relembrança

Outro dia, caminhando por Mogi, passei pela frente do Instituto de Educação "Dr. Washington Luís" e fui revivendo um pouco de nossa história. A minha em particular, a de Mogi das Cruzes e daquela instituição que marcou a educação em todo o Estado de São Paulo. Como num passe de mágica, revi a escola na minha chegada como o todo – poderoso diretor, que assumia o comando da melhor escola da região. Eram tempos outros, quando ainda não haviam universidades em nossa cidade e o Instituto acabava sendo o centro das atenções na área do ensino e da cultura. Eu chegava nos tempos difíceis do início da ditadura militar (tema para outra hora) e por isso mesmo fui visto como um interventor, o que só fui descobrir no ano passado. Voltava, nos anos de 1960, agora para dirigir, aos meus tempos de estudante e, aos poucos, fui revendo todo o universo que fora meu, um dia. Refiro-me aos anos de 1940 e 1950.

Então, em 1964, eu era o poderoso chefão e, pior, eu pensava que era. Cheio de empáfia. Nos meus trinta e poucos anos de vida e chegando como salvador da escola eu me sentia muito superior. Só o convívio com tantos colegas de primeira linha me permitiu entender a minha fragilidade e o que significava o Instituto e sua complexidade. Passados os primeiros dias e vividas as primeiras emoções, começava as encontrar as pessoas que iriam interagir comigo e sobre elas é que quero falar um pouco nestas recordações de tempos idos.

Mogi das Cruzes era outra cidade, mais pacata, mais provinciana e, talvez, mais cheia de encantos. Dentre esses encantos o Instituto e nele pessoas como Antoninha, Hilta, Cida, Penha, Maria José, Sônia Brasil, que tinham a responsabilidade de cuidar das crianças do Curso Primário do W. Luís. O curso primário tinha, além de ensinar as crianças a ler e a escrever como todas as escolas primárias da época, de funcionar como laboratório das normalistas. Nunca me lembro se funcionava mesmo e se atendia às necessidades da Escolar Normal. Mas era, sem dúvida, uma escola diferenciada das demais. Marcou época em Mogi a atuação da equipe, comandada pela incansável diretora Dona Antoninha. Sim, a Antoninha, como até hoje é identificada. Se dissesse a profa. Antonia de Oliveira, alguém a localizaria?

Convivi com o desenvolver dessa Escola, como parte integrante do Instituto. Tudo foi sendo conquistado pelo labor constante e persistente dos professores que iam conseguindo, pelo esforço e dedicação, desde os brinquedos recreativos para os horários de recreio até os intrincados e modernos aparelhos para o aperfeiçoamento da aprendizagem da sala especial dos deficientes auditivos. Hoje se fala muito na busca da parceria e é considerado, no serviço público principalmente, um bom administrador aquele que consegue recursos externos ao orçamento com o apoio da iniciativa privada. Será que muitos de nossos administradores atuais sabem da existência daquela equipe do primário do W. Luís e nela se inspiraram para defender a atual situação como a mais moderna forma de agir? Não creio que os atuais administradores voltados, como estão, para o ano 2010, possam se interessar por História e buscar em exemplos do passado a sua forma de agir na atualidade.

Faz bem, no entanto, recuperar a História. Só assim podemos valorizar o presente e colaborar com o planejamento futuro. O nosso sempre lembrado Instituto de Educação "Washington Luís" e o seu grupo de professores primários, fez, ao lado da Escola Normal e dos cursos colegiais, história dentro da História. Sensibilizou figuras marcantes do nosso meio científico e em particular o Dr. José Reis, na época um dos diretores da *Folha de S. Paulo*, além de professor da USP que foi seduzido pelas professoras e conseguiu aparelhos e recursos para a sala especial. Antoninha, Hilta, Sônia Brasil, Cida e Penha devem se lembrar do que falo e da solenidade que marcou a entrega da nova sala aos estudantes e professores. Também devem estar lembradas da reportagem especial publicada na *Folha*. Outros tempos que vão ficando fora de foco ou até sendo completamente esquecidos.

Muitas coisas foram feitas pelo grupo abnegado de professores que viveram, então, as experiências das classes dos pequeninos que começavam a vivenciar o universo diferenciado de sua vida escolar. Meninas e meninos iam, aos poucos, deixando a proteção da casa e da família e enfrentavam o mundo que os ensinaria a conviver com a realidade que deveriam enfrentar. Era o momento de viver com outros companheiros – os colegas –, com os professores e professoras, com a diretoria e com os bedéis. Cada um tinha o seu papel e ensinava, cada um do seu jeito, aquilo que era o mundo. A escola primária e, em especial o curso primário do W. Luís marcavam o futuro de todos que por ele passaram.

Até.

A Festa das Luzes

Amanhã, 9/12/99, uma quinta-feira, nas colinas do Ipiranga, haverá uma festa muito especial para este cidadão-cronista. O Museu do Ipiranga será iluminado. A festa das luzes, como venho chamando o evento, marca a vida deste cidadão por tudo que ele viveu naquela instituição. De certa forma, a hora da apoteose, com o Museu pleno de luz, será o ápice da carreira de alguém que, de fato, se dedicou a uma instituição como a USP. É também o resultado de um trabalho persistente de muitos, que é difícil registrar o nome de cada um. Quero mais uma vez ressaltar o papel dos funcionários – de todos os funcionários do Museu, sem exceção – dos técnicos a colaboradores da Siemens – neste espaço de tempo em que trabalharam para realizar um espetáculo de beleza indescritível (vi os testes no último domingo). Cada grupo de trabalhadores e técnicos do museu e da Siemens e Osram fizeram sua parte e o fizeram bem.

Tudo, no entanto, não teria acontecido se o reitor da USP, Jacques Marcovitch, e o presidente da Siemens, Hermann Wever, não fossem sensíveis ao sonho de um professor. Eles o foram e juntos se propuseram a entregar aos paulistas e paulistanos na chegada do ano 2000, O Museu das Luzes. E foi uma longa caminhada desde a escolha dos projetos apresentados. Nada fácil pelo valor das concepções.

Foi escolhida a proposta da Candotti e Nardeli, cujos integrantes Yara e Nardeli e seus colaboradores, competentes e simpáticos, somaram seus esforços aos de Albiero e Pedro Heers e seus colaboradores para atingir o objetivo final.

Beleza pura, Beleza pura e indescritível. É mesmo de arrepiar.

O Dia 9/12/99 será o dia de convidados. Convidados especiais que verão o Museu por dentro e por fora, em número reduzido até mesmo pela dimensão do Museu e pela recepção da Siemens. Mas do Parque da Independência e dos arredores o povo também verá o espetáculo maravilhoso e verá, até muito melhor que os escolhidos para ver de perto. Ainda mais, o grande espetáculo das luzes será sempre a Festa das Luzes do Museu do Ipiranga. O cronista espera que, como foi pensado, o Museu se ilumine todos os dias das 20 às 24 horas e mostre, ainda melhor, o cartão postal de São Paulo, altamente valorizado pelo apoio da Siemens/Osram, por meio de seu presidente.

O cidadão-cronista, no que lhe toca, agradece a todos por esse presente de Natal.

Até.

Cá Estamos

Já estamos vivendo o ano 2000. É uma sensação diferente, especial, para todos nós desta geração. Ou de uma mais antiga um pouco e, também, de homens um pouco mais novos do que eu. Tenho certeza de que aqueles a quem me dirijo entendem, sabem do que estou falando. Quando, na semana passada, me despedia dos novecentos eu falava de coisas muito parecidas. Aqui e ali me repetirei, desejando ou não. É, no entanto, uma sensação de uma nova era, a que estamos começando a vivenciar. Entendo 2000 como um ano de transição, uma grande ponte a conduzir toda uma humanidade para novos tempos. Se serão bons, ruins, mais ou menos, é difícil predizer. E, além do mais, cada grupo social ou cada indivíduo, vive de forma diferente e própria o mesmo momento, o mesmo tempo. Assim foi o que vi acontecer em 1999, pois muitos amigos, colegas, parentes acharam que foi um ano que não deixou saudade. Eu, em especial, vivi um tempo muito bom. Foi um ano de muitos desafios e de mudanças radicais, porém, recebi o reconhecimento da sociedade a que me dediquei com amor e carinho. Estou começando, de novo, na nossa Mogi das Cruzes, a viver um novo desafio. Queira Deus que eu não decepcione os que me deram nova chance de trabalhar neste momento de minha vida; e que também eu não me decepcione...

Mas também vale pensar um pouco mais neste momento de todos nós. Vivemos, nos últimos dias de 1999, a apreensão de grandes catástrofes, a maioria delas originárias do Bug do Milênio. Enquanto as TVs mostravam as festas do "virar o ano" no mundo todo, das mais primitivas ilhas à sofisticada Times Square, em Nova York, e as autoridades mundiais iam aliviando as tensões, eu me perguntava o que leva tanta gente a viver e sofrer por antecipação. Será que o "bug" teria oportunidade de acontecer? É só uma pergunta. Mais ainda, valeu pensar no que mudaria a vida daquele homem e daquela mulher simples que vive no interior do país ou nas matas do litoral paulista, catarinense, cearense ou amazonense se os computadores ficassem loucos?

Mas o bom mesmo é que já estamos preparando nossos novos projetos para realizar sonhos sonhados ou simplesmente continuar fazendo o que sempre se fez, neste novo ano, no seguinte e nos demais do novo milênio. O açougueiro continuará sua rotina, o sapateiro também, a professora primária (a mais importante formadora de caráter) continuará ensinando o menino e a menina a compreender o que são as letras do alfabeto, as frases, as lições para que, no futuro, essas tantas crianças possam ler livros, decifrar códigos, entender tudo o que significa a informática: barqueiro-pescador, com seus métodos simples e seguros e seu instinto que o preserva, continuará a buscar o seu sustento e o de tantos outros, enfim. Para todos, nem o bug existiu. Ou será que eles foram os que melhor entenderam o significado desta passagem? Sem rótulos ou mares, mas lá no fundo do fundo do espírito? Quem sabe, de verdade, o significado de tudo quanto ocorreu e está ocorrendo neste mundo e no universo de cada um. Foi, é e continuará sendo um tempo de reflexão e passagem.

O ano que estamos começando a viver, certamente, será um período de grandes reflexões e deveremos estar todos atentos para os desafios de todas as naturezas que teremos de enfrentar, cada um na sua profissão, cada um no seu cantinho. É tempo de estarmos alertas e despertos e com a certeza de que estamos vivendo uma travessia.

Dentro de pouco tempo, como aconteceu em 1999, nós já estaremos festejando, de novo, o Natal e o Ano Novo de 2000 e temos de estar nos preparando para o que poderá acontecer com o

2001 e com todos nós e lá em dezembro nos organizando para o novo milênio. Enquanto o novo fim de ano não chega, vamos viver a vida nossa de cada dia e estar atentos para o que os criativos homens da mídia vão preparar para os tempos dos 500 anos do descobrimento do Brasil e para o futuro ano que já começa a chegar.

Enquanto isso, é preciso continuar lembrando que nós chegamos e cá estamos no ano 2000. E que se chegamos, devemos comemorar e muito, pois tantos de nossos companheiros não conseguiram o nosso feito. Por isso, viva nós que cá estamos.

Cerimônias e Rituais

Dia 29 de janeiro de 2000. Ano Santo como o foi o de 1950. Por que estas datas? Porque elas são significativas e limitam tempos do nosso viver. Há cinqüenta anos, no dia 31 de janeiro, eu e Geraldina começávamos uma história de companheirismo e convivência e até hoje, com todos os percalços, encontros e desencontros, estamos apostando na nossa bela história. Lembrei-me da nossa história porque no último dia 29 de janeiro participei de uma cerimônia religiosa que me tocou profundamente. Era um sábado e eu não gosto de sair aos sábados à tarde/noite e em, especial, quando há futebol. Mas não podia deixar de estar na Igreja Anglicana de São Paulo, às 19 horas. E lá estávamos, pontualmente, como mandam as regras do bom comportamento, dez minutos antes de tudo começar.

Poderia ser um ritual de casamento como tantos, porém, não o foi. A começar pelo fato de que os noivos, hoje marido-mulher, não sabiam quem éramos.

Ana Lúcia, a bela noiva e Fernando Henrique, o noivo e filho de Gianfrancesco Guarnieri podem, quanto muito, ter ouvido meu nome, em algum momento. A maioria absoluta dos presentes também não poderia registrar nossa presença, a não ser Tânia e Eulógio. Também Ibrahim João Elias, que vi, e Ramires, que não vi.

Eulógio e Tânia nos viram, o que me fez muito feliz, pois isso aconteceu ainda na Igreja, o que facilitou a minha fuga. Sim, fugi da festa dos comes e bebes. Contrariei um pouco a companheira, mas queria chegar em casa e me preparar para nossa festa – 31 de janeiro, e que acontecerá na segunda-feira quando estaremos em pleno trabalho.

Mas queria mesmo era falar do ritual de passagem de um casamento religioso e da beleza deste, que acabei gostando de participar.

Em primeiro lugar pela beleza da igreja, resultado do bom gosto de ambos os casais de sogros que permitiram que a cerimônia fosse como gostaria que todos os casamentos fossem. No ponto certo. Tanto o padre que o celebrou quanto as orações preparadas tiveram o seu tempo certo. A duração perfeita. E o que dizer das vozes e músicas selecionadas. Tudo lindo, muito lindo. Fiquei feliz por ter ido, muito feliz por ver a alegria de Tânia e Eulógio, durante toda a celebração das núpcias de sua filha. Havia paz em seus corações. Traduziam felicidade e harmonia. Estavam um pouco tensos em alguns momentos, mas serenos o tempo todo. Como era bom vê-los naqueles momentos. Eu ocupava um ponto estratégico e participava com muita emoção daquele ritual, a ponto de ter de disfarçar algumas lágrimas incontidas. Como explicá-las não sei. Creio que pela grandiosidade simples de todo cerimonial e pela voz tocante da vocalista, que encheu de energia sensível o mundo encantado em que vivíamos então.

Em cada momento, olhando os rostos suaves dos pais da noiva, eu ia relembrando o meu conviver com Eulógio e Tânia. Desde o momento em que os conheci, primeiramente ele e depois ela, fui sentindo a segurança da amizade que crescia e sem sermos muito íntimos ou muito assíduos em nossos encontros, somos profundamente próximos. E, para isso, não há explicações além de sentir.

Fiz questão de externar, neste espaço, tudo aquilo que vivi naqueles 48 minutos compartilhados com tantos corações pulsando num mesmo ritmo, o que não consegui verdadeiramente pelo espaço curto de uma crônica. Diz, no entanto, aos que sempre me acompanham, que uma cerimônia como esta me levou ao reencontro com os tempos de outrora, quando havia sentimento puro em atos de fé e redenção, que o mundo contemporâneo está deixando de valorizar. E mais um registro, a cobertura do vídeo cumpriu seu verdadeiro papel, somente registrando o que acontecia e não fazendo o roteiro da cerimônia. Acho que a presença de Gianfrancesco e Eulógio, ambos artistas em seus fazeres, deram o tom e colocaram as coisas em seus lugares.

Que bom!

Que Saudade da Professorinha!

"Que me ensinou o bê a bá/Onde andará Mariazinha/Meu primeiro amor onde andará?"

Por que lembrar esta letra de música nesta hora, neste momento? Acho que devido ao momento especial em que vivemos, principalmente no Estado de São Paulo. As greves de professores por melhores salários e as sucessivas crises do sistema educacional brasileiro. Aí, como que por mágica, meu pensamento voa e me vejo nesta nossa Mogi das Cruzes de muitos anos atrás, quando as ruas eram repletas de moças vestidas de azul e branco e que buscavam na Escola Normal os conhecimentos necessários para que pudessem exercer a profissão mais respeitada daqueles tempos: a de professor. E, então, não havia distinção de nível. Ser professor primário, secundário ou superior não havia diferença. Ser professor era o diferencial.

Embora fosse famosa e repetida a história de que muitos homens escolhiam para casar alguém que fosse professora e, assim, se tornar o "marido da professora", a verdade é que nenhum professor tinha um salário excepcional. Tinha, isto sim, um salário digno. Tinham, também, segurança no emprego e regras bem estabelecidas, desde a hora que entravam para os cargos no Estado até o momento de suas aposentadorias. De alguns anos para cá, e tudo começou por volta de 1968, as regras claras foram perdendo seus contornos e, na falta delas, aconteceu o "vale tudo", e estamos quase chegando ao caos. Nunca os professores, e principalmente os de primeiras letras, pensaram em enriquecer com seus salários, mas sim buscavam a tranqüilidade para poder ensinar. E ensinavam bem, com carinho.

As antigas professoras sabiam que delas dependia a transmissão do conhecimento; elas eram a fonte do saber. Desde os primeiros tempos, logo depois de alfabetizados, todos os alunos eram iniciados em Monteiro Lobato (inicialmente com os livros infantis do inesquecível autor) e depois, já nos tempos de ginásio, vinham os livros adultos e, também, José de Alencar, Machado de Assis e até Raul Pompéia. Por que isso pôde acontecer e, hoje, com toda tecnologia e facilidades de acesso à informação, quase não se vê alunos com livros nas mãos. Quando muito com apostilas e cópias xerocopiadas de alguns autores, nem sempre considerados clássicos.

São outros tempos e não se pode desejar que tudo pare e que tudo aconteça como alguns, como eu, possam desejar.

Exatamente porque o tempo é inexorável e tudo seja tão passageiro e volátil que é necessário, cada vez mais, registrar. Nestes tempos atuais é hora de refletir sobre o que estamos a desejar dos próximos anos e mesmo o que pretender do novo milênio. Está na hora de um profundo debate, de um debate constante, permanente, sobre o futuro da escola do Brasil, em todos os níveis e em todos os municípios pequenos ou grandes. Todos nós precisamos voltar ao passado para entender o processo todo que gerou um ensino de boa qualidade, como ele deixou e por que deixou de ter essa mesma qualidade para poder sugerir caminhos. Não basta constatarmos, como o poeta, que eu era e todos éramos felizes e não sabíamos.

Nessa discussão toda, que põe em pauta o ensino e seus agentes, é preciso (talvez não fosse aqui o melhor fórum) registrar que os professores aposentados (sejam das universidades, sejam das escolas primárias) não podem ser responsabilizados pelas dificuldades de caixa de cada governo ou autarquia. Como pouco se defendem os aposentados e, quando é feito, são escolhidos veículos ou muito especializados ou de difícil acesso, achei que, no meu cantinho, devia fazer o registro, porque muitos daqueles que são, hoje, vistos como vilões, contribuíram e muito para ter seu fim de vida tranqüilo, como a eles foi garantido no seu ingresso na carreira. Há uma injustiça sendo feita com os professores e professoras aposentados, principalmente com aqueles que foram responsáveis por ensinar a ler e escrever a tantos dirigentes que hoje não se lembram do papel de tantos velhos mestres.

Professor é algo fundamental para a sobrevivência de nossa cultura. É por isso que, a cada dia, sinto mais saudade das normalistas e da professorinha que me ensinou a ler, escrever e soletrar. Vamos, no mínimo, respeitá-las.

A Festa do Divino

A volta a Mogi das Cruzes, pelas mãos do Reitor Prof. Isaac Roitmann e do Chanceler Prof. Manuel Bezerra de Mello, tem me dado oportunidades de várias naturezas, desde rever pessoas, até participar de eventos que têm tocado diretamente o coração do cronista (cada vez que me qualifico como cronista fico pensando na responsabilidade e na pretensão do simples escriba, que, às vezes, consegue fazer uma boa crônica, mas, na maioria das ocasiões, escreve artigos e nem sempre bons).

Assim foi nesta última quinta-feira, dia 8 de junho de 2000, quando as Bandeiras do Divino chegaram até a Universidade de Mogi das Cruzes. Já tinha madrugado e acompanhado a alvorada, pelas ruas do centro a partir da catedral. Demonstração incontestável da fé e respeito à tradição. Como é bonito ouvir os cantos e ver as bandeiras agitadas com leveza firme, traduzindo a força interior daqueles que têm fé e a demonstram sem disfarces. É muito bonito mesmo, e só foi possível vivenciar toda essa emoção porque voltei a nossa Mogi.

Embora durante muitos anos tivesse visto a "Entrada dos Palmitos", fazia-o de forma apressada e somente como espectador, sem a participação comprometida e possível só para quem vive e reside na cidade a qual, sem dúvida, tem uma das mais marcantes festas do Divino do Estado.

Na UMC, uma emoção muito especial. Ali, a cidade era recebida, através das Bandeiras do Divino, dos cidadãos que as conduziam e dos violeiros, pela universidade e seus membros que se entrosavam, num momento raro de fantasia mágica. Aconteceu aquilo que tantos professores desejam: o encontro com a comunidade e, mais ainda, a união de todos, por intermédio da tradição.

Aliás, Mogi das Cruzes, tão marcada pelas tradições mais puras, demonstra de quanto são capazes os cidadãos que a habitam. Basta sentir o apoio solidário na quermesse, ao lado da UBC e do Ginásio de esportes, onde tantos correm e colaboram para melhor atender tantos outros que querem matar a saudade do "afogado" ou desejam sentir o gosto especial dos doces de época. Que tal transportar a solidariedade das festas do Divino para todos os outros dias da vida desta cidade?

A Festa do Divino, no seu todo, durante o seu acontecer, e a visita das Bandeiras na UMC são, de fato, neste ano da volta, momentos que marcam a vida do "mogiano" ausente.

No Berro

No dia quatro de outubro fez um ano que eu chegava, de volta a Mogi, pelas mãos dos professores Manoel Bezerra de Melo e Isaac Roitmann. Um novo desafio. Talvez o maior de minha vida.

Ao chegar, ainda em outubro, encontrei-me num espaço muito gostoso, a mim indicado por Cidinha e Roberto Pires. Trata-se do "Berro D'Água". Será que alguém desconhece onde e como é este simpático restaurante? Creio que não.

Pois vamos homenagear Mogi e sua gente a partir de um verdadeiro "ponto de encontro" de tantos que precisam de algo acolhedor. Não fiquem zangados com o cronista todos os demais bons e ótimos lugares, onde se come muito bem, e que a todos compareço até bastante e que não os cito para não esquecer de nenhum. Em outros momentos, também lembrarei de outros cantinhos encantadores. Hoje estaciono no Berro. E por quê? Porque desde a primeira visita fui conquistado por todos os que trabalham naquele restaurante da Ricardo Vilela. E pela freguesia também. Quanta gente conhecida revi, desde a minha primeira ida solitária para um almoço rápido. Mais que rápido, gostoso. A partir da quinta aparição por aquelas bandas, viciei. E comecei, como é meu estilo, a indicar o Berro para meus amigos e professores que comigo trabalham e que agora, quase sempre, encontro um ou outro ou todos de uma vez naquele ponto bem acolhedor dos meios-dias. À noite vou muito pouco, porém, com certa regularidade. Principalmente se estou só. É bom ir até o Berro porque sempre tem alguém solidário com os solitários.

Tudo começa quando a gente deixa o carro ou automóvel, se preferirem, nas mãos do simpático Israel, sempre atento e com uma observação oportuna e pertinente. Depois, quando atravessada a rua, sempre movimentada, entra-se no amplo salão e o sorriso do José Carlos nos dá boas-vindas e quase sempre do lado dele, atenta aos mínimos detalhes e com o olhar cuidadoso e aconchegante está Dona Lourdes. Passa-se pela ampla e impecável cozinha, logo na entrada, onde estão as incansáveis cozinheiras e atendentes sempre dispostas e alegres. Incansáveis, as sempre elétricas garçonetes não deixam ninguém esperando e andam tão rápidas que parecem ter patins sob os pés. Nem em dias de plena ocupação do espaço deixam de atender corretamente e sempre de forma gentil. Estão sempre alegres e bem dispostas. Nunca vi ninguém do e no Berro indiferente ou mal humorada e isto não é muito comum. Também nunca vi ninguém esperando por mesas ou em filas de espera. Bom sinal.

Sentado, só ou com amigos, pode-se observar todo o ambiente. Entram e saem pessoas. Algumas nunca vi antes, porém, a maioria dos que freqüentam o Berro ou são velhos e queridos amigos, ou mogianos de todas as camadas sociais; alguns e não poucos devem estar naquele pedaço quase todos os dias do ano. E é muito bom encontrar todas as moças que nos atendem e procuram sugerir o "melhor do dia" e também já sabem o que cada um de nós mais gosta. Sem distinção, Eliezer, Rosa, Dirce, Rose, Cida, Cris, Manuela (Maria Inês – filha de Manuela), Roselene (que também é Rose) e Edivane são as maiores responsáveis pelo ambiente acolhedor. Roselene e Edivane são, dentre todas, as que mais nos servem e procuram tornar, ainda mais agradável, o nosso passar pelo Berro.

Tempo de demora, entre chegar, ser atendido, comer e sair não é nunca superior a 45 minutos. Um dia ou outro chega a uma hora. E sempre, sempre se sai satisfeito.

Lembrei-me, outro dia, estando no Berro D'Água, de um outro restaurante que fez parte da minha vida – o Caviar – lá em Pinheiros.

Encontrei-o no dia que mudei para São Paulo e com ele convivi até que deixou de existir. O inverso aconteceu aqui, na minha volta, e espero viver por muito tempo com os bons amigos do Berro D'Água, onde reside a alegria e nunca ouvi um berro.

Shazam

É sempre tempo de novidades. Mogi, a cada dia que passa, me reapresenta um velho amigo ou alguém que conviveu comigo em diferentes fases de minha vida na cidade. Quantos tenho visto rapidamente nas ruas por onde ando. E muitos, muitos mesmo, devem achar que eu estou "metido" ou "antipático" porque não páro para conversar. E não devem ser poucos os que cumprimento pensando estar me dirigindo a um conhecido, mas que nunca vi. Coisa da vida, do outono de nossas vidas, quando lembranças vão e vêm sem a precisão do registro.

E, felizmente, muitos reencontros se deram nos últimos bailes de que participei. Momentos de alegria, de festas e de comemorações.

Constantes também têm sido os encontros profissionais, nas escolas ou no comércio. É tão bom quando se precisa de alguma coisa e se vai ao centro da cidade para comprar e, atrás do balcão, está um velho amigo ou companheiro de outras jornadas.

Em cada encontro, uma ou muitas lembranças dos nossos tempos do ginásio e da Escola Normal, quando éramos estudantes sonhadores, cheios de planos para um futuro que já está passando. Muito do que queríamos conquistamos. Nem sempre da forma como desejávamos. Quase todos venceram.

Eu fui muito além de tudo que previra, e, quiseram as circunstâncias que eu retornasse à nossa querida cidade para um posto honroso na UMC. Nunca é demais lembrar que isto só está sendo possível pela generosidade do professor Manuel Bezerra de Melo e pela sensibilidade de Isaac Roitmann.

De repente, parece um passe de mágica e, em algumas circunstâncias, nos encontros rápidos em corredores da universidade ou nas reuniões formais, dependendo dos componentes dos grupos reunidos tem-se a impressão de estarmos no "Washington Luís" de muito tempo atrás.

Mas voltemos à cidade e seus membros. A banca de jornal sempre foi parada obrigatória dos tempos de minha juventude e maturidade. Nela (a Estação, onde imperava o "Caranguejo"), ou nelas, eu buscava sempre as publicações das "histórias em quadrinhos", menos sofisticadas e totalmente diferentes das de hoje, mas repletas de fantasias.

As principais eram *O Gibi* e *O Globo*, que, no final de cada ano, nos davam seus Almanaques. Preciosidades que, espero, um dia encontrem um editor que os republiquem. Dessas histórias me lembrei de uma, que por sinal não era a minha preferida.

Ela trazia a figura de um garoto jornaleiro (Jimmy seria seu nome?) que, ao gritar a palavra Shazam, transformava-se num dos super-heróis e que, como todo bom super-herói, defendia os fracos e oprimidos e estava sempre do lado do bem. Esse grande herói era o Capitão Marvel.

Tudo isso parece não ter sentido, mas foi um pouco dessa mágica dos gibis que me levou para um estabelecimento comercial, cujo nome é Marvel, que me fez pensar no Capitão Marvel e suas aventuras, que eu e o Arnaldo Martins Silva, o proprietário da agência de automóveis, vivíamos nos tempos da rua Brás Cubas e arredores.

Um longo papo, que deve se repetir, nos levou, de volta ao nosso pequeno/grande mundo mogiano no qual nossos professores, nossos pais, nossos amigos, as namoradas, as tias, avós viviam e conviviam. Quantas recordações!

Mas o tempo passou e, às vésperas de um novo milênio, pudemos, enquanto discutíamos as preferencias por marcas e tipos de automóveis, falar das experiências de um e outro em seus mundos, também das esperanças e novos sonhos.

Constatei, com uma dose de muita alegria e uma ponta de tristeza, que continuamos os moleques de sempre e que o pequeno jornaleiro gritou, naquele momento, "Shazam", e "Marvel" apareceu para nos encantar e transportar para aquele mesmo mundo fantástico dos anos de 1940. Não é bom?

Dia da Banda

Mogi é surpreendente. Pessoas, amigas ou não, grupos artísticos bem diferenciados, conjuntos-musicais, enfim, vão sendo encontrados e revelam o quanto temos de criativos. Sempre temos surpresas; a maior parte delas muito agradáveis. Mas algo me surpreendeu mesmo e de uma maneira inesquecível. Local: Largo do Bom Jesus; horário: 20 horas; dia 11/11/2000, um sábado.

Eu caminhava pela Navajas e, de repente, um som inconfundível, o de uma banda de música tocando. Não sabia onde ela estava e fui me guiando pelo som até me deparar com o espetáculo.

Sim, um espetáculo, porque para mim banda é sempre um espetáculo que acontecia no largo do Bom Jesus. E, ao velho estilo, com a beleza enternecedora que só as bandas podem transmitir.

O palco: o velho coreto. Os músicos abnegados e felizes mostram a sua dedicação e "amor à arte", pois estavam tocando seus instrumentos com maestria sem um banquinho sequer para se apoiarem.

Fiz um belo passeio pelas nossas ruas e jardins transportado pelo som inigualável da banda, que ia, embora reunida no coreto do largo, desfilando como sempre fazia noutros tempos de nossa querida Mogi das Cruzes.

A cada música executada, uma lembrança e um comentário de seu maestro, um pouco de reviver. Também se podia sentir a liderança suave tranqüila do comandante do grupo e ao som das valsas, dobrados, até chegar ao samba que encerrou a noite musical, um suceder de beleza e encantamento. A música, por si só, é contagiante e a mim me faz um bem indescritível. Não consigo traduzir esse sentir, mas é algo celestial. Ouvi enquanto rodava o coreto para sentir cada instrumento e o conjunto deles, o sensível maestro falando com um dos espectadores que, no dia 25 de novembro, portanto, no próximo sábado, haverá uma retreta (era assim que se falava) especial para comemorar o aniversário da Banda Santa Cecília (se não ouvi mal – 75 anos?). Mesmo que seja outra a quantidade de anos que ela toca, é sempre muito bom ouvi-la, e espero que a audiência seja de preencher todos os espaços do largo, pois a banda merece.

O único registro triste da festa que vivi com muita alegria é que, ouvindo-a, não estavam mais do que quinze pessoas. Vamos ajudar a nossa tradicional Banda Santa Cecília com a presença no largo do Bom Jesus, no próximo sábado, dia 25. Eu, infelizmente, não poderei comparecer, mas desejo êxito total e público recorde.

Para continuar falando de boas surpresas é bom, aqui, registrar os quinze anos do Coral do Carmo, que, também, no mesmo fim de semana, fez a alegria de tantos que gostam da boa música nas vozes afinadas de um bom conjunto vocal. É bom sentir que empreendimentos diferentes, todos da qualidade dos dois aqui mencionados, subsistem apesar dos pesares.

Quando se anda de um espaço para outro na nossa Mogi se pode encontrar coisas tão boas que me fazem pensar por que não se consegue maiores incentivos para os diferentes grupos artísticos desta cidade que tem grandes músicos, pintores, escultores, dançarinos, enfim...

Que fique, neste meu cantinho, a lembrança do quanto fizeram para que o meu fim de semana fosse muito melhor. E, além dos parabéns, o muito obrigado.

Gente

Dom José

José Games Gimenez foi um dos muitos "josés" ou "pepes" que veio, por "espontânea vontade", viver no Brasil. Ele viveu em São Paulo, capital, depois de tê-la escolhido para que fosse seu lar. Adorava a cidade... depois passou a temê-la e foi viver, não muito longe dela, em Boituva.

Por quê falar, nesta coluna, de "Dom José"? Foi ele um pouco de Mogi das Cruzes em Pinheiros. Solidário e amigo, foi um dos primeiros que me fez entender os mistérios da metrópole. Eu sempre acrescentava ao apresentá-lo a alguém, com muita solenidade, um título: "Dom José de Quincoces y Aragón y Aragón y otras Hiervas". Isto o identificava. Falar dele agora é forma de dizer obrigado, por ter sido um dos principais responsáveis pela minha adaptação à cidade de São Paulo.

Pois "Dom José" era um homem como qualquer um de nós, porém "especial". Exercia profissão, que dignificou com a sua "maneira de ser". Era um garçon (à moda antiga, diriam os pós-modernos) por quem o freguês ou cliente deveria sair de casa onde ele trabalhava com "vontade de voltar". Delicadeza no atender, sem exagerar nos cuidados ou incomodar com a presença constante ao lado da mesa. Isto era seu forte.

Inteligente e bem informado, era o "bom papo" do fim de tarde. Trabalhou duro e fez amigos. Tinha orgulho de ter entre estes alguns professores e "intelectuais" que o acompanhavam, de bar em bar ou de restaurante em restaurante, depois que o "seu " Caviar fechou.

Eu o conheci no Caviar, na rua Pinheiros, no dia 4 de março de 1968. E desde então, sempre estivemos juntos. Conversávamos sobre tudo, mas principalmente nos ocupávamos da política e do futebol. Quase sempre estávamos em posições opostas, pois ele era "corintiano doente" e eu "são-paulino apaixonado". Imaginem os conflitos e o quanto de "gozação".

"Seu" José, como todos o tratavam, ou "Espanhol", como o identificavam alguns, foi um dos tipos que identificam os bairros ou as cidades. Toda a região de Pinheiros e, depois, do Bonfiglioli sabia indicar onde ele trabalhava ou onde morava. Embora pai de uma única menina, adorava as crianças e os animais. Nunca o vi sem um ou dois cachorros e muitos gatos, além de outros bichinhos de estimação. Todos eram tratados com muito carinho pelo nosso "José".

Como disse, sempre trabalhou muito e adorava esticar seu "serviço" pela madrugada e, na maior parte dos dias chegava à casa, para preocupação de Dona Maria, só lá pelas cinco horas. Dormia pouco. Mas esse era o seu mundo, um "mundo encantado", cheio de desafios e de dificuldades... Ultimamente repleto de perigos. Quantas não foram as tentativas de assalto e violência que descrevia quando num ou noutro domingo nos reuníamos em sua casa modesta, mas "repleta de luz", nas proximidades da Raposo Tavares. Gostava de fazer um churrasco e convidar os parentes e amigos. Até que a violência chegou à sua casa e o atingiu e à sua mulher... desde esse dia começou a deixar São Paulo, a sua cidade, e, diria eu, um pouco da vida. É mais uma história do cotidiano das grandes cidades. E este é mais um relato de alguém que não se conforma com a falta de amizade e companheirismo que, a cada dia, é mais constante. E justamente atingiu um homem cujo lema era ajudar a ser solidário.

Deixou a cidade grande amargurado... Mas encontrou um lugar onde podia contar com "la amistad de uno" como tantas vezes me disse. Ironia do destino, ao encontrar o seu "novo/velho mundo" pouco conviveu com ele. Havia chegado a sua hora e como diz um outro amigo referindo-se à morte, "quando o contrato vence não há o que fazer".

O contrato de José Gimenes venceu num dos primeiros dias de abril, em pleno outono, e como as folhas das fortes árvores ele também caiu. Ele, como tantos outros, mas no caso de "Dom José" era necessário este registro, que faço não como necrológico mas como lembrança de alguém que foi ímpar e que deixou dentro daqueles que com ele conviveram um grande exemplo de integridade, perseverança e amor.

TENENTE SIMÕES

Poucos pracinhas mogianos continuam vivos, Poucos, talvez, dentre os sobreviventes, lembrem-se de Eurípedes Simões de Paula, mas o tenente Simões, como era conhecido por eles, deve estar na cabeça de todos quantos comandou na Itália.

Por que lembrar de Eurípedes, o nosso querido e inesquecível professor Eurípedes, neste momento? Não sei exatamente. Acho que tem muito a ver com a minha atual função de diretor do Museu Paulista da Universidade de São Paulo, o legendário Museu do Ipiranga. E o professor Eurípedes sempre acreditou na minha carreira e sempre me incentivou para que eu assumisse posições de comando na área administrativa da USP. E, por outro lado, o fato de estar podendo externar meus pensamentos através de *O Diário*, o que me permite dividir com o público que me acompanha algumas de minhas preocupações. Uma delas é o problema do esquecimento.

Como são esquecidas pessoas como o professor Eurípedes, o tenente Simões para muitos mogianos. Ao lembrá-lo, alerto a todos das nossas ingratidões e de nos lembrarmos de quantos outros, como ele, estão esquecidos em Mogi. De alguns que me foram muito queridos falarei de tempos em tempos. Algumas figuras marcantes em minha vida vieram à minha mente, neste instante, e usarei este espaço para deles falar oportunamente.

Eurípedes Simões de Paula foi, depois de sua experiência como comandante da FEB na Itália, durante a Segunda Guerra Mundial, acima de tudo "uspiano". Ele amava a Universidade de São Paulo. Viveu sempre na sua não menos querida Faculdade de Filosofia, Ciências e Letras. Nesta ocupou, em momentos diferentes, o cargo de direção. Quando dirigia a Faculdade, em 1958, eu o conheci. A sua imagem inconfundível ficou marcada em minha retina desde o nosso primeiro contato. Marcou-me, de pronto, o fato de ele ter me identificado como interiorano e me perguntar de onde eu vinha.

Ao saber que era de Mogi das Cruzes, imediatamente se lembrou do Chiba (Milton Alves) e me pediu que o cumprimentasse. Quando disse ao Milton Alves, que é esse o nome do Chiba, que o professor Eurípedes mandava um abraço, ele custou um pouco a aliar o nome do professor de História com o seu amigo de Roma, o tenente Simões, a quem tinha ajudado nas pesquisas dele nas catacumbas. Não é preciso dizer que, desde esse momento, virei o pombo correio entre o meu professor e o tenente Chiba.

Passados alguns anos, o tenente Simões veio ao Instituto de Educação "Dr. Washington Luís" para fazer uma conferência. Falou sobre sua especialidade, a História Antiga e, num pequeno intervalo entre os compromissos, fez questão de visitar os pracinhas de Mogi das Cruzes. Relembro desse momento de pura emoção. Um raro instante de pura amizade retomada depois de tão longa ausência. De pronto, todos os subordinados se perfilaram e esperaram a ordem do chefe para "descansar" e "fora de forma" e só então os descontraídos abraços. Em seguida, a retomada de sua função como mestre, que todos admiramos. Mais uma vez ele demonstrava toda sua competência e sabedoria e mais ainda toda sua incomparável tolerância. Ouviu a todos os antigos companheiros, muitos dos quais ainda viviam os anos de 1940. Eurípedes mudara muito, pois desde sua volta passou a viver na Faculdade: a Faculdade de Filosofia, Ciências e Letras da USP. Navegava desde sua chegada no mundo desafiador das universidades nacionais e internacionais.

Se soube conviver com todas as correntes de pensamento e aceitar muito bem as diferentes posturas ideológicas de seus companheiros de academia, fez ainda mais ao criar e manter, desde 1950 e até a sua morte em 1977, a *Revista de História*, que ele editou desde o primeiro número até o 112. Foi sem dúvida a publicação mais democrática que conheci. Foi mais, foi uma escola muito bem administrada pelo seu professor-diretor. Nela, a maioria dos pesquisadores que chegava à Faculdade podia exercitar as primeiras experiências como escritor. E, quantos de nossos renomados intelectuais, de todas as tendências, não devem a Eurípedes e sua revista a oportunidade de começar.

Muito se pode falar de Eurípedes Simões de Paula. Alguém escreverá sua biografia tão rica. Ficamos aqui com esta lembrança do meu professor e eterno diretor e do tenente Simões, do Chiba.

OBDULIO VARELA

Eu tinha dezessete anos quanto senti a força de Obdulio Varela. Eu, como quase todos os brasileiros, não podia me conformar com o que fez este excepcional jogador de futebol. Derrotou o Brasil em pleno Maracanã, diante de uma torcida estimada em 200 mil pessoas. Foi uma derrota tão amarga que somente as futuras gerações não se lembrarão do que fez esse uruguaio com cada um de nós.

Acabado o jogo saí pelas ruas de Mogi das Cruzes caminhando sem destino. Era como se tivesse morrido alguém muito próximo ou uma catástrofe houvesse acontecido na cidade. Havia, de fato, tristeza, amargura, no rosto de cada uma das pessoas com quem cruzava. Um gesto, um olhar, lágrimas... O Brasil perdeu no Maracanã por 2 a 1, do Uruguai. E todos os comentaristas e narradores da época, que não tinha televisão, diziam por suas rádios que o "monstro do Maracanã" tinha sido Obdulio Varela. Não era um craque, mas tinha amor ao time e garra. Comandou a reação uruguaia e nos fez "mais melancólicos" e nos deu uma grande lição, que teimamos em não aprender. A derrota de 1950 e suas causas acabam de se repetir na véspera e não somos, como o foram os uruguaios há 46 anos e os japoneses e nigerianos, agora, humildes e aplicados. Obdulio marcou tanto a alma de todos nós que um dos melhores livros escritos sobre futebol, no Brasil, é *16 de Julho de 1950/Brasil x Uruguai – Anatomia de uma Derrota* de Paulo Perdigão. É a análise dessa derrota tão marcante para a sociedade brasileira. O livro é muito mais, pois retrata o país nos anos de 1950, porém não é do Brasil e sim de Obdulio que quero falar. Faz tempo pensava escrever sobre ele e pensar um pouco na arrogância de nossos dirigentes e também na forma de atuar de tantos jogadores do Brasil nestes últimos tempos. E não me venham com a história de que somos tetra-campeões. Voltarei a este tema.

Rivadavia Correia Meyer, então presidente da CBD, recordaria tempos depois:

> Outra coisa de que não nos esqueceremos nunca: os gritos de Obdulio Varela. Obdulio Varela que, como um general, reclamava aos gritos, mandava aos gritos, abria sua clássica camisa celeste e batia no peito, como incentivando seus companheiros a ganhar. E assim venceu a batalha desigual. Sempre digo que, entre um exército regular que conte com um grande general e um exército extraordinariamente preparado que tenha um general regular, prefiro o primeiro, porque, das ordens e da estratégia que dão o grande condutor, a vitória será sua. Obdulio, grande general de um onze regular, pôde mais do que o outro onze, magnífico em todos os aspectos, mas que carecia de um grande condutor. No Brasil, odeia-se Obdulio porque ele nos tirou a alegria de um triunfo que considerávamos nosso, mas o admiramos por sua enorme fé, por seu inquebrantavel espírito de luta e seu enorme coração de gigante, sem dúvida.

Isto foi dito por Rivadavia numa entrevista à revista *Penarol* e reproduzida no livro de Paulo Perdigão.

Será que é preciso acrescentar muito a estas observações de Rivadavia? Talvez o registro de que cada um de nós, que viveu 1950, mantém até hoje esse homem na lembrança porque ele foi o exemplo ou modelo que custamos a adotar e, sem dúvida, foi a sua lição que nos permitiu o tri...

Obdulio Varela morreu faz poucos dias. Pouco depois de ter acompanhado as derrotas do Brasil na Olímpiada e, certamente, viu, com certeza, que o futebol brasileiro, por não conhecer a sua própria história, reviveu o episódio de 46 anos atrás – sim, porque como em 1950, nós disputaríamos a medalha de ouro e ainda não tínhamos enfrentado o Japão e depois voltamos para casa deixando de participar da cerimônia da entrega das medalhas por não sermos humildes e não valorizarmos a medalha olímpica de bronze.

Onde quer que esteja, Obdulio, saiba que muitos brasileiros como eu continuam a respeitá-lo e ter em você a imagem do grande general.

CRÔNICAS DE IVAN MAZZINI

Poucos ou talvez nenhum dos membros da confraria do Ettore se lembre de como um professor paulista passou a gostar desta cidade encantadora que é Vitória. A data é distante. O ano, talvez, 1973. Foi amor à primeira visita. Responsável: mestre Eurípedes Simões de Paula. E também outro mestre, José Ribeiro de Araújo.

Depois a sucessão de vindas... E o encontro com o cronista.

O livro publicado pela UFES em 1995 é obra de mestre. Convivi com ele, esporadicamente, desde muito tempo, por três ou quatro dias ou até menos a cada ano, e busco na leitura e releitura de seus contos e escritos o diálogo gostoso que se prolonga nas ausências. Renato Pacheco, outro capixaba, me localiza melhor o autor e vejo que ele era, vivendo em Limeira, no Estado de São Paulo, o jornalista Ivan Lorenzoni Borgo. Procuro pôr a cabeça no lugar para me identificar melhor com o livro que leio e seus autores ou autor, e começo a entender o significado maior da obra *Crônicas de Roberto Mazzini*, coletânea organizada por Ivan Borgo e que reúne o seu trabalho intelectual que é, ao mesmo tempo uma ode a Vitória e um desvendar do mundo pelos olhos aguçados do homem denso e sensível. Borgo cria Mazzini para externar o que a sua modéstia e timidez de jovem não permite explicitar e diz Renato Pacheco que não são separáveis um do outro e, por isso, quando apresento o livro, diz sempre que os entende e não o entende. Creio que fica mais claro se usarmos o apresentador e suas palavras para dizer o que nos vai pela cabeça:

[...] Vejo-os, *globe-trotters*, com suas recordações ecumênicas, principalmente citadinas, em Veneza, Roma, Florença, Pádua, Londres, Nova Iorque, Lisboa, Madrid e Tóquio. Porém, vejo-os sobretudo em suas raízes ítalo-capixabas, dentro daquele complexo rural-urbano que Geert Banck batizou de estratégias de sobrevivência, ou "caça com gato", em suas puríssimas lembranças serranas e marítimas, das serras azuis de Campinho às margens marítimas de Vitória. Um longo caminho, desde o menino do Araguaia até as estéticas finíssimas de Roberto Mazzini, daqueles que só encontram nas autênticas obras-primas... Grazie, Mazzini.

Pois, das minhas leituras me permito rebatizar o cronista e chamá-lo de Ivan Mazzini. Veja como somos, cada um procura apropriar-se dos outros e impor-lhe seus desejos. Assim vivem os escritores.

Pois bem, as crônicas ou um livro de crônicas não podem ser resenhados ou noticiados pura e simplesmente. A análise que cabe é a de um observador literário, de um crítico de arte, ou de um especialista em história literária. Mas o que fazer quando um leitor tem por ofício a história e busca nos escritores de Borgo um pouco dela?

As crônicas acabam por ser reprodutoras de momentos de nossa história, pensados a partir de Vitória, e atingindo o universo. São temas aparentemente dispersos, mas coesos no olhar arguto do escritor. Ou não será história falar de Firenze e Veneza? Ou não será história falar de Ginger e Fred na visão de Fellini? Ou simplesmente de Araguaia?

Uma das crônicas tem sabor especial, a Inauguração do Trianon. Sobre o acontecimento, dois trechos memoráveis:

[...] Um grande dia. Vitória, a cidade, curvava-se diante da nação de Jucutuquara com a estréia do novo cinema, ao pé da Pedra do Bode e, mais importante, a cinqüenta metros de casa.

E, em seguida:

[...] Bondes lotados festejavam citadinos e esposas com seus vestidos recendendo a alfazema. Muitos, uns tanto incrédulos, buscavam conferir a grande novidade. O Trianon representou uma espécie de rebelião nos costumes. Todo mundo sabia que era próprio em matéria de cinema na capital do Espírito Santo na altura da metade do século [...].

Não sei bem como terminar estas anotações. Acho que basta acrescentar que Ivan Lorenzoni Borgo ou Ivan Borgo ou Roberto Mazzini, múltiplos de um, acabam sendo para mim Ivan Mazzini, um grande autor do espírito capixaba e alma universal.

E tenho dito.

Sebastião Hardt

Esta coluna, quando nasceu, dentre outras coisas, propunha-se a falar das "gentes" de Mogi das Cruzes. Poderia, como já o fez, relembrar de gente famosa ou em evidência, mas continua pretendendo trazer para o público que a lê, principalmente, homens e mulheres que nela viveram e, embora marcante no seu mundo restrito, não são lembrados. Dentre essas pessoas está Sebastião Hardt.

Quem foi esse homem? Por quê falar dele? Porque dentre outras qualidades foi poeta e cantor popular. Enquanto poeta foi colaborador de *O Diário* nos tempos em que havia espaço para a publicação de poesias em jornais diários. Não era um luminar, nem gênio, mas tinha algo que falta pra muita gente: sentimento.

Viveu uma vida de lutas. Trabalhou e muito nas barragens da Light em Barra do Piraí, e depois ocupou cargo de importância da Companhia Siderúrgica Nacional. Homem de personalidade firme e que realmente "não levava desaforos pra casa", acabou deixando seus bons empregos por divergências com seus superiores. Mas não ficava muito tempo sem trabalho. Era competente no que fazia. Imaginem que trabalhou em muitas empresas de construção civil, exercendo a função, na época, de calculista de concreto ou coisa muito parecida, cuja responsabilidade era monstruosa, pois, como ele dizia, se errasse caía o prédio e o seu superior imediato e ele seriam trucidados. Acho que desde que saiu de Volta Redonda e começou a trabalhar em São Paulo nunca caiu uma construção sob sua responsabilidade. Era criterioso e respeitado.

Ao lado do homem trabalhador e cumpridor de suas tarefas existia o boêmio e sonhador.

Sebastião Hardt trabalhava de segunda à sexta-feira em São Paulo. Viajava todas as manhãs para a capital e usava como meio de condução os trens subúrbios. Mais tarde as "Litorinas". Lembram-se? Ia e voltava sem cessar e, embora reclamasse desse dia-a-dia, a verdade é que gostava dele. Era o desafio. Em Mogi viveu em muitas casas, mas a que marca todos que com ele conviveram é a da rua Casarejos. Construída por ele com muito carinho, criou no seu quintal e no rancho no fundo dele o mundo reservado do poeta sonhador.

Homem que contribuiu para que muitos morassem, fez o seu teto com seu próprio esforço e deu à família um referencial de alegria. Naquele quintal e no rancho vivia o seu fim de semana durante o ano. Mas as festas esperadas por ele eram as de fim de ano. Então ele se aprimorava e transformava o seu recanto solitário num local de reunião. Para o seu mundo, Sebastião trazia os amigos e os parentes dos quais gostava. Aqueles com quem não estivesse afinado não vinham, não havia hipocrisia. O Natal era a sua data. Muito de fantasia e magia preenchiam aquele mundo muito particular e reservado. Acho que a aproximação dos festejos natalinos me fizeram dele lembrar e tentar dizer que ele foi simples e complexo em todos os seus relacionamentos, mas acima de tudo foi um homem com H... E foi um exemplo para tantos de nós, que presenciamos o seu viver. Já não se fazem homens como ele. Seu grande defeito era ser solitário demais; sua maior virtude o amor e a dedicação à sua mulher, filhos, netos.

Foi um cidadão atuante e viveu incógnito. É ou foi um dos tantos "sebastiões" que constroem cidades e países. Foi um mogiano convicto, sem dúvida, em que pese sua personalidade tão contraditória. Minha lembrança saudosa de alguém que foi responsável por eu gostar de ler, ouvir música e escrever...

Pietro Maria Bardi – Um Vero Professor

Bardi ficou muito em evidência depois de escrever uma palavra (M..., então, era palavrão – e com ele Bardi pichou o Masp). Não houve meio de comunicação que não registrasse, e, com muito destaque, a indignação do grande mestre.

Pietro Maria Bardi faz, neste fevereiro, 97 anos. Sim, Bardi nasceu com o século XX. Ao completar mais um aniversário já não tem a mesma mobilidade e nem o mesmo vigor de quando o conheci, há exatamente vinte anos. Como é engraçada a vida e como a noção de tempo é flutuante. Quando o conheci ele tinha, portanto, 77 e, de fato, não demonstrava. Eu o via com freqüência no Masp, o seu Museu, e sua imagem frenética era a de um homem maduro mas tão ativo que não podia ter, aos meus olhos, mais que cinqüenta anos. Só me convenci que ele tinha mais de setenta quando, numa secção da revista da SBPC, destinada a personalidades e instituições, escrevi o seu perfil. Então me conscientizei que ele nascera com o nosso século. A partir daí, por termos feito muitos eventos juntos e estarmos em quase todas as exposições inauguradas no Masp ou em outros museus entre 1977 e 1990, acabei criando por ele uma admiração muito grande e uma amizade verdadeira.

Nem sempre concordávamos, mas sempre nos respeitamos, e muito. Agora, quando chega a esta idade e já não pode estar em todas as solenidades e comemorações, Bardi já não tem na imprensa a sua presença com a freqüência que merecia continuar tendo.

Felizmente alguns órgãos da grande imprensa e a *Folha de S.Paulo*, em especial, registrou seu aniversário... Eu quero, através deste meu cantinho, me somar àqueles que, mais próximos ou mais distantes, cantam o parabéns a você nesta data querida.

Polêmico, Bardi nunca deixou de fazer e desfazer até grandes amizades. Era, por outro lado, um homem com compromisso... Compromisso com a sua maior obra, o Masp, e lealdade com o homem que ajudou a construir esse museu incomparável, Assis Chateaubriand.

Aos noventa e sete vive em sua casa no Morumbi – a Casa de Vidro – idealizada e construída por sua mulher, a extraordinária Lina Bo, também responsável pela existência monumental do Masp. Pietro e Lina foram personalidades marcantes desta cidade tentacular que é São Paulo. Acima de tudo eles amaram esta jóia de todos nós, que é São Paulo. Por amá-la tanto deixaram uma obra a dignificá-la. Não é à toa que o Masp fica na Paulista...

Não bastasse tudo quanto fizeram em diferentes setores da vida paulistana, também criaram o Instituto Quadrante e a Fundação que leva seus nomes, e com estas instituições permitem e permitirão o incentivo às manifestações culturais. Dois anjos garantem desde já o sucesso do Instituto: Graziella Bo Valentinetti – irmã mais nova de Lina, e Eugênia Esmeraldo, a ex-secretária do professor no Masp.

Pietro Maria Bardi, nascido a 21 de fevereiro de 1900, na longínqua aldeia italiana de La Spezia, veio moço para o Brasil e acabou se radicando em São Paulo, onde é o filho adotivo mais querido. Parabéns mestre Bardi – obrigado por ter se dedicado tanto às artes e à cultura brasileira.

BANDEIRANTES – GENTE

Faz muito tempo que ouço rádio. Gosto do rádio e acho que é o grande veículo de comunicação num país como o nosso. Não sou cativo de uma ou outra emissora, pois nenhuma pode cobrir o que quero na sua totalidade e nem pode programar as músicas que gosto. Minha preferência, no entanto, é pela Rádio Bandeirantes-AM, nos seus 840 Khs. Ouço, também com freqüência e carinho, a Trianon e a Eldorado. Agora é preciso confessar que, pela manhã, quando acordo muito cedo há, na Eldorado, o bom programa do Geraldo Nunes que tem como competidor o Jornal Bandeirantes com o Antonio Carvalho (que marca minha vida com o seu Arquivo Musical aos domingos – imbatível) e Milton Parron – Memória, enfim quanta gente e que Gente!

Mas quero me fixar no período matinal da Rádio Bandeirantes, que para mim começa às 6 horas com o Pulo do Gato, encarnado pela personalidade do jornalista José Paulo de Andrade. Ouço o Pulo do Gato desde o seu primeiro número e só perco se estou longe de São Paulo ou durmo demais – o que é difícil. Espero que este noticiário que antecipa o fato nunca deixe de existir, pelo menos enquanto eu viver. Em seguida o noticiário que tem as melhores vozes e pertinentes comentários "O Primeira Hora". Mas o Bandeirantes/Gente é, pelo seu formato, o programa abrangente do período matinal do Rádio Paulista. Lembro, aqui, que este programa sucedeu ao Trabuco, do inesquecível Vicente Leporace. Tem entrevistas sempre apropriadas e sem o exagero de tê-las todos os dias. E sempre que trazem alguém é uma figura interessante. O normal, no entanto, são os três jornalistas José Paulo de Andrade, Salomão Esper e José Nello Marques, e às vezes Luis Nassif a comentar saborosamente as notícias do dia. Quem ouve o Bandeirantes/Gente sabe do que estou falando, quem não o acompanha precisa ligar o radinho e ficar atento ao trio, pois mesmo quando discordamos de algum comentário, estamos sendo bem informados e atualizados quanto ao que os jornais do dia publicaram.

Não sabem os meus amigos leitores o quanto está sendo difícil escrever sobre a Bandeirantes e este seu programa porque pode parecer que busco, por meio dele e de seus conceituados jornalistas, qualquer tipo de notoriedade. Na verdade, resolvi escrever sobre eles porque, ao longo de minha vida, frente a diversas instituições dirigidas por mim, nunca deixei de ter deles o apoio e a divulgação dos eventos que promovi. Sou um ouvinte assíduo e atuante e nunca deixo de escrever para o Bandeirantes/Gente. Muitas vezes para desabafar com o caos no trânsito, para discutir as questões da educação brasileira ou simplesmente para cumprimentá-los por um programa mais marcante. Mas, de verdade, se fosse escrever para o Bandeirantes/Gente para elogiá-los passaria o tempo todo, dia após dia enviando cartas, fax, mensagens por e-mail, de parabéns. Pois que se registre, muito bem registrado, a minha admiração e o respeito por José Paulo de Andrade, Salomão Esper e José Nello Marques. Parabéns Bandeirantes-AM por manter gente do porte de sua Gente em todos os setores de atividade, em especial no Bandeirantes/Gente.

BALTAZAR – O CABECINHA DE OURO

Houve um momento no futebol de São Paulo em que o jogador mais temido por seu empenho, dedicação e amor à camisa chamava-se Baltazar.

Baltazar jogava no Sport Club Corinthians Paulista – o Coringão – e era a encarnação da própria fibra e garra corintianas. Eu posso falar dele agora e sempre porque torci contra o grande centroavante. Hoje, em São Paulo, há atacantes e goleadores, porém, centroavantes não existem mais. E principalmente como o foi Baltazar. Muitos, ao lerem esta coluna de hoje, hão de se lembrar do time do Corinthians e do ataque muito especial formado por Claudio, Luisinho, Baltazar, Carbone e Mário. Eram cinco atacantes que buscavam o objetivo do jogo de futebol: o gol. Embora muitos times jogassem na retranca, tinham a mesma formação tática com dois zagueiros, um trio intermediário e cinco à frente. Dentre os dianteiros havia a figura do centro-avante. Este era um jogador especial e nem sempre um atleta habilidoso. Tinha de ser corajoso e rompedor. Tinha de ganhar as jogadas dentro da área e saber cabecear. Baltazar era tudo isso e mais um pouco. Como ele, talvez Vavá e Gino Orlando. Baltazar do Corinthians; Vavá do Palmeiras e Gino do São Paulo.

Eu me lembro do Baltazar dos tempos de minha juventude. E não esqueço de seus gols marcados sempre ao final das partidas, lá pelos 44 minutos do segundo tempo. Era quando um escanteio ou "corner" marcado contra o time adversário fazia dele o impiedoso algoz. Não havia torcedor que não o temesse nesse momento e quando errava a cabeçada o alívio era geral. Mas eu sempre tenho a imagem do "cabecinha de ouro" marcando contra o meu São Paulo para vencer ou empatar. Ele sempre tirou minha alegria quando não devia, mas era a constante. Assim eu o vejo e nem sei se foram tantas as vitórias ou tantos os empates conseguidos por Baltazar. Mas se foi um só esse o marcou em minha retina.

A figura do jogador forte e diferenciado sempre me acompanhou, e dele só me lembro dentro da pequena área infernizando beques e goleiros. Subia mais que todos e parecia ter molas nas chuteiras que o projetavam para o alto e lá em cima, majestoso, olhava onde queria "botar a bola". Era como se parasse por momentos no ar e escolhesse o canto e decidisse a forma de fazer os gols.

Admirável Baltazar; exemplo de profissional e homem. Li, depois de sua morte, que ele também jogou como meio de campo nos últimos tempos de sua vida como jogador. Não o vi nessa função e acho que não o reconheceria nessa posição. Baltazar, para mim, é pequena área e gol, muitos gols. Deve, agora, estar encantando os anjos e santos, marcando muitos gols nessa outra dimensão. Salve mestre Baltazar, salve, salve.

Acho que muitos de nós estranhamos a presença reduzida de torcedores para homenageá-lo no seu último desfile. Mas creio que ele teve todas as homenagens em vida. Não pode haver nada mais gratificante do que 50.000 ou 80.000 torcedores gritando goool... E quantas vezes ele ouviu esse coro...

O "Lobo Mau"

Mogi das Cruzes em 1946. Pequena cidade. Mas importante centro urbano. Historicamente marcada por ser uma das primeiras vilas transformada em cidade, ainda mantinha um centro colonial que não deixava a desejar se comparada a outras cidades ainda conservadas. Belas casas, sobradões, capelas, igrejas, ruas estreitas. De tudo somente ficou intacto o traçado das ruas. O resto pouco a pouco foi desaparecendo... Hoje resta pouco dos edifícios dos tempos coloniais e, gradativamente, vão deixando de existir os vestígios dos anos de 1920, 1930, 1940, 1950. Que pena!

Mas, se o casario deixou de marcar sua presença e pouca gente se lembra dele, e onde estavam cada uma das casas que pertenceu a ilustres figuras, enfim, às elites, também não existem mais os conjuntos de casas de operários que construíram a riqueza da cidade, fossem eles ferroviários, metalúrgicos da mineração, trabalhadores do comércio, enfim... o que dizer das figuras humanas que ocuparam posição marcante entre nós que vivemos como alunos as histórias de nossas boas escolas primárias e secundárias. Quem se lembra ainda hoje de Antonio Guimarães, o então querido e temido "Lobo Mau". Ganhou seu apelido de Anésio Urbano.

Pois bem, quando cheguei à fila do admissão para candidatar-me a um lugar no Ginásio do Estado, em 1946, já antes de conseguir entrar, sabia desse temido "Lobo Mau". Dele falava-se muita coisa. Ele tinha a fama de ser excessivamente rigoroso – bravo – como se dizia, então. Feroz, quase desumano... Quando se chegava para freqüentar as primeiras aulas a preocupação de todos era saber quem era "seu" Antonio – O Lobo Mau. Ele era logo identificado porque se fazia conhecer nos primeiros momentos pelo rosto peculiar do qual transparecia a sua autoridade. Ele se impunha e se fazia respeitar por todos nós. Era um homem sério, com certeza. Ajudava aos professores na educação daquela "molecada" que precisava ser disciplinada. Muito do que se dizia ele comprovava com suas atitudes sempre severas, porém muito justas. Ele tinha a sua lei e a sua maneira de exercê-la e não abusava do direito a ele concedido. Não havia dois pesos e duas medidas... Errou e muitas vezes, mas sempre pensando estar fazendo o melhor pela escola e por todos nós. Convivi com ele em momentos diferentes de minha vida. Primeira fase a de aluno do ginásio. Muito novo e muito peralta. Era um tempo de uniforme e era preciso mantê-lo impecável. Ele fazia com que a gente não esquecesse de que, desde a gravata ao sapato, tudo deveria estar de acordo com as normas e bem tratados. Era preciso respeitar as normas e a hierarquia. Depois fui aluno do colegial e da Escola Normal e, mais tarde, professor e diretor do Instituto de Educação "Washington Luís", e pude sentir, em cada época, e em cada momento, como ele soube me tratar de forma diferenciada, mas sempre com dignidade.

Antonio Guimarães – o Lobo Mau – humilde funcionário do ginásio, colégio, instituto foi, no entanto, por sua maneira de agir, o mais respeitado dos bedéis que houve nesta cidade em todos os tempos... É claro que outros excelentes existiram e existem, mas ele era peculiar. Tão peculiar que ficou marcado como o temido Lobo Mau... Mas quem pôde, como eu, chegar bem perto dele, certamente deve se lembrar de sua doçura e do imenso coração que aquele peito amigo abrigava.

Voltarei a falar do amigo Antonio Guimarães, o Lobo Mau de todos nós que temos mais de cinqüenta anos. Valeu conviver com ele e por ele ser ensinado a viver e conviver! Que bom que ele existiu em minha vida!

DONA CARMEN

Lembrei-me outro dia de uma figura legendária de Mogi das Cruzes e que, certamente, no futuro, terá um biógrafo. Seu Antonio – o Lobo Mau ou Lobão – como queiram. Mas tinha uma companheira, tão profissional e até mais dedicada que ele ao Ginásio e ao Instituto. Eu tive o privilégio de ter os dois como meus funcionários dedicados quando dirigi o Instituto de Educação "Dr. Washington Luís", nos anos duros de 1964 e 1965 – o princípio dos "anos de chumbo" de nossa História.

Dona Carmen, no entanto, não é uma figura só desta época, mas sim de todas as épocas de nossa escola querida. Eu a vi pela primeira vez quando fazia fila para me inscrever no temido Exame de Admissão. Era um "vestibular", feito quando a gente tinha onze, doze ou treze anos. Havia, então, os preparatórios para o admissão. Eles preparavam os candidatos quando estes ainda faziam o Grupo Escolar. Claro que freqüentavam os que tinham recursos. Eu estudei "em casa" com o professor Ari Silva (de quem falarei um dia). Meu pai não poderia me "dar o estudo" desses preparatórios. Mas dizia eu que vi Dona Carmen logo no primeiro dia que fui ao Ginásio e me impressionou sua postura frente às meninas, e a sua autoridade sem autoritarismo. Dona Carmen dava a ordem e se mantinha firme diante do alvoroço da meninada. Aos poucos todas percebiam que deveriam atendê-la.

O tempo foi passando e aquela figura bonita de mulher forte ia se fazendo cada vez mais presente, principalmente quando a gente freqüentava as salas mistas e ela era uma das responsáveis pela disciplina. Nesses anos de classe mista podia-se sentir a atuação da dupla que marcaria muitas gerações de estudantes. Seu Antonio e Dona Carmen marcavam presença... e que presença! Eram tão identificados que muitos de nós, com maldade juvenil, dizíamos que eram amantes. Seria possível? Eu, sinceramente, não acredito. Havia, sim, uma identidade de conduta e atuação. Eram, nem melhores nem piores de tantos outros bedéis, mas sim diferentes e diferenciados. Amados ou odiados eram, sem dúvida respeitados. Dona Carmen, em particular, vai ocupar um espaço importante em minha vida quando eu, por razões muito especiais, cursava ao mesmo tempo o Colegial e a Escola Normal. Ela me ajudava a sair e entrar dos cursos e nos cursos com antecedência ou atrasado... E muito cuidava da minha namorada da época. Não deixava de me marcar ainda quando eu era muito jovem, quase menino por vê-la cuidando das mocinhas e dando a elas seus conselhos. Muitas a consideravam inxerida, mas creio que, passados os tempos, todas elas se lembrarão de suas humildes e sábias advertências. Creio que há muito tempo as escolas, sem saber, sentem falta de mulheres como Dona Carmen.

O impressionante em pessoas como Dona Carmen é a vitalidade, o encanto pela vida e a dedicação ao "estabelecimento de ensino" – assim se tratavam as escolas na época – onde trabalhavam. E trabalhou, desde sua admissão por concurso e até a aposentadoria na mesma escola. Fui reencontrá-la, depois de minha vivência como aluno, muitos e muitos anos depois, quando caminhava para sua aposentadoria. Era como se o tempo não tivesse passado.

Dona Carmen marcou a história do ensino em Mogi das Cruzes. Ao se aposentar deixou uma lacuna e muita saudade.

JOSÉ REIS

Quando fui convidado dia desses a participar de uma homenagem ao incansável professor José Reis é que me dei conta que ele fez, no dia 12 de junho, noventa anos. Fiquei me perguntando se era uma informação correta e me dei conta de que ele realmente completava mais uma data redonda. Mas, como continuo acompanhando seus artigos, todas as semanas na *Folha de S.Paulo*, não fiz a relação imediata do respeitado professor e as suas nove décadas de vida. Ele continuou, na minha cabeça, como o maduro professor que tanto me ajudou quando dirigi o Instituto de Educação "Washington Luís", nesta nossa querida Mogi. Busquei meus arquivos e me dei conta de que em 1988, escrevi algo sobre ele quando a revista *Ciência e Cultura* da SBPC (Sociedade Brasileira para o Progresso da Ciência) resolveu fazer-lhe uma merecida homenagem, Lembrávamos, então, seus oitenta anos...

Valho-me dos meus escritos de 1988 para muito do que aqui relembro. José Reis era filho de Alfredo de Souza Reis e de Maria de Jesus Soares Reis, que nasceu no Rio de Janeiro a 12 de junho de 1907, que casou com Annita Swenson e que tem dois filhos e netos também. Foi estudante no Rio de Janeiro onde freqüentou o Colégio Dom Pedro II, a Faculdade Nacional de Medicina e se aperfeiçoou no Instituto Oswaldo Cruz. No exterior, viveu sua primeira experiência internacional no Rockfeller Institute em Nova York. Sua rica e brilhante carreira vai desde o microbiologista do Instituto Biológico de São Paulo ao cargo de diretor-geral do Departamento do Serviço Público; de professor Catedrático de Ciência da Administração da Faculdade de Ciências Econômicas e Administração da Universidade de São Paulo a vice-presidente do IBEEC.

A atuação de José Reis como jornalista ocupa um espaço especial em sua biografia e marca o aparecimento do jornalismo científico nos jornais de grande tiragem e faz da *Folha de S. Paulo* a casa do mestre. Nela José Reis foi também editor. Sempre ocupou um lugar na empresa como diretor estatutário.

Sua contribuição, no entanto, é essencialmente marcada pelo seu papel como professor, como já reconheceu, em momentos diferentes. Crodowaldo Pavan de quem tomamos estas palavras: "[...] José Reis é, além do mais, um grande educador, que contribuiu para a difusão de bons métodos de ensino e para a criação de inúmeros clubes de ciência distribuídos por todo o País". Será que muitos desses clubes de ciência ainda continuam a existir? E se existem sabem os alunos quem foi o professor José Reis? Duvido muito que se recordem dele muitos daqueles que foram muito beneficiados pela atuação deste batalhador ímpar.

Na *Folha de S. Paulo*, de 16/5/1965 escrevia otimista José Reis:

> [...] Mais uma vez deixo de escrever aqui um artigo de divulgação para ocupar-me de minhas funções de "caixeiro-viajante da ciência" (grifo e destaque meus) como já vou ficando conhecido. Quanto mais caminho e viajo por aí, interior e capital, em contato com jovens e mestres e, de um modo geral, com todos aqueles que desejam o conhecimento que nem sempre puderam obter nos cursos formais, ou que comungam comigo na pregação sobre o valor básico da educação para a verdadeira libertação do País, mais me empolgo pela causa que estou vivendo, e pela minha gente e meu povo [...]

Nos últimos dias andei por Presidente Prudente, Piracicaba, Mogi das Cruzes e Santo Amaro. Curso de Jornalismo, aulas ou palestras sobre Educação ou Biologia – não importa aquilo de que se trata em cada caso, o que importa é sentir que a mocidade está de pé e cheia de fé, e que os mestres estão dispostos a um movimento radical de renovação pedagógica". E José Reis continua atual apesar dos derrotistas e dos desanimados. Ainda há uma juventude entusiasmada e posso atestar isso depois de algumas conferências que assisti ultimamente.

Ao homenagear José Reis, um grande professor e um respeitável jornalista que chega aos noventa como se tivesse o dom da juventude eterna. Eu o reverencio por continuar acreditando e trabalhando arduamente no seu "Periscópio". Viva o mestre que é e será sempre o "caixeiro-viajante" da ciência e da educação.

INTERVALO

Francisco Omellas

As aulas particulares na pequena sala de uma casa na rua Braz Cubas eram um verdadeiro suplício. Menos pelo professor, severo mas justo, mais pelo quintal de terra batida onde os vizinhos jogavam bola. Eles lá, eu sentado à frente de um caderno, copiando frases, escrevendo ditados, ouvindo regras gramaticais. E escutando, ao fundo, os gritos dos que jogavam uma partida de bola. Um toque na mão esquerda me trazia de volta à realidade. "Escreva", ordenava o professor. E eu escrevia.

Havia ingressado na primeira série do antigo curso primário, no Instituto Dona Placidina, poucos meses antes, e dificuldades de alfabetização me levaram às aulas particulares de um jovem normalista: era o professor José Sebastião Witter, o mesmo que me volta com mais uma lição de casa: escrever este "Intervalo" de sua coletânea de crônicas publicadas desde março de 1996 por O Diário de Mogi.

Entre o professor e o jornalista, caminhos profissionais absolutamente díspares. O que não impediu que nos reencontrássemos seguidas vezes. Sempre por força da casualidade. Do normalista que conheci em 1955 surgiu um dos mais respeitados professores de História já saídos da Universidade de São Paulo.

No início dos anos 1970, Witter era um colaborador constante do Jornal da Tarde. *Encontrávamo-nos, então, no corredor que separava a redação do JT e da do* Estadão, *onde eu trabalhava, no prédio da rua Major Quedinho. Nos anos 1980, nos demos de cara, em uma madrugada, na Cantina Di Matteo, da rua Turiassú. Ele voltava de uma banca de doutorado na USP, eu de um fechamento difícil no* Estadão. *Trocamos telefone e ficamos de nos falar. Que nada!*

Voltamos a nos ver nas inaugurações das novas instalações do Instituto de Estudos Brasileiros da USP e do Arquivo do Estado, em Santana. Obras de quem? Do mesmo professor que, dirigindo o Museu do Ipiranga, como tratamos o respeitável Museu Paulista da USP, devolveu a dignidade a este que é um dos principais referenciais históricos do país – mais uma inauguração, mais um reencontro.

Intervalo – esta lição de casa que me passa o professor Witter – deve ter não mais do que três minutos de duração. Já me estendo além do devido. Vício do jornalista que não consegue omitir informação; carência de quem gostaria de testemunhar, por inteiro, a percepção de um historiador que premia seus leitores com a visão do cotidiano, expressa em cada uma destas páginas.

WALTER GEORGE DURST

Já escrevi, em muitas oportunidades, repetindo Nelson do Cavaquinho, que "quem quiser fazer por mim faça agora" e sempre pretendo fazer o mesmo. Não deixar que as pessoas se "chamem saudade" para delas lembrar e prestar homenagens. Entretanto, há situações em que só depois de terem deixado nosso convívio é que conseguimos escrever alguma coisa sobre pessoas que queremos muito bem.

Que pena que isto se passe neste momento. E logo com o Walter George Durst – figura humana incomparável; amigo, amigo, verdadeiro amigo de todos os momentos.

Ironia do destino, poupado de muito sofrimento, a verdade é que a minha ausência do país no mês de julho – a minha ida ao México onde fui encontrar o meu irmão mexicano – não fez chegar a mim a notícia de que Walter estava doente e internado em um hospital paulistano. Fiquei sabendo que ele não poderia mais receber meu abraço num anúncio lacônico de sua morte em um dos programas de domingo, na TV. Era mais um amigo que me deixava sem prévio aviso. Bárbara, Ella e Marcelo saberão me perdoar por não ter ido ao crematório da Vila Alpina.

Adeus Walter, meu companheiro de TV Cultura. Pouca gente talvez se lembre de uma experiência notável comandada por este homem inigualável que foi o George Durst. Eram os idos de 1967/1968, momento em que nascia a idéia dos telecursos em São Paulo. E então, a TV Cultura – cujo comando da Educação fora dado ao notável professor Antonio Soares Amora – começou a criar programas especiais de ensino pela TV, acompanhados de fascículos que eram publicados semanalmente. Os alunos viam os programas de todas as matérias do ensino secundário e nós, professores, produzíamos textos que eram divulgados e, a cada tempo, havia uma avaliação.

Foi no universo da TV Educativa que fui encontrar esse homem que era meu ídolo desde a década de 1950, quando ele comandava a área de teatro, na televisão, com o seu imbatível TV de Vanguarda. Quem, da minha geração, se esqueceu de que não saíamos de casa aos domingos para ver a grande produção de Walter George Durst. Era difícil não agradar. Ele começou com a TV no Brasil e, antes dos grandes teóricos e gênios, já era genial. Pois bem, um dia, no Terraço Itália, em pequenos escritórios, encontramo-nos nós os professores da USP, com toda nossa arrogância de principiantes, e os especialistas da TV Cultura. Entre os homens da TV logo despontou o nosso inesquecível Walter. Ao contrário de todos nós ele, muito modesto, procurava mostrar o que acontecia atrás das câmeras para que pudéssemos entender como o texto didático acabaria chegando ao público alvo: os estudantes.

Fiz, ao longo de dez anos de TV Cultura, muitos amigos, e com eles mantenho contato sempre gostoso e continuo aprendendo muito. Walter, no entanto, foi a pessoa de quem não me desliguei nestes últimos trinta anos. Me dei conta, neste instante, que começamos a trabalhar juntos em julho/agosto de 1967. Não nos víamos muito e quase não nos encontrávamos socialmente. Conversávamos muito por telefone e tínhamos um grande elo de ligação: Alfredo, o nosso barbeiro. Às vezes cruzávamos no *campus* da USP, onde tivemos também longa convivência, quando nossos filhos estudavam na escolinha de aplicação da Faculdade de Educação e os dois comparecíamos às terríveis reuniões de pais e mestres.

Quis a vida que ele se fosse primeiro, mas tenho certeza de que, matreiramente, já está escrevendo um bom texto de novela para ser exibido para os habitantes do céu... Até sempre, Walter...

JOSÉ MINDLIN

José Mindlin é uma personalidade diferenciada neste Brasil do século XX. Homem público, empresário consagrado, bibliófilo reconhecido e amante dos livros. Acima de tudo, no entanto, uma figura humana encantadora,

Se algo faltava em sua biografia era escrever um livro. A sua biografia se completa, portanto, com a obra que acaba de ser publicada pela Edusp e Companhia das Letras – *Uma Vida entre Livros* – *Reencontros com o Tempo*.

Sobre esta publicação muito se pode escrever e certamente sobre ela não faltarão resenhas em todos os bons jornais e revistas do país. Quero, no entanto, aproveitar este meu cantinho para tecer algumas considerações e também para testemunhar o meu prazer e o meu encantamento com a leitura, que foi feita, como se diz, em uma sentada. É um livro que traz a imagem pura e verdadeira de seu autor através de sua maneira de ser.

No prefácio de Antonio Candido busco as palavras iniciais sobre autor e obra. Diz o mestre:

[...] Amador da leitura e amador dos livros, José Mindlin deixa claro que não é colecionador, pois antes de mais nada é alguém que devora textos, para saber, para se deleitar, para abrir o mais possível o compasso da visão, buscando aquilo que denomina "um muro de liberdade intelectual".

Acompanhando Antonio Candido citamos:

Mas este livro mostra que é também escritor, capaz de realizar a tarefa difícil que louva a certa altura a próposito de seu fraternal amigo Rubens Borba de Moraes: escrever com a naturalidade da conversa – ideal de todos os que procuram diminuir o mais possível a distância nem sempre saudável entre a expressão oral e a expressão escrita. De fato, José Mindlin escreve como fala [...]

Dito isto eu poderia encerrar esta tarefa que me propus.

Vale, no entanto, chamar a atenção do possível leitor mogiano para alguns dos temas tratados e que são todos vinculados à vida deste notável cidadão brasileiro. Desde o "Começo de Conversa", seu primeiro capítulo até a "Conclusão", Mindlin cuida de temas simples e complexos com a mesma capacidade de bom escritor. Ora nos inquieta, em seguida nos informa, para depois nos seduzir, e assim vai narrando o seu viver ao longo de sua história. A emoção do livro raro e o prazer sensitivo que as primeiras garimpagens lhe trouxeram e o levaram a formar sua biblioteca; o jornalismo, a vida do estudante, a advocacia e o empresário, tudo isso vai surgindo na seqüência das páginas (231 ao todo). Faz ainda uma interessante observação de sua participação no setor público, onde diz ter tido experiências muito interessantes. Passa pelo convívio com escritores e trata com muito carinho da biblioteca e das leituras. Dedica um capítulo à "importância da leitura e algumas leituras" que é primoroso.

Da "Conclusão" do livro extraio este trecho que me parece exemplar e deve, ainda mais, estimular os que me lêem a buscarem esta obra. Vamos a ele:

[...] Em relação aos livros, não tenho o fetiche da propriedade. Sinto-me mais como um depositário do que um proprietário, usufruindo, é verdade, o prazer que eles proporcionam, mas visando preservar uma herança do passado, e conservar o que se fez de bom agora, com o propósito de transmitir tudo isso para o futuro.

E acho que a sua última expressão é muito forte e devemos sobre ela refletir e, por isso, a transcrevo:

[...] se tivesse de escolher uma coisa que desejaria que ficasse bem clara, de tudo quanto foi dito, é que, num mundo em que o livro deixasse de existir, eu não gostaria de viver.

EURÍPEDES SIMÕES DE PAULA

Há vinte anos, num mês de novembro, num dia 21, o professor Eurípedes Simões de Paula deixava o nosso convívio. São vinte anos sem o mestre, que, realmente, era a imagem da própria Universidade de São Paulo.

Creio que ele será lembrado por muitos de seus ex-colegas, ex-alunos e também por funcionários da Universidade de São Paulo, que era "quase" a sua casa.

Diretor da Faculdade de Filosofia, Ciências e Letras e professor catedrático do Departamento de História, eu assim o conheci no primeiro vestibular que fiz em 1957, na Rua Maria Antônia. Quando acabei de escrever 1957 é que me dei conta de que o vi pela primeira vez, faz quarenta anos. Modesto, afetuoso, atento, sempre vestindo um avental branco, ele não deixava de conversar com todos que dele se aproximavam.

Em 1957, alguns amigos e eu começamos a tentar chegar à Universidade de São Paulo. Ela era a referência para todos nós, que saímos dos bancos escolares do Colégio (do Científico ou Clássico) e da Escola Normal. Embora os "cursinhos" já existissem, eles não tinham o significado de hoje, e nós mogianos nos orgulhávamos de chegar aos diferentes cursos superiores sem passar por eles.

Reprovado na primeira tentativa, foi justamente o Prof. Eurípedes quem me estimulou a tentar novamente o vestibular em 1958 quando, finalmente, consegui ingressar no curso de História.

Desde os primeiros encontros com o professor Eurípedes fiquei sabendo de sua ligação com Mogi das Cruzes. Ele era o tenente Simões para tantos pracinhas de Mogi que foram para a Segunda Guerra Mundial, na Europa. A convivência com ele me fez melhor compreender o quanto o militar, que fora, admirava os seus comandados mogianos. Talvez, até por isso, a minha aproximação com ele foi tão facilitada.

E creio que lembrar dele, neste momento, e aqui no meu espaço, tem tudo a ver com a figura humana ímpar que foi tanto o tenente quanto o Prof. Eurípedes Simões de Paula.

Não poderia deixar de registrar esta data, embora desejasse fazê-lo com grandiosidade e brilho que Eurípedes merece. Mas acredito que este é, também, um jeito de não deixar passar em branco uma data muito marcante para todos nós.

Eurípedes Simões de Paula precisa ser lembrado como o homem que trabalhou incansavelmente pela USP, tanto como professor, como Chefe do Departamento de História e, acima de tudo, como o idealizador e realizador da *Revista de História* até o nº 112.

Foi e continua sendo um símbolo para os que o conheceram e precisa ser visto de uma forma distinta, pois as novas gerações, infelizmente, só sabem que este é o nome do Edifício de Geografia e História da Universidade de São Paulo.

O Papa Peregrino e o Herói Cubano

Ao contrário de Moacir Werneck de Castro, de longe um dos melhores articulistas do JT, que afirmou ao falar sobre o "Papa em Cuba", escrever: "só excepcionalmente, em cima do fato, sob o impacto de um sentimento muito forte", eu gosto de escrever emocionado, correndo o risco de até distorcer o que narro. Quando li Werneck me animei a falar sobre o evento histórico desta semana em Cuba.

Todos que me conhecem sabem que não sou fã incondicional do regime cubano e nem morro de amores pela Igreja Católica. Sou, no entanto, admirador profundo de Fidel Castro e de João Paulo II. Acompanhei, quase na totalidade, as coberturas da CNN em espanhol e da ECO mexicana a permanência de Karol Wojtyla na terra de Fidel. Assisti a tudo comovido...

Desde o momento da chegada do sumo pontífice a Cuba, e até sua despedida, ambos os estadistas demonstravam o quanto se respeitam e quanto são capazes de ter um diálogo duro, porém preenchido por um afeto respeitoso e autêntico.

Fidel Castro, o herói de todos os cubanos e o mito de um século como tem sido o XX, soube ocupar a adequada posição durante as solenidades havidas em Santiago de Cuba, em Camaguey, e na Praça da Revolução em Cuba, sem esquecer a coroação da virgem e o encontro na Catedral Cubana (por sinal belíssima na sua simplicidade marcante). Fidel Castro conseguiu se manter num segundo plano respeitoso sem se despojar de sua autoridade, João Paulo II exerceu seu pontificado sem ser arrogante.

Ambos souberam ser solidários e opositores sem aproximações desproporcionais ou confrontos desairosos. Surpreenderam e frustraram todos os extremados de quaisquer facções, não transgredindo, nem um nem outro, com os seus princípios e seus valores.

Nem o Papa peregrino nem o herói cubano faltaram com os seus compromissos e deixaram, em qualquer momento, as suas convicções. Ao contrário, foram um e outro capazes de coordenar as diferentes doutrinas sem deixar de reconhecer nelas as qualidades que possuem. Também insistiram na crítica ao Todo-poderoso e acabaram, nas inúmeras demonstrações de generosidade, mostrando o quanto podem duas figuras íntegras como eles estarem tão distantes e tão próximas e até irmanadas quando se trata de algo superior. Essa convivência de cinco dias, na ilha dos cubanos, nos leva a entender, de forma mais clara, as razões de Karol ser o Papa peregrino e de Fidel ser o herói cubano e também consolidou aquilo que é cada vez mais importante entender: "ser opositor ou adversário não significa, obrigatoriamente, ser inimigo; e acho, também, que cabe repetir Fernando Pessoa: "[...] "Tudo vale a pena se a alma não é pequena". E por que não finalizar com outro símbolo deste século, Che Guevara, que dividiu a praça com Jesus Cristo. Ele repetiu sempre com veemência:

"Hay que endurecer, pero sin perder la ternura, jamás".

Odilon Nogueira de Matos

Mogi das Cruzes é cidade repleta de homens ilustres. Médicos, professores, intelectuais, políticos, enfim... Deles tenho me ocupado em ocasiões diferentes e não deixarei nunca de fazê-lo. Em alguns momentos como este, no entanto, apresentarei cidadãos de outros cantos, usando este espaço para, acima de tudo, torná-los conhecidos em outras plagas e também homenageá-los.

Odilon Nogueira de Matos é basicamente um escritor. Seus textos são sempre bem cuidados e bonitos. Traduzem a sensibilidade e a cultura de um desses ímpares historiadores que o Brasil e São Paulo ainda possuem. Descrever tudo quanto ele fez seria impossível e impraticável. Nem um número especial do Caderno A seria suficiente para reproduzir uma parcela de sua biografia. Assim sendo, enquadro Odilon e o reproduzo neste cantinho, tentando, nesta difícil síntese, apresentá-lo e ao mesmo tempo fazer com que muitos dos seus conhecidos e amigos reencontrem a bela figura humana que ele é. Odilon dedicou sua vida às pesquisas históricas e é um conhecedor profundo da música erudita. Também conhece, com propriedade, o nosso cancioneiro popular.

Pesquisador paciente, Odilon Nogueira de Matos tem escrito muitas obras de valor inestimável, e recuperado para os nossos dias e nossos estudiosos um sem número de episódios que, não fosse seu empenho, estariam perdidos para sempre.

Ressalto, hoje, um trabalho especial de mestre Odilon. Trata-se da Notícia Bibliográfica e Histórica que já atingiu a marca de 167 números. Trata-se de uma publicação de grande valor e única a se manter dentro da periodicidade desejável. Lembraram, dias atrás, em reunião solene do Instituto Histórico e Geográfico de São Paulo, Israel Dias Novaes e Hernani Donato a dedicação de Odilon a esta obra e o fato de ele, durante muitos anos, ser o responsável quase único por sua existência e divulgação. Uma das imagens, dentre tantas, que dão idéia da dedicação do persistente obreiro da História foi a de Odilon colocando os selos no invólucro onde já havia endereçado a revista. Teve sempre o apoio, na publicação, da Puccamp (Pontifícia Universidade Católica de Campinas).

Até hoje é infatigável nessa tarefa de pensar, elaborar e editar a Notícia Bibliográfica e Histórica, mas também é incansável no empenho de colecionar e conservar amigos.

Guardem este nome: Odilon Nogueira de Matos.

ORLANDO SIGNORINI

Quando a primavera chegasse, Orlando Signorini faria oitenta anos. Oitenta anos bem vividos, como costumava afirmar. Nasceu, portanto, quando terminava as primeira guerra mundial e quando o mundo começava a passar por grandes transformações. Viveu o movimento modernista de São Paulo, as revoltas dos tenentes, viu a evolução das teorias marxistas e fascistas em todo o mundo, conviveu com a Segunda Guerra Mundial. Viu a redemocratização do Brasil   a derrota do Brasil, no Maracanã, a morte do Getúlio e a construção de Brasília. Também sofreu com a nova ditadura militar e vibrou com os novos tempos. Tinha, como tantos, dúvidas sobre o nosso atual momento.

Se nunca se desligou do Brasil e do mundo, pois era homem culto e bem informado, o certo é que Mogi das Cruzes foi o centro de sua existência. Nela viveu como comerciante bem sucedido e como atento admirador das coisas boas que nela existiram e ainda existem. Sempre foi fã da boa música e a curtia nas suas diferentes manifestações. Não era à toa que acompanhava os professores Hugo Ramos e Antônio Mármora Filho em suas peregrinações como concertistas por diferentes regiões do Brasil. Convivi com um momento muito especial desse companheirismo no final do ano de 1997. Fizemos lá no Museu Paulista da Universidade de São Paulo – o Museu do Ipiranga – uma "festa natalina", e fiz muita questão que os professores Hugo e Niquinho fossem os músicos que se revezassem com os corais, coordenados por Samuel Kerr.

Junto ao Hugo e ao Niquinho também chegou o "empresário" Signorini. Foi um dia de grande emoção e alegria. Pudemos, então, rever um pouco de nossas próprias biografias e da história de nossa Mogi das Cruzes. Orlando, com seu bom humor, fazia a conversa fruir e todos pudemos estar felizes. À noite, durante a festa alegre, encantadora e comovente, o Orlando também sonhava como todos que foram ao Museu. Vivemos um momento especial...

Quase nada posso dizer da vida de Orlando, já que saí de Mogi faz muito tempo, e quando venho à terrinha sempre me traz um compromisso profissional ou familiar. Muitas vezes venho para um acontecimento triste como a morte de alguém muito querido.

Desta vez, avisado de que Orlando Signorini havia nos deixado, não atendi o chamado para presenciar o seu adeus. Preferi, egoisticamente, manter na minha lembrança os momentos alegres que vivemos no final de 1997. Soube que a despedida foi alegre e comovente. Julinho "barbeiro" e Hugo Ramos fizeram da despedida final um momento de paz, e o Orlando, quando saía de cena, pôde ouvir uma de suas músicas prediletas e continuar sonhando: "Lembrar, deixe-me lembrar/Meus tempos de rapaz no Brás/As rondas e serestas/ casais enamorados/E as cordas de um violão/tocando em tom plangente/aqueles ternos madrigais/". Alguém me descreveu a cena e, agora, quando escrevo, posso imaginar aquele cair de tarde de inverno a nos trazer o encanto e a nostalgia próprios de pessoas que gostam do que é belo.

Deixei de compartilhar com tantos amigos esse momento. Era um dia 12 de junho, que é o dia dos namorados, um dia, portanto, do Amor e Orlando, que tanto amava a nossa Mogi e seus amigos, resolveu deixar (ficando) a todos num dia marcante e repleto de flores e mensagens. Que fique, pois, também esta mensagem e a reverência ao nosso Orlando.

UMC – A Realização de Um Sonho

Há exatos quarenta anos, em 1958, muitos mogianos, hoje em posições de destaque em vários setores da atividade humana, tanto na nossa cidade como em outros municípios paulistas e até no exterior, buscavam a sua formação acadêmica em São Paulo. Prestavam vestibular na PUC, USP, Mackenzie nas áreas de Direito, Medicina, Letras, Ciências Humanas, História, Geografia. Eram muitos os que tomavam a "Litorina" das 9 horas da manhã, outros os trens de subúrbio da tarde e sempre regressavam à noite. Lembro-me e cito alguns: Jair Monsores, Milton Peixoto de Moraes, Mário Kauffman, Sebastião Faria, Horácio da Silveira, Jurandyr Ferraz de Campos, Geraldina Porto Witter, Dorothy Jungers Abib, Maurício Najar, Fábio Arouche, Paulo Marcondes, Alberto Borges dos Santos, enfim... Estes e outros criaram a AUMC, já lembrada por mim.

Esta associação abrigava os universitários que moravam na cidade e estudavam em cursos superiores de todo o país. A situação era muito peculiar e somente os que viveram na cidade há mais de vinte e cinco anos podem lembrar de Mogi sem escolas de ensino superior. Hoje possui duas grandes instituições, a UBC (Universidade Brás Cubas) e a UMC (Universidade de Mogi das Cruzes). Antes delas, os universitários mogianos discutiam, através de debates acalorados e seminários bem preparados, a validade da instalação de cursos superiores na cidade. Dentro da própria AUMC havia opiniões bastante divergentes.

Enquanto aquele grupo de idealistas pensava em equacionar o sistema educacional paulista e brasileiro e propor soluções fantásticas e quase revolucionárias, chegava a Mogi das Cruzes uma figura que acabaria por se notabilizar como o realizador de um sonho. Falo do Padre Melo.

Modestamente, começou a trabalhar na área educacional e, a partir de 1962, passou a ocupar o espaço vazio deixado pelos professores da cidade. Ainda eram os gigantes da educação os dois grandes estabelecimentos de ensino médio de Mogi: o Instituto de Educação "Dr. Washington Luís" e o Liceu Braz Cubas, este com a tradição da família Boucault.

Onze anos depois do primeiro exame de admissão, na escola secundária que criara, o Padre Melo conseguia o reconhecimento, no Conselho Federal de Educação, daquela que ficou famosa e ainda é identificada como OMEC. Era o ano de 1973, há 25 anos, e por se tratar de uma data tão significativa, retomo o tema já tão bem abordado por *O Diário* em edição especial.

Muitos de meus leitores deverão estar se perguntando por que uso meu espaço para falar da UMC? O que estará desejando o professor, perguntarão muitos amigos e jornalistas. E eu respondo que, revendo meus guardados, refiz um pouco da trajetória da OMEC/UMC e do Prof. Manoel Bezerra de Melo, e retomei uma série de ponderações minhas e de tantos outros que acompanharam o seu trabalho na construção dessa universidade que tenta se firmar no panorama acadêmico nacional.

Em que pesem as possíveis críticas – e elas sempre existem –, o que o Padre Melo teve coragem de fazer nestes últimos anos é também digno de registro.

E ter chegado onde chegou, com o patrimônio que tem, foi resultado de um esforço hercúleo que merece o respeito de todos. Sucesso conseguido pelo esforço de uma figura especial e que espera novos frutos nesta nova etapa que se está iniciando. Sonhar é preciso... e cada vez mais.

O Rei da Voz

Guararema, domingos ao meio-dia. Todos os domingos, eu, como tantos outros meninos e meninas de então, os avós de hoje, deixavam o que faziam para comer ao lado do rádio Capelinha e ouvir:

"Quando os ponteiros se encontram, na metade do dia, você tem um encontro marcado com ele" (entrava a voz do cantor ao vivo) "o Rei da Voz, Francisco Alves".

Era um momento mágico. Talvez pela voz sensual da mulher que anunciava este especial programa da Rádio Nacional, do Rio de Janeiro. A partir da apresentação a seqüência de músicas inesquecíveis na voz inigualável de Francisco Alves. Por que falar dele, hoje? Porque neste dia 19 de agosto, no ano de 1898 ele nascia e hoje teria cem anos se não tivesse morrido, tragicamente, em 1952.

As novas gerações não devem ter idéia nem do nome deste cantor, que ocupou as melhores posições na cotação dos grandes astros da época e enchiam praças e auditórios de grandes e pequenas cidades.

Lembro-me, como se fosse hoje, de uma apresentação de Chico Alves no monumental Cine Urupema (lembram-se dele), que ficava no mesmo edifício que abrigava o lindo Itapeti Club, o Bazar Urupema, o Bar Urupema, apresentado por Blota Junior. Naquele dia, cabulei a aula e fui "escondido" ver e ouvir o cantor que sempre preenchera minha imaginação. Aliás, toda Mogi das Cruzes estava lá. Tenho guardada a caderneta do ginásio, onde era registrada a freqüência da gente, com o autógrafo do Blota e do rei da Voz. Não lembro dos detalhes da festa, mas tenho guardado na lembrança o cinema superlotado, todos nós vidrados nos acordes da orquestra e na voz inigualável.

O tempo passou, os artistas mudaram, outros receberam o mesmo título, mas para mim ele ficou...

Ainda ouço, na minha antiga "vitrola" o vinil com músicas inesquecíveis. Entre elas não posso deixar de citar: "Quem há de Dizer" e "Na Carícia de um Beijo" que nos transportavam para os recônditos dos quartos povoados pelas mulheres de nossos sonhos. Tudo era proibido, e sonhar era o que restava aos jovens daquela época.

Será que alguém se lembrou de preparar um belo programa de rádio ou de TV para registrar e reverenciar o nome daquele que tanto preencheu nosso universo, naqueles belos anos da nossa adolescência? Talvez, quando os meus leitores estiverem me acompanhando, neste dia 19 de agosto de 1998, muitas emissoras tenham, como eu, se lembrado dele, e todos tenham tido bons momentos de boa música na voz do Rei, pois escrevo estes comentários há, pelo menos, duas semanas do centenário do nascimento de Francisco Alves – o sempre Rei da Voz.

O João "Barbeiro"

Dia desses andava pela rua Brás Cubas, que já não reconheço, e comecei a lembrar da minha própria história caminhando por ela. Nos longos tempos de minha história com a cidade de Mogi das Cruzes, eu os vivi dentro dela, em casas e pontos diferentes. Saí um momento, por curto espaço de tempo, mas voltei à rua que "era" minha e eu não pude ladrilhar.

Vivi nela toda minha minha infância e juventude depois de mudarmos de Guararema para eu estudar. Cresci e me formei professor vivendo na modesta casa de meus pais, um mundo muito especial para mim. Acho que o número da casinha modesta era 557 e ficava muito perto da Padaria do Pedaço. Quanto sanduíche delicioso de mortadela eu comi lá. Numa vila – a Vila Monteiro, moravam outros membros da família, na casa de número 15, pertinho do Rio Negro, que trazia enchentes em todos os verões. Era tudo muito bonito, muito verde, repleto de pés de mamona, nossos projéteis preferidos nas brigas de bando contra bando.

Nos fundos do Cine Urupema também existia uma quadra de vôlei, que significou muito para os jovens atletas. Era a quadra do Itapeti, onde passávamos boa parte do tempo tentando imitar os astros de então. Já casado vivi, de novo, numa pequena casa em frente a de meus pais e num outro momento numa outra, que ficava em frente à mansão dos Straube – tudo na rua Brás Cubas.

Nesta rua, que também foi minha, havia uma grande figura humana, o João Barbeiro. Desde muito menino ele cortava o meu cabelo e durante toda minha vida em Mogi das Cruzes ele cuidou do meu penteado. Mesmo depois de minha última mudança para São Paulo eu ia uma vez por mês visitar o João.

Eram momentos especiais aqueles passados naquela cadeira de barbeiro (lembram-se de um quadro que havia na antiga Rádio Tupi que tinha esse nome?). Durante os trinta ou quarenta minutos do corte conversava-se de tudo e sobre todos. O Mestre João, como gostava de chamá-lo, tinha uma "perna anatômica", que na época era a "perna de pau", e isto o tornava uma figura marcada pelo seu andar e sua postura. Lia bastante e por essa razão ajudava muito aos mais jovens com seus "ensinamentos". Gostava de contar anedotas e também preenchia a imaginação de todos os seus fregueses com as suas histórias vividas e convividas com os "boêmios da rua".

Como todo barbeiro de interior, João era um centro de irradiação das informações de toda ordem, mas principalmente políticas. Era ponto de encontro de gente distinta e interessante que conversava, conversava, conversava... O centro de tudo era o João. E ele, sempre com a modéstia dos que sabem, comentava o último filme, a nova vizinha, os "quebra-paus" do pedaço e do seu bairro.

Parei um pouco no espaço que tinha sido o reinado do João e fui percebendo que tudo estava diferente. Da rua Ipiranga ao Jardim, a rua Brás Cubas já não é mais aquela. Nenhuma das casas onde vivi existe. Mas não deixaram de viver nos meus sonhos e nas lembranças.

"João Barbeiro" é uma dessas muito boas lembranças da cidade de Mogi.

DÉCIO DE ALMEIDA PRADO

Eu comecei a conhecer o professor Décio de Almeida Prado através de sua participação como editor do suplemento literário do Jornal *O Estado de S.Paulo* no ano de 1958. Por coincidência, no mesmo ano em que eu era aprovado no vestibular de História, na USP. Passei a freqüentar a rua Maria Antônia, em Higienópolis, naqueles tempos do Bonde Vila Buarque. Todos os dias saíamos de Mogi para São Paulo e, depois do subúrbio, dos ônibus e bondes, a gente vivia o clima especial da vida universitária. Dia após dia íamos sabendo quem era quem naquele universo encantado na Faculdade de Fiolosofia, Ciências e Letras. Alguém dizia olhe lá o Professor Fernando Henrique Cardoso, o Florestan Fernandes, Aroldo de Azevedo, Eurípedes Simões de Paula... Num outro dia era Fernando de Azevedo, Cruz Costa, Eduardo de Oliveira França... Em um dia qualquer, mas muito especial, fiquei sabendo que aqueles dois homens, que conversavam no saguão da entrada do edifício eram Sérgio Buarque de Holanda e Décio de Almeida Prado. Sérgio estaria, desde então, muito próximo de mim, como já assinalei tantas vezes. Décio, ao contrário, nunca foi próximo, porém sempre presente, porque eu o acompanhava por suas críticas e por seus artigos, que me guiaram pelo universo do teatro.

A vida, no entanto, me aproximou de Décio por seus escritos sobre futebol e por ser ele são-paulino como eu. Estivemos mais próximos ainda quando coordenei o CCS (Coordenadoria de Comunicação Social) da USP e Décio era o responsável pela *Revista da USP*.

Nessa época, ele e a Comissão Editorial tinham de agüentar a presença deste que, então, era o "chefe". Foi um bom tempo de nossas vidas, Aprendi, nesse período, a ver o grande crítico e professor como uma figura humana excepcional. Admiro-o por todos os seus atributos. Por quê falar dele agora? Porque, no dia 20 de agosto deste ano, e aos 81 anos de idade, Décio de Almeida Prado recebeu o Prêmio José Ermírio de Moraes pelo livro *Seres, Coisas, Lugares – Do Teatro ao Futebol*, lançado no ano passado. Ele o recebeu em sessão solene da Academia Brasileira de Letras e o acadêmico Sábato Magaldi foi o responsável pela saudação, na qual ressaltou o papel de Décio. No livro *Décio de Almeida Prado – Um Homem do Teatro* – Sábato já salientava:

> O percurso que aqui se procurou reconstituir, seguindo a trilha de Décio, como formador, coloca-nos, a esta altura, numa situação inusitada: a de encerrar este ensaio discordando vigorosamente das palavras do mestre – não é o critério de antigüidade que o promoveu, conforme ele próprio modestamente observa em Oração aos Velhos [...].

Tal promoção dentro da estima de intelectuais e artistas ocorre, antes, pelo critério da presença: Décio é figura central e nucleadora, cuja atuação se liga, em sua origem, aos momentos de fundação de uma linha séria e consistente de estudos teatrais no país. Seus trabalhos são obras de referência obrigatória para o conhecimento da dramaturgia e para o exercício da crítica culturalmente responsável. Tendo formado atores, autores, professores e pesquisadores de teatro e dramaturgia, o trabalho de Décio constitui-se em ponto de referência para se pensar o teatro em seu período de formação e de transformação rumo à modernidade".

Sessão concorrida, emoções a flor da pele e Décio pode sentir o carinho, o respeito e a admiração de quantos vêem nele o grande crítico, o competente professor e o homem e amigo exemplar que foi e continua a ser. Quis me associar a essa homenagem e trazer um pouco de seu perfil à nossa sociedade, que sabe apreciar pessoas como Décio de Almeida Prado.

Odilon – 82

Não é propaganda política e nem anúncio de um novo produto a ser lançado no mercado. Também não se trata de livro ou novela. Já falei de Odilon, nesta coluna. Lembram-se quando escrevi sobre o cidadão Odilon Nogueira de Matos, um dos mais importantes historiadores brasileiros deste século? Campinas tem em Odilon o nosso Isaac Grinberg ou Jurandyr Ferraz de Campos. Assemelham-se nas lutas e na generosidade.

Isaac vai deixando seus guardados para a UBC, Jurandyr coloca a História em CDs e Odilon vai entregando à PUC-Campinas a sua preciosa biblioteca. E daí – Odilon 82. Este 82 são os anos bem vividos de sua própria história.

Sexta-feira, 25/9/98, Campus I da PUC campineira, bloco H 11, sala 20. O ponto central da festa que comemorou os 82 anos de Odilon e os trinta anos de uma revista que ele edita, organiza, em parte financia e faz com ela um trabalho digno de todo louvor. Trata-se da *Notícia Bibliográfica e Histórica* – NBH – que informa sobre publicações na área da História e matérias afins. A NBH foi o referencial do encontro por sua periodicidade e valor inquestionável, porém a ela quero incorporar a figura do professor Odilon Nogueira de Matos.

Mestre Odilon tem como marca registrada a generosidade. Nos tempos de agora, mas desde 1969, Odilon abriu um espaço que só não foi usado por quem não quis. Ninguém pode dizer que a "Notícia" de Odilon recusou um trabalho enviado para publicação. Isto não quer dizer que ele aceite qualquer artigo ou resenha sem sua crítica. Criterioso e exigente todos sabem que ele o é. Este fato inibe os que possam pensar em enviar algo que não chegue ao nível da revista e de seu editor.

Odilon Nogueira de Matos, no entanto, não é só a NBH. Além dos livros como *Evolução Urbana de São Paulo, Música e Espiritualidade, Café e Ferrovias, Affonso D'Escragnolle Taunay; Historiador de São Paulo e do Brasil, Saint-Hilaire e o Brasil, Um Pouco da História de Campinas*, dentre muitos outros, Odilon também escreveu uma infinidade de artigos, prefácios, apresentações de livros e que não cabe, neste momento, estar enumerando. Um dia ainda chegará algum de seus discípulos e escreverá uma biografia e nela haverá uma boa análise de sua extensa produção.

Odilon Nogueira de Matos, no entanto, não foi só o inesgotável produtor de boas obras e de tantos clássicos de nossa produção literária, mas também é um incansável participante de nossas associações e instituições que seriam muito pobres se não o tivessem como membro atuante e também como um verdadeiro animador cultural. Lembremos que o professor Odilon é membro da Academia Paulista de Letras; da Academia Paulista de História; da Academia Paulista de Educação; da Academia Paulista de Jornalismo; da Academia Campineira de Letras e da Academia Sul-Riograndense de Letras e ainda do Instituto Histórico e Geográfico Brasileiro e dos demais Institutos Históricos e Geográficos de São Paulo, Paraná, Santa Catarina, Minas Gerais, Ceará e Pernambuco.

Outra dimensão da história de Odilon tem sido a sua atuação como professor e orientador de teses em diferentes universidades deste país. Sua brilhante carreira, no entanto, está marcada indelevelmente pela presença destacada na Escola de Sociologia e Política, na Universidade de São Paulo, e na PUC de Campinas (esta sem dúvida a de sua predileção e de certa forma a de sua escolha).

Odilon Nogueira de Matos é, por outros ângulos, um homem irrequieto e incapaz de viver concentrado e só num lugar, e assim sendo, sempre dividiu Campinas com São Paulo e a sua característica de viajante (não é por acaso que se dedicou sempre ao estudo dos Viajantes) pertence a tantos institutos em todo o Brasil.

Ressalte-se, no entanto, o ser humano diferenciado, bondoso e generoso que é o mestre Odilon e a sua presença destacada ao cenário nacional.

Isaac Grinberg

Há muito tempo estou devendo esta crônica sobre o historiador mogiano de maior destaque. Ainda, há pouco tempo, a Universidade Brás Cubas, uma instituição de ensino superior de Mogi das Cruzes que vem projetando a cidade, prestou-lhe merecida homenagem. Não pude estar, embora o desejasse e muito. Ainda não tenho o dom da ubiqüidade, o que me impede de estar presente fisicamente em dois lugares. Acompanhei tudo de perto.

Não vou falar nem do companheiro cronista, nem do confrade do Instituto Histórico e Geográfico de São Paulo e da Academia Paulista de História. Também não quero resenhar suas obras sobre Mogi porque seria repetir o que já fiz em outros veículos de informação. Quero ressaltar o seu papel e sua atuação na preservação frente aos desafios da educação neste país.

Isaac Grinberg tem uma presença marcante na cidade, desde os primeiros tempos em que se aventurou a fazer o Diário de Mogi, que saía mimeografado e, se não me engano, uma vez por semana. Era o princípio da aventura intelectual, e foi quando o seu nome passou a fazer parte do meu universo. O jornalismo sempre esteve na minha veia, ultimamente, participo, por ironia do destino, de um espaço ao seu assemelhado, no mesmo jornal que ele fundou.

Com o passar do tempo, o jornalista foi criando coragem e passou, além de colecionador que sempre foi, a escritor da história de Mogi das Cruzes. Não citarei nenhum de seus livros em particular, Isaac é o conjunto sólido de sua obra. Dirão alguns, ao lerem o que escrevo neste momento, que eu estou mudando alguns pontos de vista emitidos tempos atrás. Relembram-se dos tempos de aluno de História da USP ou de recém-saido dos bancos da grande universidade paulista. Moço exigente, certo de que a verdade era minha, posso ter dito aqui e ali, em conversas e, talvez, em alguma crítica ao historiador, que faltava mais pesquisa e metodologia. Passados os anos vejo, no entanto, o quanto fez e o quanto deixamos de fazer. Por isso reafirmo a importância do conjunto dos escritos de Isaac.

Isaac Grinberg, no entanto, não é só escritor. Acima de tudo é o generoso cidadão que não se recusa a elucidar as dúvidas de tantos estudantes (de todos os níveis) e de nós que nos julgamos estudiosos da história brasileira.

MÁRIO COVAS

Esta coluna não nasceu para tratar da política propriamente dita. Já fez e poderá voltar a fazer comentários sobre questões da política atual ou de nosso passado histórico. Hoje vou falar de um político que acaba de ser reconduzido ao cargo de governador do Estado: Mário Covas. E por quê? As razões são várias, dispersas e, se quiserem, até inexplicáveis. Mas, depois de sua entrevista coletiva aos profissionais de imprensa, no dia de sua saída do Incor quis tornar pública a emoção sentida naquele momento e também fazer, até por dever de ofício, uma retrospectiva histórica desde os últimos anos do governo de São Paulo e minhas inquietações iniciais e meu reconhecimento ao chegar ao fim de seu primeiro mandato.

Todos os que conhecem a minha história como professor e acompanham a minha vida acadêmica e profissional sabem que nunca morri de amores e nem fui defensor do Governo Mário Covas. Fui, sim, um crítico constante. Muitos ainda se lembram de um artigo que escrevi sobre o Arquivo Público do Estado de São Paulo, que ficava numa velha Fábrica de Tapetes – a Santa Helena – na rua Dona Antônia de Queirós. Nele e nela vivi onze anos de minha vida. Nem o prédio, nem a fábrica e nem o Arquivo lá estão. O prédio, infeliz e tristemente, foi demolido na calada da noite e num fim de semana, apesar da tentativa de alguns interessados na sua preserva-ção – lembro-me da infelicidade transmitida pela voz indignada da Eugênia do Masp quando me contou e senti minha impotência; a fábrica, já há muito desativada, virou Museu em Jacareí; o Arquivo, felizmente, está num prédio moderno, bem localizado e bem equipado ali na Voluntários da Pátria – perto da Estação Rodoviária e do Metrô Tietê.

É sobre o Arquivo do Estado e a atuação de Covas na área da Cultura que faço o registro mais forte e sereno. Quando escrevi, na p. 3 da *Folha*, depois de Carlos Guilherme Mota, criticando a atuação do governador no que dizia respeito aos documentos paulistas, não conhecia suas reações. Comecei a ver nele alguém que ouvia e reagia. A ida dele ao Arquivo me surpreendeu e, a partir daí, ver o prédio – sede construída com carinho e competência, me entusiasmou. Covas retomava e concluía obra iniciada com Montoro. Eu considerava a questão episódica e pontual. Mas, com a atuação sempre reconhecida do seu Secretário da Cultura – Marcos Mendonça – o governador atuou e deixou um saldo ímpar na área. Citemos: Arquivo Público do Estado, Museu da Imigração, Teatro São Pedro, Pinacoteca do Estado, Estação Júlio Prestes, para lembrar só os mais notáveis investimentos. Embora continuando a vê-lo criticamente passei a reconhecer o seu papel de político e administrador.

Faltava, no entanto, algo mais para aceitá-lo. Isso aconteceu quando eu o vi, frágil é verdade, mas com uma vontade hercúlea e uma dimensão humana que poucas vezes vi em homens públicos. O governador mostrava, naquele momento, tudo o que, de fato, é: um ser humano como qualquer um de nós. Até bem humorado. Isto não era de se esperar, por tudo que dizem de suas reações.

LÉA BRÍGIDA E AS FERROVIAS

Já tenho usado este espaço para falar dos bons autores do Espírito Santo. Freqüento o Estado e a linda Vitória há 25 anos. Lá, já disse, tenho a minha confraria e muitas casas onde ficar, como parte das famílias que me podem acolher. Melhor que tudo, tenho amigos e amigas, que merecem essa qualificação.

Dentre esses amigos há uma professora e pesquisadora de grande valor. É, também, embora não reconheça, uma excelente escritora. Pois é dessa escritora, Léa Brígida de Alvarenga Rosa, e de seu livro, *Implantação de Vias Férreas no Brasil*, que me ocupo neste dia.

O tema deste livro, que faz parte da Coleção Almeida Cousin, do Instituto Histórico e Geográfico do Espírito Santo, é objeto dos estudos da professora desde os tempos em que fazia pós-graduação no Departamento de História da Faculdade de Filosofia da USP, e quando a orientava um professor de méritos incontestes – Reynaldo Xavier Carneiro Pessoa. Desses tempos publicou, em 1985, *Uma Ferrovia em Questão: A Vitória/Minas – 1890/1940*, editado pela Fundação Ceciliano Abel de Almeida – UFES.

Agora sai esta monografia em época oportuna. Ela nos obriga a refletir sobre o papel das ferrovias no Brasil e as conseqüências futuras das constantes e subseqüentes privatizações dos tempos atuais.

Ivan Borgo, outro escritor que admiro em Vitória, escreveu no prefácio: "Os amigos do poder – registra Léa – conseguiram concessões que, em seguida, eram leiloadas e arrematadas por quem efetivamente iria executar o serviço. No fundo, como o negócio tinha a garantia do governo, o prejuízo recaia na população em geral que arcava com os custos, tanto daquilo que havia sido efetivamente gasto na construção da ferrovia, como com o custo adicional representado pela manobra promovida pelo poder". É de longa data, a prática, não é mesmo?

Mas a Profa. Léa Brígida fornece ainda uma série enorme de dados que mostram as práticas que resultaram em abusos, quando da implantação das vias férreas em todo o Brasil. Traz, então, à p. 22, uma tabela que nos dá conta dos preços das ferrovias construídas desde Natal (no Rio Grande do Norte) até Bagé (no Rio Grande do Sul).

Termina o seu livro com uma observação que nos fez pensar sobre a falta de projetos consistentes que colocassem ao alcance da população ferrovias prestadoras de serviços e adequadas às necessidades do Brasil.

Chama a atenção para o fato de o governo brasileiro ter limitado os recursos e por isso ter diminuído a qualidade técnica. Tem toda razão quando afirma que, por isso,

> Vão surgir estradas de ferro em condições ruins para o tráfego, com curvas de raios de cem metros e rampas de 3% que tornavam as viagens demoradas e com composições pequenas, pois o esforço de tração que as máquinas tinham de desenvolver impedia uma melhor utilização do potencial de cargas, onerando o frete, chegando-se ao ponto de tropas de mulas fazerem concorrências com as ferrovias. Essa situação de predeterminar um custo quilométrico unitário agrava-se com o fato de a maior parte das debêntures emitidas serem do tipo 65% a 85%, ou seja: a companhia recebia somente estes percentuais do valor nominal, aviltando ainda mais o seu preço. Um título com a média de 70% de emissão fazia este valor cair a vinte e um contos ouro, o que levava nossas estradas aos piores níveis de qualidade técnica, sem, no entanto, impedi-las de cumprirem o seu papel desbravador e colonizador.

É preciso dizer mais?

SEX...AGENÁRIO

É tão repetida a fórmula que já não tem graça, porém vale repeti-la para ressaltar o momento de alegria de um cidadão e sua família. É, também, o jeito de o cronista dar um presente. Ainda mais quando não sabia como, verdadeiramente, registrar o aniversário de Roberto Pires. Sim, Roberto fez sessenta anos, no último dia 6 de março.

Traçar o perfil de um mogiano ilustre ou trazer dados biográficos não é o caso. Quero simplesmente assinalar esse momento de sua vida.

Roberto nascia em 1939, no mesmo ano em que o mundo viveria o início da segunda guerra mundial, o conflito devastador deste século XX. E, desde então, o mundo não deixou de ter conflitos bélicos. Iria estudar no grupo escolar, depois da guerra ter acabado e viveu em Mogi das Cruzes, sempre, todas as mudanças pelas quais o mundo passou nestes anos dos novecentos. E quantas foram. Basta lembrar a televisão e o computador.

Cresceu, estudou, formou-se e virou dono de Cartório. Foi presidente do Clube de Campo, onde, apesar dos pesares e da oposição, se notabilizou.

Em 1964, no meio da revolução ou golpe de Estado, com Castelo Branco e tudo o mais, resolveu apossar-se, definitivamente, da miss Mogi e virou seu marido. Com Cidinha fez sua outra história, compôs família e tem em Beto bom dentista e Denise, psicóloga consagrada, as suas grandes alegrias. Em Luísa, a neta (filha de Denise), a sua mais nova paixão.

Roberto, Cidinha, filhos e neta viram, também, as mudanças pelas quais passou sua cidade natal. E, se olhar em retrospecto, poderá sentir, como o cidadão cronista, um pouco de insatisfação pelo formato da atual Mogi. Sabemos todos que é impossível para o mundo evitar a exploração imobiliária, porém poderíamos todos fazer um esforço para planejar as alterações urbanísticas.

Roberto Pires cresceu no largo da Matriz, correu nas ruas estreitas do Centro, Paulo Frontin, José Bonifácio, Cel. Souza Franco, Deodato Wertheimer. E aventurou-se pelo distante bairro do Ipiranga, Estância dos Reis, São João. Freqüentou e, certamente, lá no Náutico aprendeu a nadar, no coxo e depois, já moço formado, conviveu também com a sociedade mogiana, no Itapeti. Viu bons filmes no Urupema Avenida depois de ter vibrado com os filmes em série no Parque e Odeon. Aos poucos, mas sem parar, tudo foi se transformando e cinema, atualmente, só no shopping. E será que o Roberto vai?

Mas, em que pesem as mudanças, o sessentão Roberto Pires, que diz ter sido "bom de bola" e ainda arrisca (apesar do joelho-podre) domingueiras partidas de tênis no seu querido Clube de Campo, ou lá em São Sebastião, continua acreditando na vida e gosta de bem vivê-la.

Sobre Roberto, o mais novo, sex...agenário de Mogi das Cruzes, só é necessário reconhecer o seu enorme coração e a sua imensa generosidade. Não só Mogi precisa de homens como ele para que o mundo seja melhor. Muitos e muitos anos pela frente com muitas realizações é o que o cronista espera que aconteça a esse homem que merece ser visto como um verdadeiro cidadão. E falar de Roberto é, no fundo, falar de todos nós.

Chico e Sérgio Buarque de Holanda

Novamente, o programa "É de Manhã...", de Orlando Duarte, trouxe-me o tema e o assunto. Orlando entrevistava Chico Buarque e este, como sempre, perfeito, nas respostas tem padrões e estilo inconfundíveis. Irônico e sério, Chico não deixa de dizer tudo o que pensa, sempre com a elegância e justeza de quem sabe. Fui ouvindo Chico e me lembrando de Sérgio Buarque de Holanda, o nosso historiador maior. Houve um determinado momento que eu parecia ouvir, pela voz do filho, as palavras do pai. Chico afirmou que o fundamental na hora de escrever, seja a poesia da música ou a frase na literatura, é saber escolher a palavra adequada, que nem sempre é a mais bonita. Ela é, no entanto, a correta. A forma pode ter sido um pouco diferente, mas o conteúdo, no entanto, ficou tão próximo das lições de Sérgio a seus assistentes que eu o ouvia naquele momento. E, mais uma vez, me orgulhei e agradeci a Deus por me ter dado Sérgio como orientador. Quanto devo a ele...

O professor Sérgio Buarque de Holanda era o catedrático de História da Civilização Brasileira do Departamento de História da Faculdade de Filosofia, Ciências e Letras da Universidade de São Paulo quando eu, caipira de Mogi das Cruzes, fui tentar ser aluno universitário, pelos idos de 1957 e 1958. Quem diria que eu, depois de todas as dificuldades vividas acabaria, no ano terrível de 1964, a integrar o grupo seleto de assistentes do grande historiador. Convivi desde 1959 e, mais proximamente, a partir de 1964, não só com o mestre, mas também com sua bela família. Dona Maria Amélia, Miucha, Sérgio Buarque de Holanda Filho (também historiador), Cristine, Maria do Carmo, Ana Maria, Álvaro e o mais famoso – Chico. Eu os vi crescer e encontrarem seus caminhos. E quão pouco sabem, cada um deles, o significado que têm em minha vida. Como aprendi com aquela família o que é amor e solidariedade e também a tolerância e a flexibilidade. (Aceitar as pessoas como elas são, mas não ceder àqueles que não têm princípios.) Sérgio e Maria Amélia, sem se dar conta, ensinavam todos que quisessem ouvir quando, na sala de visitas, inesquecível recanto da casa da Rua Buri – onde sentávamos para discutir nossas teses e encontrar amigos do catedrático ou conviver nas festas sempre aconchegantes, podiam ouvi-los a falar da vida vivida, então. Eu aprendi lições que me acompanham até hoje. Principalmente quando escrevo.

Duas histórias de Sérgio e Chico. Não sou indiscreto ao revelá-las porque ambos já as contaram em momentos diferentes. E poderiam ser muitas e muitas. Gosto de recordar aquela em que Sérgio chega ao Brasil, voltando da Europa ou dos Estados Unidos, logo depois do sucesso de "A Banda" e é entrevistado pela nossa imprensa, que desejava saber como ele se sentia com o filho famoso. Ele respondia, alegre e irônico: "Eu só sei que saí do Brasil Sérgio e voltei pai do Chico". A outra é contada pelo próprio Chico em recente entrevista a um jornal paulista. Ele se recorda de, num certo dia, ter dito ao Sérgio que estava lendo uma de suas obras, *Raízes do Brasil*, e ouvir do pai a recomendação de que lesse *Visão do Paraíso*, que, segundo ele era muito melhor. Esse era o Dr. Sérgio, sempre o seu maior crítico. Ambos, *Raízes do Brasil* e *Visão do Paraíso* são livros obrigatórios para entender o Brasil. Como também *Estorvo* e *Benjamin* são indispensáveis para conhecermos, ao lado do poeta e do músico Chico, o escritor da nova geração de nossa boa literatura.

E nas sucessivas entrevistas de Chico, nestes dias que antecederam à sua estréia em São Paulo, com novo *show*, depois de cinco anos, sempre encontro a figura do pai a aproximá-los e a separá-los em suas individualidades. Ambos sempre preocupados, cada um em seu tempo e em sua realidade, com o bom desempenho. Se Chico é muito exigente para com o seu espetáculo, também o era Sérgio; um no palco, outro na sala de aula. O tempo passou, Chico cresceu e é um marco na nossa vida, na vida de todos os brasileiros, Sérgio nos deixou e já faz bom tempo, mas eu continuo aprendendo com os dois e, em cada momento, sentindo o quanto eles significaram e significam para esta pátria tão sofrida, e, sem pessoas que saibam dizer o que sentem e pensam e não tenham medo de fazê-lo.

Retornando a Sérgio por ouvir Chico, percebo quanto posso ser feliz vivendo num século que os produziu.

ANITA NOVINSKY

Historiadora, professora da USP, escritora consagrada tanto aqui, neste Brasil de todos nós, como lá fora, onde poucos podem, como ela, se notabilizar.

Por que falar dela? Alguém que, talvez, nem registre nossa cidade no seu mundo muito particular? É porque a ela, em especial, muito deve este cronista. Sempre a idenfico como a minha madrinha, no mundo extra-universitário.

Faz muito tempo, num belo dia, Anita pediu meu *curriculum vitae* sem especificar porque o queria. Dias depois me avisou que eu seria convidado por Max Feffer para uma conversa. Dito e feito, Max Feffer, então secretário da Cultura do Estado, que substituiu José Mindlin (com quem eu tivera uma experiência inesquecível) e o seu chefe de gabinete, o inesquecível professor de tantos de nós – Antônio Soares Amora (sobre quem desejo escrever), esperava-me para uma entrevista. Ficou logo acertado que eu deveria assumir a direção do Arquivo Público do Estado de São Paulo. Amora, então, designou-me como supervisor.

E foi a partir desta responsabilidade, grande demais para aquele momento, que eu passei a conviver com o desafio extra-USP. E Anita Novinsky, que apostava em mim, passou a ser meu suporte constante. Incentivou-me muito e me ajudou a encontrar o caminho para reorganizar a instituição e, ao mesmo tempo, imprimir o meu estilo de administrar. Disse-me ela que quem primeiro viu em mim um bom dirigente foi Maurício, seu marido. Ambos, se assim foi, são os responsáveis por minha carreira de "animador profissional" ou como alguém já me denominou, "administrador acadêmico de cultura".

Mas a Anita devo muito mais porque, sempre presente, não deixou de me estimular a continuar produzindo, escrevendo, atuando na vida universitária como pesquisador e professor. Professor continuo e continuarei, apesar das decepções e frustrações, pesquisador, nem tanto.

Agora, revendo muitos momentos, quase toda a minha trajetória e a posição honrosa de diretor do Museu Paulista, o Museu do Ipiranga, que ocupo atualmente, é justo colocar, no devido lugar, a pessoa que me escolheu, primeiramente, e me distinguiu com o seu apoio, sempre presente, no mundo maior da vida paulista: Anita Novinsky.

Anita Novinsky, acima de todos os seus títulos e de todos os seus livros publicados, de sua atuação na vida acadêmica e fora dela, merece ser reconhecida por sua generosidade e pela forma de ser amiga. Eu sou, sem dúvida, um reconhecido admirador de sua indiscutível integridade. Mogi das Cruzes deveria conhecê-la.

Um "Pulo do Gato" com Gente da Bandeirantes

Desde o início de abril, eu desejava escrever, neste meu precioso cantinho, sobre um programa de rádio que me acompanha desde seu nascimento até hoje. Sempre tem me ajudado a pensar, mas acima de tudo, antecipa os fatos e me faz sair de casa bem informado. Falo do Pulo do Gato e de seu apresentador, o jornalista José Paulo de Andrade. De repente, me dei conta que abril se foi e eu não fiz o que planejava.

Nunca é tarde, no entanto, para um registro dessa natureza.

Vamos retroceder no tempo. Há 26 anos surgia este programa vitorioso. Era o ano de 1973. Vivíamos em plenos anos de chumbo e a ditadura militar ditava as regras. Eu já vivia na nossa querida cidade de São Paulo desde 1968. E, desde sempre, a rádio Bandeirantes é minha preferida. O rádio continua sendo o meu melhor companheiro e não sei ficar sem ouvir as notícias, da forma que ele pode me dar. Apesar da revolução que foi a televisão, e ainda mais agora com a sua internacionalização, gosto mesmo das emoções transmitidas pelo locutor esportivo e o gol narrado por ele. Sem dúvida é mais saboroso.

E como é bom ser acordado pelo Pulo do Gato e por José Paulo lembrando que é hora de levantar e não nos atrasarmos para os compromissos. Também nos avisa como está a manhã, xexelenta (ou chechelenta!), e se a tudo se soma ser segunda ou sexta-feira... Em seguida os repórteres madrugadores nos dão conta do trânsito, dos buracos da cidade, dos caminhões tombados (e é quase todos os dias!), dos melhores caminhos. E melhor ainda é constatar que este projeto, nascido lá pelos anos de 1970, se mantém moderno e atuante e, certamente, conviverá com o próximo milênio, chegando, no mínimo, ao cinqüentenário.

Esta é uma constatação do ouvinte cativo e do cidadão, que tem nesse instrumento de comunicação o aliado para os seus momentos de angústia e para outros de alegria. Também é o companheiro no rádio do carro, ou no radinho de pilha, quando não se está na cidade e nem no carro. Também é preciso ressaltar a forma peculiar e marcante de seu apresentador. O jornalista José Paulo de Andrade não deixa de firmar posições e, doa a quem doer, diz o que pensa. Ele já foi muito cumprimentado, neste abril festivo (escrevo no dia 30), e é quase unanimidade reconhecer-se nele o jornalista indignado e que sabe como transmitir seus sentimentos para o seu público. Quantos ouvintes lhe pediram que assim continue, pois interpreta o sentimento de tantos de nós com muita propriedade. Quero deixar, neste momento, e neste cantinho o meu registro e os meus parabéns. Não poderia deixar, no entanto, de fazer uma referência também ao vitorioso Bandeirantes – Gente, onde José Paulo divide com José Nello Marques e Salomão Esper um espaço nobre e muito significativo para todos os que gostam de programas democráticos. É, de fato, uma tribuna livre. Onde cabem todas as tendências e todas as posições ideológicas e políticas. Mas entre o Pulo e o Gente há o Primeira Hora. Nessas quatro horas temos o que há de melhor no rádio jornalismo e com a variedade de informações que todos precisam. Voltando ao democrático Bandeirantes – Gente é importante lembrar que, até futebolisticamente falando, neste horário temos o "trio de ferro" paulista muito bem representado pelo José Paulo de Andrade (são paulino), José Nello Marques (palmeirense) e Salomão Esper (corintiano) e, em momento algum, nas vitórias e derrotas de cada um, eles deixam de exteriorizar as suas alegrias e frustrações e como bons desportistas sabem reconhecer quando o adversário venceu com méritos. Há, em alguns momentos, o choro livre de cada um.

Em última instância, vale parabenizar a Rádio Bandeirantes e a sua direção por deixarem no ar programas desse valor e desse porte.

"Seu" Álvaro

Quando este artigo for publicado, certamente, muito se terá escrito sobre a figura humana de Álvaro de Campos Carneiro. Será enaltecido, aos quatro-cantos, em Mogi das Cruzes e redondeza, pelo seu exemplo de cidadão.

Sobre o "seu" Álvaro vou lembrar algumas passagens, pois não tenho dados e documentos que possam melhor localizar o seu papel nesta Mogi de todos nós.

A sua atuação na área da saúde, com a Maternidade da Mãe Pobre, um projeto maravilhoso o que o projetou sem dúvida. Li no Diário, que a UMC deve dar continuidade à proposta.

Entretanto, poucos hão de se lembrar das classes primárias que o nosso generoso Álvaro de Campos Carneiro mantinha, na rua Senador Dantas, em dependências do Centro Espírita que ali havia. Ficava próximo do Instituto Placidina. Era um tempo diferente, mas "seu" Álvaro já era moderno, pois realizava parceria com o Estado. Ele dava as instalações e o Estado pagava a professora. Acompanhei, de perto, todo o processo daquela escola mista porque a professora era Geraldina Porto Witter, de quem muitos ainda se lembram. Foi uma bela experiência e aprendemos muito com o "nosso" Álvaro.

Vivemos com Álvaro de Campos Carneiro uma outra experiência marcante. Decidimos, eu e Geraldina, que ele faria a cerimônia de nosso casamento. Não seguimos a tradição e fizemos o ato civil e religioso na casa de meus sogros "seu" Antônio e Dona Custódia. E "seu" Álvaro, com palavras sábias e serenidade contagiante, nos abençoou e previu nosso destino. Foi um marco aquele dia 3 de julho de 1954, o ano do 4º centenário da cidade de São Paulo. Não é preciso lembrar, mas causamos uma certa estranheza nas duas famílias e no meio de nossos amigos. A experiência valeu e principalmente por "seu" Álvaro.

O tempo passou, o mundo foi se transformando, deixamos Mogi, crescemos com São Paulo, vivemos novas experiências, mas nunca deixamos de estar com o incomparável Álvaro de Campos Carneiro. Faz pouco tempo, num dos programas Willy Damasceno, na Rádio Diário, pudemos conversar e, mais uma vez, aprender com o homem que, queiram ou não, deu sua contribuição à sociedade mogiana e a fez pensar nas novidades que trazia. "Seu" Álvaro marcou a cidade e cada um de nós pelo seu exemplo e sua dedicação ao outro. Sem ele a cidade, o Estado e o país estão, de fato, mais pobres, e todos nós sem seus exemplos marcantes de integridade.

Lembremos todos, com carinho e reverência, de Álvaro de Campos Carneiro – o "seu" Álvaro.

Ivan Borgo

Faz tempo, em 13 de novembro de 1996, escrevi sobre Roberto Mazzini e suas crônicas, quando voltava de uma de minhas estadas na cidade de Vitória, capital do Espírito Santo. Hoje, quando esta crônica semanal estiver no ar e nas vistas dos meus leitores eu estarei, de novo, chegando à capital capixaba para mais um seminário de estudos.

É claro que a Confraria do Ettore fará reunião extraordinária, mas o fato importante mesmo será a posse de Ivan Anacleto Lorenzoni Borgo, na cadeira 13, da Academia Espírito-santense de Letras. Ivan Borgo é o nome oficial do grande cronista Roberto Mazzini e por meio do qual ele brinca com as letras. Eu me lembro de tê-lo rebatizado – Ivan Mazzini. Pois é, mais uma vez, em data diferente, 30 de junho, eu encontrarei os membros do Instituto Histórico e Geográfico do Espírito Santo, os imortais das Academia e tantos professores com quem gosto de estar. Tudo isso, fundamentalmente, por culpa do Ivan.

Ivan é um "oriundi" de boa cepa e um incansável defensor das "coisas capixabas". Volto um pouco no tempo para recordar alguns dos escritos do mestre Mazzini, ou Ivan Borgo ou Ivan Anacleto Lorenzoni Borgo.

Retomo alguns trechos de uma crônica e, ao reproduzir parte dela, transformo-a na minha homenagem àquele que será recebido por outro espetacular escritor que é o Miguel Depes Tallon. Associo-me ainda a Renato Pacheco e Léa Brígida, outros imortais. Reproduzo:

> [...] Procuro pôr a cabeça no lugar para me identificar melhor com o livro que leio e seus autores ou autor e começo a entender o significado maior da obra *Crônicas de Roberto Mazzini*, coletânea organizada por Ivan Borgo e que reúne o seu trabalho intelectual que é, ao mesmo tempo, uma ode a Vitória e um desvendar do mundo pelos olhos aguçados do denso e sensível. Borgo cria Mazzini para externar o que a sua modéstia e timidez de jovem não permita explicar, e diz Renato Pacheco que não são separáveis um do outro e, por isso, quando apresento o livro diz sempre que os entende e não o entende. Creio que fica mais claro se usarmos o apresentador e suas palavras para dizer o que nos vai pela cabeça: [...] Vejo-os, *globe-trotters*, com sua recordações ecumênicas, principalmente citadinas, em Veneza, Roma, Florença, Pádua, Londres, Nova Iorque, Lisboa, Madrid e Tóquio. Porém. vejo-os, sobretudo em suas raízes ítalo-capixabas, dentro daquele complexo rural-urbano que Geert Banck batizou de estratégias de sobrevivência, ou "caça com gato", em suas puríssimas lembranças serranas e marítimas, das serras azuis e campinho às margens marítimas de Vitória. Um longo caminho, desde o menino do Araguaia até as estéticas finíssimas de Roberto Mazzini, daqueles que só encontram nas autênticas obras primas... Grazie, Mazzini.

E, para finalizar, um respeitoso e sonoro parabéns a Ivan Borgo, o mais novo e imortal espírito-santense.

Fiori Giglioti

"Abrem-se as cortinas e começa o espetáculo". Assim eram abertas as transmissões esportivas da Rádio Bandeirantes nestes últimos tempos. E, na seqüência, a narração afinada e competente de um dos melhores se não o melhor dos locutores esportivos do país. Mas, de repente, silente e modesto sai da grande emissora e começa a caminhar para o esquecimento.

A vida, no entanto, nos coloca algumas vezes em situações muito especiais. No Museu da Imagem e do Som (MIS) de São Paulo, na Rádio Bandeirantes e em 25 de maio Águas de Lindóia.

Agora reencontro, na sala de espera do meu dentista mogiano, exilado em São Paulo, Odair Calia Florino, através das páginas da *Revista VIP Exame*, de junho de 1999, num escrito muito bom de José Ruy Gandra, que homenageia, como gosto de fazer, os brasileiros vivos.

Fiquei sabendo que o meu locutor preferido, natural de Barra Bonita, começou a brilhar com a transmissão de um "Linense x São Paulo de Araçatuba". Também fiquei sabendo que transmitiu 4.000 jogos e participou de dez Copas do Mundo (isto eu já sabia) e, à medida que lia, foi me dando muita saudade daquelas tardes de domingo, ou noites de quarta feira. Sempre que havia um bom jogo lá estava a voz inconfundível de Fiori.

Embora tenham desaparecido bons locutores, melhores comentaristas, bons repórteres, tudo está muito mudado e, agora, as transmissões são, no mínimo, diferentes.

Voltei no tempo, pensei nos meus momentos de ouvir Fiori, com as imagens da TV e garantir as emoções com aquele símbolo de radiofonia esportiva, que fazia o futebol sempre melhor e cheio de um romantismo gostoso.

Fiori Giglioti continua ativo aos 71 anos e sempre transferindo confiança com seu "sorriso – sério" e amigo.

Gostei de reencontrar Fiori, casualmente, e pude perceber que ele continua a ser um referencial no nosso mundo jornalístico. Lembrei-me de suas inesquecíveis crônicas intituladas, "Cantinho da Saudade" e, emocionado, resolvi escrever relembrando-o e encerro, hoje, dizendo como ele o fazia: "Fecham-se as cortinas..." e termina a crônica.

O PROFESSOR E MESTRE MONTORO

Quando Montoro governava e era acusado de imobilismo ou de não realizar (significa obras faraônicas, no pensar de tantos) eu cansei de repetir que o período somente teria o reconhecimento dos pósteros. Também afirmei muitas vezes que o professor André Franco Montoro, um mestre na acepção da palavra, e o seu governo, em São Paulo, somente seriam reconhecidos pela História.

Os primeiros sinais desse reconhecimento ficaram nítidos, desde o seu enfarte fulminante e até o sepultamento de seu corpo. Os diferentes setores da nossa comunidade se manifestaram. Pela presença, registrada por todos os meios de comunicação ou por artigos escritos ou, ainda, por pronunciamentos gravados, Montoro é uma unanimidade.

Seria desnecessário este registro, porém é uma forma pública que acabo de encontrar para dizer adeus ao senador, ao deputado, ao governador, mas acima de tudo, ao colega e grande mestre que foi André Franco Montoro.

Mestre na arte de fazer política, como só os verdadeiros estadistas sabem e podem fazer. Mestre da sala de aula, onde sempre mostrou o que o verdadeiro professor deve nela fazer. Mestre na acepção mais pura da palavra, como homem e cidadão. De tão correto, direto, espontâneo e franco parecia em muitos momentos até ingênuo. Era capaz, como alguém já disse, de entender os grandes processos sem perder de vista as causas menores. Por isso, era denso.

Cada cidadão, cada colega, cada aluno, cada subordinado e até seus superiores de *per si*, terá uma visão diferenciada do governador e, certamente, muitos terão histórias diferenciadas daquele que, tendo tanto poder e tantas pastas, nunca deixou de pensar no bem-estar de nosso povo e no seu papel diante da História.

Somente aqueles que foram diretamente atingidos por um de seus decretos, ou os que estiveram nele envolvidos podem avaliar a importância da medida. Montoro criou o Sistema Estadual de Arquivos do Estado de São Paulo e, ao fazê-lo, dotou a Secretaria da Cultura e o Arquivo Estadual de condições adequadas para manter bem guardados os documentos produzidos nesta unidade da Federação. É um decreto de difícil execução, mormente em tempos de crise, porém, ele revela a visão do cidadão que tem noção de que é um agente de passagem e que precisa criar bases duradouras.

Para mim, para os arquivistas em geral, para os historiadores e pesquisadores bastaria este decreto para conferir ao homem Franco Montoro um reconhecimento por sua noção do valor histórico do documento arquivado. Porém, mestre Montoro ainda fez muito mais ao criar o Instituto Latino-Americano, por meio do qual agia e tentava, muito antes do Mercosul, chamar a atenção para a importância da América Latina. E nós ainda relutamos em reconhecer a nossa inserção geográfica e continuamos olhando para a Europa e dando as costas principalmente para a América do Sul. Tantas outras ações poderiam ser recuperadas para ressaltar o papel ímpar de Montoro, mas creio que falar destes dois empreendimentos é contribuir para que os futuros pesquisadores encontrem dados para a escrita de sua biografia.

Creio também que, ao dar condições para a preservação de nossos arquivos e ver a América como o nosso mundo, bastam para bem diferenciar o mestre e professor André Franco Montoro, um político acima das perversas injunções políticas e um estadista de verdade.

Aos Mestres com Muito Carinho

Dia desses abri *O Diário* de terça, sobretudo a coluna de Isaac Grinberg e me deparei com sua despedida. Dizia que os seu(s) próximo(s) livros e as responsabilidades junto à UBC iriam retirá-lo do nosso convívio. Pensei em substituir o tema da minha crônica da quarta seguinte para dizer da minha tristeza ao vê-lo saindo de um espaço onde o costumávamos encontrar e, com ele, aprender um pouco mais de nossa história. As múltiplas ocupações e umas férias atemporais me desviaram a atenção, e achei melhor deixar que o curso natural das coisas seguisse o seu destino. As crônicas já escritas para o período seguiram sua trajetória.

Na semana seguinte, ao ler a coluna que era do Isaac fui surpreendido, mas não tanto, porque ouvira a notícia numa de minhas passagens por Mogi, com a presença de outro colunista que veio nos fazer companhia. Trata-se de Walter Gomes Amorim. Fiquei contente com a escolha e mais contente ainda por não ter substituído nenhuma de minhas crônicas de forma apressada. Mais uma vez senti-me bem por dar tempo ao tempo.

Assim agindo, posso externar tudo o que sinto, neste momento, depois de ter lido duas das crônicas do Walter na seqüência do adeus de Isaac. São momentos como este que nos fazem pensar no dinamismo do mundo em que vivemos e, por vezes, queremos que ele se mantenha como o desejamos. Não desejamos alterações na cidade, na composição social, nas relações de amizade. Não queremos que nenhum amigo ou parente morra. Enfim, queremos que tudo permaneça da forma como idealizamos. Sabemos todos, no entanto, que as mudanças são absolutamente necessárias e que elas são responsáveis pelo crescimento de mulheres, homens e instituições. Assim tem acontecido em *O Diário*, onde foram necessárias alterações na diagramação, na disposição das páginas e até no formato, Outros cronistas também nos deixaram e foram substituídos. Esta de agora, no entanto, foi a que tocou mais de perto o professor que aproveita o momento para homenagear, com carinho, os mestres Isaac Grinberg e Walter Gomes Amorim.

Ambos muito me ensinaram. Pela ordem de entrada em minha vida surge, primeiramente, Walter Gomes Amorim, de quem já falei mais de uma vez nas páginas de *O Diário*. Já disse e vou repetir que foi ele quem me permitiu ingressar no mundo do trabalho e fui seu auxiliar no escritório de contabilidade que mantinha na rua Brás Cubas. Ali, naquele escritório, aprendi para toda a minha vida que o meu destino era ser professor. Walter, lá pelos anos de 1950, me mostrava, a cada erro cometido por falta de atenção, que o meu universo era outro. Não deve se lembrar, porém, mostrava-me que eu não tinha vocação para o que fazia ali, embora reconhecesse meu esforço para não errar. Nunca me despediu porque sabia que eu precisava do salário e do emprego. E fiquei atrapalhando o bom andamento do escritório até minha nomeação como professor primário. Cada dia de vida que vivi com Walter foram de aprendizagem. O maior ensinamento foi o de ser generoso e estar atento aos nossos semelhantes. Também de não ser vaidoso e pretensioso demais. Muitas vezes me vejo fazendo exatamente aquilo que Walter sugeriu há mais de quarenta anos. E quem leu sua crônica de estréia pode bem entender do que estou falando.

De Isaac já falei em outras ocasiões e ressaltei o seu papel de cidadão, que ama Mogi das Cruzes, e de historiador consciente e meticuloso. Se caminhasse por aí, estaria certamente me repetindo e não desejo fazê-lo. Quero, no entanto, lembrar de um outro Isaac, o ser humano, e de seu papel de professor que sempre exerceu sem o ser profissionalmente. Com ele aprendi muito, desde os tempos em que Isaac era muito jovem e eu ainda rapaz, através de sua maneira de contribuir para a cidade, onde criou *O Diário* de Mogi. Mais tarde, muito mais tarde, através de seus artigos e livros publicados sobre a nossa história. E trabalhar por nossa história é o que o faz deixar este convívio semanal tão rico e precioso. Tenho certeza, e como Walter, desejo que Isaac volte a escrever suas crônicas no seu cantinho sem deixar o Walter de fora, é claro. Mas, dizia eu que o homem e o cidadão, sem ter a pretensão de ser meu professor, foi meu mestre. Ambos foram meus mestres da vida. Um me ensinando a escolher meus caminhos e o outro me animando a escrever e a entender que narrar é uma arte muito difícil e que Sérgio Buarque de Holanda iria me obrigar a burilar. Dessa forma, quando os meus dois amigos e mestres mogianos se encontram no mesmo veículo onde também estou, não poderia deixar de registrar aquele sentimento confuso de alegria e tristeza, de ver que para que um venha fazer companhia, o outro precisa se despedir. As alterações e as mudanças, são inevitáveis e até necessárias, porém eu gostaria que muitas delas, como esta, não acontecesse, e que Walter tivesse o seu espaço conosco sem Isaac ir embora. Porém, assim é a vida e não podemos, seres humanos que somos, mudar o rumo dos acontecimentos, e por isso faço aqui o meu preito de amizade e reconhecimento aos meus mestres, com muito carinho.

REENCONTROS

Obrigado, obrigado, obrigado Niquinho: o maestro e mestre Antônio Freire Mármora. O agradecimento é pelo convite amigo e pela oportunidade de vê-lo, merecidamente, receber a homenagem justa que lhe fez a Câmara Municipal de Mogi das Cruzes, no último dia 26 de outubro. Nunca tinha ouvido ninguém chamá-lo de Nico, muito menos de professor Nico (não correspondia à sua figura), até que a jovem vereadora Carla o fez, durante o discurso, um belo discurso, cheio de emoção e ditado pelo coração. E, ao ouvi-la e vê-la expressando o seu sentir, pude perceber, ainda mais nitidamente, que o tempo passou. Nos nossos tempos de meninos e jovens, esperançosos de sermos craques da bola, no futebol ou no basquete, e depois, quando já formados, vereadores e dirigentes, eram pessoas "velhas"; eram senhoras já na maturidade. Talvez fossem muito mais jovens do que imaginávamos, porém, não o seriam tão jovens como a vereadora que teve a feliz idéia de "dar ao professor Nico o que é de Nico".

Mas essa homenagem significou muito, muito mesmo para mim, o cronista cidadão. Sabem por quê? Porque me permitiu inúmeros reencontros, num só momento, antes e depois da solenidade. Citarei alguns nomes amigos, que sempre marcaram a minha vida e me ajudaram a crescer. Apesar do risco de esquecer alguns dos que lá estavam e de trocar nomes de pessoas, pela própria circunstância e pela emoção, ou pela memória, que anda dando o sinal dos tempos, vou correr o risco. Foi indescritível a emoção de poder abraçar o mestre e professor Sebastião Faria, que não via fazia muito tempo, Miguel Nagib, José Abel e Cinira, Marcos, Ari Ariza, Armindo Freire Mármora, Hugo Ramos, Edna, além das autoridades que compuseram a mesa e outros ex-alunos cujo nome sumiu neste escrever, mas todos muito marcantes em meu viver. Dentre eles também estavam Roberto e Sílvio Pires, Dr. Jair Monsores, que representava o Chanceler da UMC, o professor Manuel Bezerra de Melo, mas estes vejo com mais freqüência e por razões diversas.

Vividos com intensidade, aqueles momentos onde os abraços sinceros foram sendo absorvidos com toda força de um momento de alegria, como aqueles que vivemos depois de uma grande vitória esportiva. Todos festejávamos o nosso amigo Niquinho e eu, além dele, festejei o meu momento de reencontros.

Niquinho, no entanto, no seu discurso, lembrou o que representou o nosso ginásio e a nossa Escola Normal. E se não deixou de lado a sua profissão, não esqueceu do papel do esporte em nossas vidas. E do esporte são inesquecíveis os momentos que vivemos nas quadras de basquete e vôlei de nossa cidade. Não sei quantos se lembram de um time chamado Independente e de outro chamado América? Poucos, certamente, mas neles vivemos os nossos momentos de Oscar ou Jordan, não é verdade? E nos campinhos próximos ao ginásio? A maioria deles chamados de "esmaga-sapo" pela quantidade de batráquios existentes neles e que culpávamos pelos nossos escorregões. Foram tempos vividos e bem vividos. Então não tínhamos idéia daquilo que a vida nos reservava, vivíamos de nossos sonhos, muitos dos quais irrealizáveis. Niquinho, no entanto, tinha alguns objetivos muito bem definidos e estes, creio, conseguiu realizar, e de forma brilhante.

E por tudo que fez sem pretensão, mas com persistência e coragem, o jovem Niquinho, pivô de nossos times juvenis, chegou ao grande maestro que é e recebeu a merecida homenagem que todos os mogianos celebraram alegremente. Parabéns maestro, parabéns vereadora, meus cumprimentos a todos os vereadores e ao seu presidente pela propriedade do oferecimento pela maneira fidalga como foi realizada a festa do Nico, do Niquinho e do cidadão Antônio Freire Mármora.

O Milionésimo Gol

Quero trazer também para este cantinho algumas reflexões sobre o gol de Pelé, marcado num dia 19 de novembro, há trinta anos atrás. Todos nós, incluindo o cidadão Edson Arantes do Nascimento, tinha trinta anos menos e vivíamos os chamados "anos de chumbo". Foi então que se deu este fato histórico: o milionésimo gol de Pelé, marcado no palco adequado e diante de uma multidão, que mereceu assistir a essa pintura que foi o pênalti bem batido e o salto correto do goleiro que só não o defendeu porque era o melhor minuto de a bola entrar. Andrada merecia ter defendido, mas Pelé precisava da consagração e no Maracanã, no dia da Bandeira. Alguém se lembra que 19 de novembro é Dia da Bandeira? Certamente, muito mais gente se lembra do milionésimo gol do rei. Também não sei se isso corresponde à verdade. Há muita gente que não gosta de futebol, não gosta do Pelé, e só se emociona em tempos de Copa do Mundo.

Resolvi trazer para uma conversa com os meus leitores, parte de um outro texto que fiz para o Jornal da Tarde (19/11/1999), onde, lembrando o feito de Pelé, discuto um pouco a nossa sociedade, desde então. Nestes últimos trinta anos o Brasil passou por profundas mudanças, e eu também experimentei vivências diferenciadas. Um ano antes do milionésimo gol eu deixava Mogi das Cruzes para viver em Pinheiros, que, apesar de ser um bairro paulistano, é quase (ainda) uma cidade interiorana. Em Pinheiros, como em Mogi, conheço muita gente, e não ando facilmente pelas ruas sem conversar, contar piadas e relembrar. Mas dizia, no ano mais difícil da nossa história recente eu mudava para São Paulo, era 1968, que começou com a morte do estudante Edson Luís, no Rio de Janeiro e terminou (ou não terminou, se ouvirmos Zuenir Ventura) com o AI 5, assinado por Costa e Silva, que levaria o país às agruras de uma ditadura que acabaria fechando o Congresso Nacional e aboliria todos os direitos dos cidadãos brasileiros.

Talvez valesse, também, enumerar alguns acontecimentos daquela época, não só no Brasil, mas em todo mundo. O homem chegava à Lua, enquanto, na terra, se processava uma das maiores reformas que a sociedade mundial já vivera, com a liberação gay. Ao mesmo tempo vivia-se Woodstock, Garibaldo encantava as crianças privilegiadas que podiam ver televisão, a TV Cultura entrava no ar e na Rede Globo estreava o Jornal Nacional. Se isto não bastasse, tivemos a morte de Marighela em São Paulo e, no Rio, era seqüestrado o embaixador dos Estados Unidos. De um outro lado surgia o *Pasquim*, despontavam os meninos da Bossa Nova e nossa MPB era destaque, apesar da repressão e da censura. Também era tempo de Leila Diniz. Tudo isso para ajudar a situar os tempos em que aconteceria o milionésimo gol do atleta do século.

Em meio a toda festa e ao delírio da multidão, Pelé convidava a todos nós brasileiros a pensar nas criancinhas. Conclamava o país a olhar pelos menores abandonados. Então abandonados, hoje delinqüentes. O apelo dramático, depois do longo beijo na bola – lá no fundo das redes – não teve ressonância. Parece que ninguém ouviu ou que entrou por um ouvido e saiu pelo outro. O resultado aí está e as crises todas da Febem e a quantidade de gente vivendo embaixo de pontes parece nos dizer que, realmente, não paramos, há trinta anos, para pensar.

Teria sido fundamental para o país, e para os nossos meninos e meninas de 1969, que ouvíssemos o rei e persistíssemos, na busca de uma solução factível, que, talvez, não fosse tão complicada. Faltou determinação e persistência. E como estamos falando de Pelé e futebol, não custa que o chamado "esporte-rei" talvez seja o grande exemplo do que é perseguir objetivos. Quando nós brasileiros nos empenhamos e não dormimos sobre as glórias – atletas e jogadores – conseguimos um tricampeonato em quatro Copas. Esquecidos de que não se pode negligenciar, esperamos vinte e quatro anos por outro título e perdemos, na França, de forma inexplicável. Nessa questão de persistência, Pelé é um exemplo indiscutível. Conseguiu, sempre, vitórias indiscutíveis, coletiva ou individualmente. E quero lembrar que no último dia 19 de novembro, sexta-feira, ele, de novo, ganhou o troféu e o título de atleta do século. Quem sabe se o tivéssemos ouvido, quando fez o gol 1000, a situação das criancinhas brasileiras seria outra. Porém, como todos sabemos o "se" não existe em História.

DONA JÚLIA

Faz muito tempo que não vejo Dona Júlia. Não há ninguém, em Mogi, de todas as gerações que antecederam a minha e daquelas que vieram logo depois, que não se lembrem de Dona Júlia, aquela inconfundível mulher que comandou boa parte da vida dos estudantes e professores de Mogi das Cruzes. Estou falando da Dona Júlia do Bazar Urupema. Quem se lembra dela também recordará de Takeo e Toshio. Os três, embora não fossem os únicos da família a compor a equipe do Bazar, marcaram e muito minha vida. Takeo e Toshio vi em alguns momentos, depois da minha ida para São Paulo. Não pude, em nenhum momento, retribuir a um e outro o muito que fizeram por mim, quando estudante e professor em Mogi. Senti que precisaram e precisavam, porém eu não pude ser um mínimo do muito que todos foram para mim. Talvez este registro me dê um pouco de alegria por poder registrar a minha não correspondência como ser humano. Sempre continuei muito grato, só não pude retribuir.

Dona Júlia, no entanto, acho que nunca mais a vi. Talvez em uma ocasião e muito rapidamente, aqui mesmo, na nossa Mogi das Cruzes. Ou foram duas? Sinceramente não me lembro de encontros que, gostaria, tivessem acontecido.

O tempo passou. Há 32 anos vivo em São Paulo, no mesmo prédio, na mesma rua e no mesmo bairro. Agora estou dividindo o meu tempo entre os meus dois amores, a Mogi de todos nós e a São Paulo de tantos de nós. Nesta volta ou semivolta à cidade vou, aos poucos, encontrando amigos, dentre eles Norma e Umeoka. Foram eles, dia desses, num encontro casual, que nos convidaram para uma festa que não poderia perder e, ao mesmo tempo, tinha de guardar a minha presença nela, quase como um segredo de Estado. Dona Júlia seria homenageada nos seus oitenta anos e eu deveria chegar como surpresa. Quando isto que escrevo muitos dias antes da festa chegar a todos vocês, eu já terei revisto a minha querida Dona Júlia e já convivi com ela e seus familiares um dos momentos marcantes de minha vida. Imagino que ela, cercada de amigos e familiares, estará radiante. Também viverá emoções inesperadas, porém merecidas pelo muito que fez por todos os que a conheceram.

Como me lembro dela atrás dos balcões do bazar, atendendo crianças de todas as idades e pais e avós, também de todas as idades em busca de material escolar (era assim que se dizia) e dos livros recomendados pelos professores dos grupos escolares ou das escolas secundárias. Apesar da correria de todos, ela, com seu jeitinho exclusivo, dava atenção diferenciada a cada um de seus fregueses. E sabia cativar a todos nós sem fazer concessões. Sempre atenta e muito empenhada em manter em alto nível o atendimento do estabelecimento mais famoso de Mogi, o Bazar Urupema, ela corria o dia inteiro de um lado para outro daquele enorme espaço (na minha lembrança ele era maior que muito shopping) talvez percorrendo muitos quilômetros e com isso nunca precisou pagar academias ou contratar os tão requisitados "personal training".

A minha nova estada em Mogi tem me trazido momentos de indescritível magia. Também de alegrias indescritíveis. Quanta gente tenho encontrado nas ruas, na minha sala da UMC, no Clube de Campo, enfim. Não poderia esperar, no entanto, que, logo no início deste ano 2000, eu fosse poder participar de uma festa tão agradável e tão ímpar para este cidadão.

Três dias depois de abraçar Dona Júlia, posso, graças a este cantinho tão precioso do Caderno A, em *O Diário*, continuar comemorando, com todos que com ela estiveram, mais uma primavera da sempre dinâmica e jovem Dona Júlia. Parabéns a ela e aos que tiveram a feliz lembrança de homenageá-la. Espero poder estar nos seus noventa e depois nos cem anos de bem viver.

TIA JÚLIA

Fiquei pensando se o título seria Dona Júlia II ou tia Júlia. Optei por tia Júlia por muitas razões, mas, principalmente porque ela é mesmo a tia que todos gostariam de ter. E também porque foram seus sobrinhos e sobrinhos-netos que acabaram por organizar uma das mais belas festas de aniversário de que participei. Creio que Dona Júlia pôde sentir naquele número enorme de pessoas que se reuniram para festejá-la o quanto é querida.

Aos poucos fui encontrando antigos companheiros, muitos amigos e amigas e algumas pessoas que fizeram parte de meu crescer. Alguns alunos dos quais não lembrava, como o próprio filho da homenageada. Kenji? Confesso que não me lembro da grafia. Também não sei se Etsuko é a correta maneira de escrever. Olga é a Olga, nossa amiga de sempre. Enquanto perguntava para Norma e Umeoka quem era este ou aquele e o nome de muitos outros, fui sabendo de histórias e estórias de outros tempos e que transportam Umeoka e Takeo para os meus lados pinheirenses.

Agora, além da alegria do reencontro e do abraço carinhoso da família toda, emoção mesmo foi rever Yuri e Masao. Ambos fizeram parte de minha vida quando pequeninos. Ainda me lembro deles correndo pelo bazar ou brincando nas ruas sossegadas de Mogi. Yuri, no entanto, foi muito mais próxima porque vivia junto com a Telma (minha filha mais velha). Foram inseparáveis em determinado período. Depois foram obrigadas a se separar porque nós deixamos

Mogi para começar nossa carreira universitária na Faculdade de Filosofia de Rio Claro. A partir daí as nossas vidas foram se distanciando. Mas, quando vi sua filhinha, me pareceu que voltava no tempo. Yuri estava ali na minha frente como se o tempo não tivesse passado. Muita semelhança. Massao, que nunca mais vi, um homem e muito bem realizado me contou o seu pai coruja – o Takeo. Foi como se nós nunca tivéssemos nos separado. Tive a nítida sensação de que havia dito boa-noite no dia anterior e que retomava naquele momento uma conversa interrompida na véspera. Amizade forte e bem construída é assim mesmo.

De repente, no meio da festa, enquanto bons cantores e cantoras se alternavam com os desafinados como eu, quis me lembrar do nome do marido de Dona Júlia e, mais uma vez Umeoka me disse Umeta. Fui transportado, magicamente, mais uma vez, para o balcão do Bazar e pude ver o rosto forte e suave daquele homem muito sério, mas surpreendente em algumas de suas observações. Aos poucos, o som da música bem ou mal interpretada, do passar e repassar de tantos rostos, me sentia numa Mogi diferente dos tempos em que Urupema era o nome de um recanto especial da cidade, onde o cinema e o bazar identificavam a própria vida estudantil de nossa cidade. Entretanto, para muitos de nós professores, o Bazar Urupema era o ponto e dona Júlia, a tiazona de todos, era a referência e a segurança. Fiquei contente de rever amigos, mas, acima de tudo, por encontrar a família de Dona Júlia. Posso garantir que não os perderei de vista. Obrigado por me terem permitido estar com todos nos oitenta anos da nossa querida tia Júlia.

DONA GUIOMAR

Demorei um pouco para falar de Dona Guiomar Pinheiro Franco. Pensava em escrever sobre ela no final do ano passado, logo depois de nos ter deixado, se é que não continua, alegremente, a perambular por aí e a continuar inspirando pessoas para exercer o princípio da generosidade.

Não pretendo recuperar sua biografia, o que implicaria pesquisa cuidadosa, refletindo a pessoa e a mulher Dona Guiomar. Também não se trata de fazer homenagem àquela marcante figura humana com quem não convivi, como gostaria, nestes últimos tempos.

Entretanto, como não fazer este registro depois da emoção vivida no Clube de Campo de Mogi das Cruzes, no dia 13 de fevereiro? *O Diário* noticiou, a cidade sabe da justa e bela homenagem prestada a essa incansável mogiana, porém a cerimônia não foi para muita gente. E nem haveria lugar para mais pessoas no ambiente da Biblioteca, que, agora é Guiomar Pinheiro Franco.

O ponto alto da reunião foi o da inauguração do quadro com a reprodução do rosto da sócia-fundadora do Clube. É um quadro autêntico e fidedigno, porém, com a marca e o estilo de seu criador. Há nele toda a sensibilidade do artista e a força incomensurável da retratada.

As filhas, os familiares, a mestra de cerimônia, o presidente do Clube e a primeira dama demonstraram nos pronunciamentos, nos olhares e nos gestos carinho, emoção, saudade e profundo respeito.

Foi um momento singular. Aqueles que o viveram, como eu, sabem o que o ato solene, em si, representou, para o Clube de Campo, idealizador e responsável por ele, para os familiares e para os convidados, irmanados todos em torno da figura de Dona Guiomar, um exemplo de pessoa sempre a exercitar o ato de cidadania. Seria infindável a lista de realizações, porém, uma delas vale realçar: o projeto Siri, ao qual dedicou a maior parcela do seu existir.

Tenho certeza de que Dona Guiomar receberá da sua cidade todas as homenagens de que é merecedora, porém, fiz questão de marcar este primeiro ato de um Clube que também tem a marca do pioneirismo e, ao cumprimentar os realizadores do evento, registrar, em caixa alta, o nome de Guiomar Pinheiro Franco, uma mulher bem lembrada na Semana da Mulher, no Clube de Campo.

É, quase em *post scriptum*, exaltar o grau infinito de generosidade e participação dessa figura humana no seio da sociedade mogiana, onde despontou e valorizou o papel da mulher mogiana no cenário nacional.

ARY SILVA

Foi preciso um texto bem pensado, publicado no *Sol Brasil*, para trazer de volta à minha lembrança a figura especial de um professor que marcou época em Mogi das Cruzes. Falo do professor Ary Silva. Lembram-se dele? Creio que muita gente se recorda daquele magro professor, com seu fusca e seus óculos de fundo de garrafa (como se dizia tempos atrás). Era uma garrafa ímpar. Além de professor de Geografia, ensinava também História e tocava violino como ninguém; exagero talvez, mas era assim que eu sentia ao ouvi-lo executando clássicos ou populares, desde os meus tempos de menino, em Guararema.

Ary Silva era de Pindamonhangaba, mas elegeu Mogi das Cruzes como sua cidade e, nela, estudou e cresceu. Formou-se no Liceu Brás Cubas e nessa escola fez toda a sua carreira como professor. Amava o Liceu e nele e dele fazia sua existência. Ensinava como poucos e motivava seus alunos a fazer carreira. Diria, até, que era carismático. Será exagero esta lembrança guardada na memória?

Viveu modestamente sua vida, permeada de grandes alegrias, profundas tristezas, enormes decepções, mas sempre plena de realizações e, da busca de seu grande ideal, o de formar cidadãos. Era incansável neste mister de buscar instrumentos para moldar os jovens alunos.

Ary Silva, o professor Ary, por outro lado, era um grande boêmio. Traduzia sua forma etérea de viver, em boa parte, por meio do violino.

Era seu instrumento de prazer, de elevação e de refúgio. Quando se juntava a outros músicos, como o José Veiga, violinista, era uma festa e, então, encantava platéias. Foram saraus inesquecíveis feitos por ele e diferentes companheiros. Não me lembro de todos. Ary também fazia do violino o seu companheiro nos momentos de solidão.

Viveu numa Mogi das Cruzes menos movimentada, menor em importância, mas nela realizou boa parte dos seus sonhos e deixou sua marca. Tanto era forte o seu exemplo como professor que os seus filhos Ary e Carlos continuam na mesma profissão. Creio que Cristina também.

O mestre Ary Silva tinha também um dom poético e me lembro de ter lido muitas de suas poesias. Espero que elas estejam resguardadas ou mantidas em algum arquivo e que algum dia se possa editar uma pequena obra com seu lado versejador. Das muitas lembranças de jovem professor sempre o considerei bom poeta.

Ary Silva foi, acima de tudo, professor. E dos bons.

Adeus José

Estou escrevendo no dia 21 de junho de 2000. No dia 20, ontem, deixava o nosso convívio um outro José, também professor, também cronista, muito bom historiador, também cidadão, porém e acima de tudo, um ser humano singular. Embora singular, José Roberto, como nunca eu o chamei, era o companheiro de Élide, por muitos e muitos anos, e ela sempre o elogiava como marido; também era muito querido por seus filhos. Em Campinas e Marília se notabilizou como professor. Marcou época, sem dúvida, desde seus tempos de estudante de Direito e de História em Campinas.

Mais tarde, atuaria também como professor não só na sua Campinas mas também em Marília. Desde o início de sua carreira foi construindo um universo próprio e sempre buscando viver e conviver com os colegas e amigos; também era gregário e daí ter dado início à fundação de uma associação que ainda faz história a ANPUH, que nasceu APUH faz muito tempo, numa reunião de historiadores, realizada no interior de São Paulo. Foi em outubro de 1961, em Marília, quando aconteceu o I Simpósio de Professores Universitários de História, que se repete até hoje, a demonstrar a visão do homem e do historiador que foi José Roberto do Amaral Lapa.

Pois o professor ficaria lembrado em todos os pontos por onde passava como o Lapa, sim, Lapa, tão-somente ou, quando muito, professor Lapa. Dentro da universidade ou fora dela, o professor Lapa criou um "clube" muito especial, que era formado pelos amigos que conquistava a cada tempo, ao longo de sua vida. Sempre se diz que amigos se contam nos dedos de uma mão, porém, tenho certeza de que José Roberto do Amaral Lapa sempre pôde ir muito além. Isto, principalmente, pelo seu caráter e pela sua maneira transparente de ser. Além do mais, foi um homem a abrir caminhos para os seus discípulos, em todos os lugares por onde andou. Generoso e atento nunca deixava, quem quer que fosse, sem resposta. As respostas nem sempre eram amistosas e tivemos, eu e ele, grandes polêmicas epistolares, sem alarde ou publicação. Era coisa muito nossa e nessas cartas discutíamos posições contraditórias sem que nos distanciássemos ou rompêssemos a amizade, que só cresceu ao longo de tantos anos. Tenho certeza que não exagero quando ressalto o seu agir, apoiado num princípio que sempre o identificou, ou seja, o de ser generoso e bondoso.

A vida profissional de José Roberto do Amaral Lapa não cabe neste espaço que tenho para externar o que vai em mim, nestes dias, desde o momento em que soube que ele havia partido repentinamente, deixando o Brasil mais pobre e a historiografia sem um mestre, de valor inconteste. Escreveu muito, orientou bastante, ensinou outros tantos. Cresceu pessoal e profissionalmente desde o momento em que se formou como professor normalista pelo Instituto de Educação "Carlos Gomes" de Campinas. Também em Campinas diplomou-se em técnico em Contabilidade pela Escola Técnica de Comércio Campineira, tendo posteriormente se licenciado em Geografia e História pela Faculdade de Filosofia da Universidade Católica de Campinas e se tornado bacharel em Ciências Jurídicas e Sociais pela Faculdade de Direito da Universidade Católica de Campinas. Como se pode ver, o professor Lapa viveu sua existência na terra campineira e lá permanecerá na saudade de todos nós. Campinas o marcou e ele também deixou sua marca na cidade sobre a qual tanto pesquisou e escreveu. Sobre Campinas quero registrar o belo livro *A Cidade: Os Cantos e os Antros*, de 1996, publicado pela Edusp.

De todas as suas obras, no entanto, por seu papel na historiografia brasileira e pela importância indiscutível da pesquisa e do livro, quero ressaltar *A Bahia e a Carreira da Índia*, publicada inicialmente na Coleção Teses da Faculdade de Marília e depois editada na Coleção Brasiliana, vol. 338, pela Companhia Editora Nacional e Edusp, São Paulo, em 1968.

Para terminar, posso dizer somente que continuamos todos sentindo a sua presença e que o Brasil e as universidades brasileiras jamais poderão prescindir de seus ensinamentos que permanecerão com as suas obras e com o seu exemplo de vida. Não sei se o título foi feliz. Eu prefiro até sempre.

RAUL CASTREZANA

Eu sei que Raul Castrezana é, também, Gorrera e que ninguém gosta de ver seu nome trocado ou parte dele esquecido. Eu que o diga, pois vivo sendo chamado de João, ou somente de Sebastião, e assim por diante. No caso de Raul, eu sempre o chamei de Raul Castrezana, e ele entrou na minha vida por via familiar e depois de eu ter me aproximado e acabar casando com a atual dona da pensão, Geraldina. Raul Castrezana era um grande amigo de "seu" Antônio e "dona" Custódia e com eles mantinha laços de amizade profundos. Tanto foi assim que vi Raul, pela última vez, faz uns vinte anos. Chegamos a falar por telefone muitas vezes depois que passei a escrever em *O Diário*. Ele comentava minhas crônicas e fazia observações sempre oportunas e inteligentes. Na minha volta a Mogi sempre planejei ou planejamos revê-lo, porém, como sempre, isto aconteceu depois de sua despedida deste nosso mundo. Deixamos sempre para amanhã o que se pode e deve fazer hoje. Mas Raul, certamente, sabe que nunca o esqueci e que fui um seu admirador pelo ser humano que era e por sua participação como cidadão.

Só agora fiquei sabendo que sua marca registrada tinha sido incorporada ao seu nome e que muitos só o conheciam por "Bigode" – o homem do cachorro branco. Do bigode e da postura me lembro sempre. Seu bigode sempre me impressionou e me fez inveja, pois o meu, muito ralo, não poderia ser competidor e, além do mais, eu não teria paciência para dele cuidar como o fazia Raul.

Raul Castrezana, no entanto, não era só uma imagem diferenciada de homem-cidadão. Era muito mais. Sempre me marcou, quando convivíamos por suas habilidades manuais. Eu que não as tenho sempre invejo os que sabem usar as mãos com a sensibilidade de um artista e a perícia de um microcirurgião ou de um competente dentista. É claro que minha inveja é das boas. É a mesma inveja daqueles que sabem tocar instrumentos musicais, em especial violão.

Não sei como andava neste últimos tempos, porém, Raul era mestre em resolver pequenos e grandes problemas caseiros, desde consertar um chuveiro que "não esquentava" até confeccionar um móvel de luxo. Creio que gostava mesmo de ser marceneiro, mas não posso jurar porque não acompanhei o homem maduro Raul e dele tenho lembranças fugidias dos meus tempos de Mogi, antes da minha saída para Rio Claro e depois da minha ida pra São Paulo. Raul existiu presente no meu viver até 1968 e depois de se ocupar com a leitura de minhas crônicas semanais. A sua voz inconfundível chegava até o meu telefone para me cumprimentar, nos finais de tarde da quarta-feira ou para fazer que não gostou dessa ou daquela escrita feita por mim. Era muito sincero sempre. Também me fez ótimas sugestões de assuntos e temas que deveriam ser abordados. Nem sempre escrevi como ele gostaria e ele me questionava. Era o leitor amigo e um mogiano que acreditava na sua terra.

Agora, com seu bigode especial e com seu amigo de todas as horas – o cachorro branco – que não conheci, deve estar me vendo a escrever e, por sua modéstia, me criticando por estar destacando a sua figura humana muito especial. Não sei se foi a forma mais adequada nem a mais feliz, porém foi o jeito que encontrei de dizer um "até sempre" para o amigo que se foi.

AQUELE MENINO

"Eu sou aquele menino que cresceu por distração". Esta é a frase que dá início ao novo livro de Paulo Bomfim. Ela, no fundo, é uma nota de pé de página de uma fotografia do poeta e compõe, de forma muito inspirada, uma síntese do novo presente com que nos brinda o poeta dos poetas. É preciso, de pronto, dizer obrigado a esse homem diferenciado que, de tempos em tempos, nos dá presentes dessa grandeza.

Reproduzo a primeira poesia, de uma forma gráfica mais possível nos tempos de agora e que separa os versos por uma barra. Assim explicado, aqui vai mais este inspirado versejar de Paulo:

Eu sou aquele menino/ Que o tempo foi devorando/ Travessura entardecida,/ Pés inquietos silenciando/ Na rotinas dos sapatos,/ Mãos afagando lembranças/ Olhos fitos no horizonte/ À espera de outras manhãs./ – Ai paletós, ai gravatas,/ Ai cansadas cerimônias./ Ai rituais de espera-morte!/ Quem me devolve o menino/ Sem estes passos solenes,/ Sem pensamentos grisalhos,/ Sem o sorriso cansado!/ Que varandas me convidam?/ A ser criança de novo,/ Que mulheres, só meninas,/ Me tentam a cabular/ As aulas do dia a dia?/ Eu sou aquele menino/ Que cresceu por distração.

Não seriam necessárias outras palavras para dar o aperitivo a estimular os que me lêem a buscar o livro e a começar a sorvê-lo até o poeta encerrá-lo com sua "Profissão de Fé", que diz:

Cabe ao poeta falar/ Em nome do que é silêncio,/ Deixar que os mortos não morram/ E semear de novos ritmos/ Os campos do amanhecer./ Cabe ao poeta a missão/ De plantar luzes na noite,/ De cantar um canto novo,/ Desencantar a verdade,/ E oferecer aos irmãos/ Um tema para viver!/ Cabe ao poeta ser livre,/ E que de veias abertas/ Dê de si aos que tem sede/ De justiça e de beleza,/ E alimento aos que caminham/ Com fome de redenção./ Cabe ao poeta cantar/ A terra que se faz alma,/ Ser palavra em boca simples,/ Amizade em hora amarga/ Alegria entre as crianças/ Amor entre a mocidade,/ Ternura sobre a velhice,/ Cabe ao poeta falar:/ — Se calar é porque é morto,/ Por paixão de ter vivido!

Nada mais caberia dizer se este escriba tivesse juízo, porém, como não é o caso, acrescento algumas coisas sentidas ao longo da enriquecedora e agradável leitura. Vamos lá. Acostumado às poesias de Paulo vou encontrando página depois de página muitas crônicas a revelar o quão inspirado é o poeta/escritor de todos nós. Paulo Bomfim, sempre fiel às suas origens, aos amigos e à família vai, ao longo de seus diferentes textos, mostrando uma forma diferente de se fazer uma autobiografia. Desde a sua "Infância Querida" até a sua "Profissão de Fé" há o lembrar e o relembrar de momentos distintos de seu viver. Em "Balada do Meio Século", "Nova Lei do Sexagenário" e "Porto dos Setenta" faz, de certa forma, um balanço de seu "entardecer" da vida plena e bem vivida.

Gosto muito e não deixo de reproduzir, com ou sem autorização, este trecho de Paulo, que completa o seu livro na contra capa e que traz muito do grande mestre e de sua vida:

Sou feito de várias raças e de várias condições sociais. Em todo canto há um pouco de meu lar e em todos um pouco de mim. Procuro ser livre, mas num mundo de prisioneiros a liberdade acaba sempre ferindo os companheiros de cela. Amo tanto a liberdade que gostaria de ter filhos com ela! A liberdade ofende pessoas e regimes. Um homem verdadeiramente livre é uma ameaça cósmica. É alguém que caminha entre mortos-vivos com uma bomba relógio no coração. [...] Procuro renascer todos os dias e gosto de morar em pessoas, de falar dialetos de ternura e de dar asas a tudo que me cerca. Creio na alquimia de certos encontros e que a eternidade é uma questão de garra ou de graça.

Desculpe o poeta o quase plágio e desculpem os leitores, mas não faria nada melhor e creio que estou ajudando a todos ao divulgar Paulo Bomfim, o príncipe dos poetas.

ALFREDO BOSI

Há pessoas sobre as quais dá prazer falar. Alfredo Bosi é uma dessas pessoas. Dele, li um artigo, faz muito tempo, na página três da *Folha*, e lá havia esta frase que ficou gravada, profundamente, em mim: "Só se liberta quem muda a direção do olhar".

Creio até mesmo já ter usado a expressão em outras crônicas ou artigos escritos para *O Diário*. Por que falar, hoje, do autor e sua frase se sempre é dia de falar de professores e autores como Bosi? Porque Alfredo Bosi estará entre nós, no dia de hoje. Participando do projeto "Ciência ao Meio-Dia", iniciativa vitoriosa da Diretoria de Pós-Graduação da UMC, dirigida por Jair Chagas.

Muitos de meus leitores deverão perguntar por que destacar a figura de Bosi se tantos outros grandes nomes participam do evento semanal e eu não me referi a eles. Há uma explicação. Alfredo Bosi é um dos professores mais respeitados em todo o Brasil e se insere entre aqueles intelectuais diferenciados e por ele, desde quando o conheci, e faz tempo, (sem que isso possa levar alguns a nos considerar "antigos" demais), surgiu um relacionamento fraterno e respeitoso, que evoluiu para uma amizade sólida.

Pela amizade e porque esta coluna surgiu como fruto de muitas amizades e para falar de gentes e de coisas de Mogi, mas não só de mogianos é que registro a vinda do mestre e a divido com muitos outros que não poderão estar conosco na hora da palestra. É, também, uma forma mais ampla de dizer obrigado, um muito obrigado, de toda sociedade da terra e da comunidade da UMC, ao ocupadíssimo professor que encontrou tempo para atender um convite de todos nós.

Vamos contar um pouco dele e sua vida sem fazer *curriculum* ou biografia. É professor titular da USP e atualmente dirige o Instituto de Estudos Avançados (IEA) daquela Instituição. Coordena, também, a revista editada pelo Instituto.

Promove desde conferências até grandes simpósios, que podem cuidar de temas como meio-ambiente, futebol, educação brasileira. Há bem pouco tempo, por sua iniciativa, o IEA sediou um simpósio da maior importância, sobre Gilberto Freyre, o grande sociólogo pernambucano que todos conhecem. Bosi é incansável.

Vamos falar um pouco do excelente escritor que é. Não vou enumerar toda sua produção, pois correria o risco de não reproduzir a metade dos títulos por ele publicados, sejam artigos de periódicos, sejam livros. Quero salientar, no entanto, *História Concisa da Literatura Brasileira*; *O Ser e o Tempo da Poesia*; *Reflexões sobre a Arte e Céu, Inferno*.

Além desses destaco *Cultura Brasileira – Temas e Situações* – do qual Bosi é organizador e escreve, além da Nota Prévia, dois capítulos muito especiais ("Plural, mas Não Caótico" e "A Educação e a Cultura nas Constituições Brasileiras") e a *Dialética da Colonização*, este publicado mais recentemente pela Cia. das Letras e que se transformou numa obra complementar àquelas produzidas por Sérgio Buarque de Holanda (*Raízes do Brasil*), Caio Prado Júnior (*Formação do Brasil Contemporâneo*) e Gilberto Freyre (*Casa Grande e Senzala*) todas escritas nos anos de 1930 e sobre as quais Antonio Candido diz "considerar chaves" para entender o Brasil, quando prefacia a obra de Sérgio em sua 15ª edição e que afirma ser um "livro que se tornou um clássico de nascença".

A *Dialética* é, desde sua aparição, um livro fundamental. Deve e precisa ser conhecido e bem lido por todos que trabalham no Ensino

Superior deste país, sejam professores ou estudantes de quaisquer das áreas do conhecimento, do engenheiro, do físico, do dentista, do médico ou futuro profissional da comunicação ou do direito. Todos deveriam ler este livro de Bosi, se não toda sua produção, para poder melhor entender o universo em que atua.

Espaços e Coisas

A Matraca

Tenho lembranças muito fortes de Mogi das Cruzes da minha infância e juventude. As Igrejas do Carmo, da velha Matriz, do Rosário, de São Benedito prevalecem no meu universo encantado da cidade histórica, uma Ouro Preto a 50 Km da capital. Pena que os casarões que enfeitavam as ruas e levavam até essas praças foram, aos poucos, sendo demolidos. Nada ou quase nada ficou concretamente nas ruas José Bonifácio, Deodoro Wertheimer. Mas permanecem na lembrança de muitos.

E há tantos e tantos anos nestes dias de Quaresma, mas principalmente durante esta semana, que é Santa, havia, magicamente, uma grande mudança nas pessoas e no próprio ambiente. Até a sonoridade do ar se alterava. As roupas usadas por homens e mulheres eram pretas ou bastante sóbrias. Música, só as clássicas. Algumas mais leves, em geral orquestradas.

Havia algo de diferente no ar. Sabemos que era o papel singular da Igreja Católica, Apostólica, Romana que norteava a conduta de todos nós. Os tempos mudaram e já temos manifestações carnavalescas em muitas cidades de norte a sul do Brasil durante a quaresma.

Dentre tantas lembranças, há uma que dá o tom da solenidade dos dias santos da Quaresma, e, em especial, durante as procissões, É a matraca. Lembram-se do menino que, bem paramentado, seguia à frente da procissão animando a sua passagem com o som marcante do metal sobre a madeira? Este som, abafado e melancólico, reafirmava o quanto era necessário o silêncio respeitoso. Ao som da matraca seguiam homens e mulheres, com velas na mão a entoar os cantos sacros, e toda população se sentia envolvida pelos sentimentos de amor e piedade e, compungidos, aguardavam a alegria da Ressureição, no Sábado de Aleluia. Com a aleluia, a malhação de Judas, tradição que persiste de forma menos singela como era na minha meninice e até com conotação de violência a refletir a sociedade contemporânea.

Durante toda quaresma as igrejas católicas cuidavam da preparação dos seus fiéis para que sejam tomados dos sentimentos de respeito e esperança. Esperança que se confirma com a Ressureição do Cristo.

Não sei se havia uma beleza maior nos cultos dessa época, mas tenho certeza de que a forma de expressar era diferenciada. E a matraca, no seu baixo som, discreto e forte, convidava a todos para, ao silenciar, refletir sobre o que representava o Domingo de Ramos, a Sexta-feira da Paixão, o Sábado de Aleluia e a Páscoa do Senhor.

Tempos outros, sem matraca e sem respeito a muitas de nossas tradições o que vivemos hoje. Nada de matraca! Pois o menino que fui mantém dentro de si todo encantamento da matraca que não sabia tocar, mas que sempre o encantou.

Vivendo como vivo, "no limiar da fé", estou convencido de que é preciso crer, e acreditando retomar o ritual desta santa semana para repensar o nosso passado, entender o presente e encontrar um projeto de futuro.

AUMC

Já me referi a AUMC quando falava de mestrados e doutorados e das experiências vividas no mundo acadêmico.

Hoje volto-me especialmente a uma instituição que teve papel significativo na vida da cidade entre os anos de 1958 e 1962. Desse período tenho um "álbum de recortes", todo ele montado com as notícias de *O Diário*. Foi *O Diário* o grande órgão de divulgação da Associação de Universitários de Mogi das Cruzes (AUMC) cuja fundação se deu em 1958.

Começou com um grupo reduzido de estudantes universitários que se reuniram como comissão organizadora e responsável pela elaboração dos seus estatutos. Dentre os que primeiro se dispuseram a criar esta *sui generis* entidade estavam pessoas que, ao longo do tempo, se destacariam na vida mogiana. Algumas delas: Milton Peixoto de Moraes, Jurandir Ferraz de Campos, Jair da Costa Mansores, Fábio Arouche Alves, Paulo Marcondes de Carvalho, Horácio da Silveira, Getúlio Boucault dentre outros, que iriam, aos poucos, engrossando os quadros da associação.

Nascia com objetivos bem definidos quanto à luta pela instituição de uma Faculdade de Filosofia, Ciências e Letras, que faria parte do sistema de Institutos Isolados de Ensino Superior do Estado de São Paulo e que já estava criada dentro da legislação vigente e que deveria ser organizada na cidade. Além disso, queria congregar todos os estudantes universitários que freqüentavam escolas superiores na capital e em outras cidades do Estado ou fora dele, e cuja condição única era a de que residisse em Mogi das Cruzes. E mais, queria polarizar, através de diferentes departamentos, as atividades vinculadas ao mundo universitário, em especial no campo cultural.

Os tempos eram outros e os interesses também. A cidade era muito bem dotada de estabelecimentos de ensino, que conseguiam qualificar seus estudantes e fazê-los chegar a diferentes escolas de ensino superior, inclusive à USP, sem que tivessem de freqüentar os cursinhos que começavam a se desenvolver, ocupando um espaço que a escola secundária começava a deixar escapar de suas mãos.

Mogi das Cruzes, no entanto, era uma cidade privilegiada com a sua destacada escola secundária, que tinha, de um lado, o Ginásio Estadual e Escola Normal – depois Instituto de Educação "Washington Luís", de outro, o Braz Cubas, e, como terceira força, a Escola Industrial. Nenhum destes estabelecimentos ocupou um primeiro, segundo ou terceiro lugar, mas todos se equiparavam, destacando-se nas suas especialidades. Formados por estas excelentes escolas e participantes do mundo acadêmico em diferentes cidades, os jovens mogianos de então resolveram empregar seu tempo livre em defender os interesses da cidade e lutar para que ela se tornasse um centro de irradiação de cultura.

Os primeiros tempos da AUME foram marcados pela vinda de grandes professores da USP e que ocupavam posição no cenário intelectual do Brasil. Dentre eles citamos dois, Abrahão de Moraes e Eurípedes Simões de Paula. Abrahão de Moraes, físico e catedrático da USP, destacava-se por seus avançados conhecimentos na área de satélites espaciais; veio a Mogi das Cruzes para uma noite muito especial a fim de discutir as questões de sua especialidade com professores, estudantes e especialistas nas dependências do "Washington Luís". Eurípedes Simões de Paula tinha outros vínculos com a cidade, pois comandara os pracinhas mogianos nos campos de batalha durante a Segunda Guerra Mundial e era lembrado por muitos deles como tenente Simões. Mas veio a Mogi como catedrático de História da Universidade de São Paulo e Diretor da Faculdade de Filosofia, cargo que ocupou mais de uma vez. A AUMC procurou mostrar à cidade e seus estudantes que era possível encontrar outros universos de preocupação, através da presença constante de homens desse porte e buscar, por meio deles, a integração da quatrocentona Mogi ao mundo dinâmico que existia além de suas fronteiras.

A Associação de Universitários de Mogi das Cruzes fez, e bem, o seu papel enquanto existiu. Batalhou muito e plantou sementes fortes que se tornaram árvores frondosas. Veja o potencial que é o mundo universitário de hoje na cidade que se transformou para acompanhar o tempo. Lembremos que temos duas universidades implantadas em seu território e o que se pretendia era uma Faculdade de Filosofia. Estas instituições consolidadas e fortes de hoje devem muito àqueles que fundaram a Associação Universitária e foram seus primeiros diretores: Jair da Costa Monsores, seu primeiro presidente; Fábio Arouche Alves, vice-presidente; e mais Paulo Marcondes de Carvalho (1º secretário); Luís Augusto Marcondes (2º secretário); Celso Versiano (1º tesoureiro); Alberto Borges dos Santos (2º tesoureiro); Maurício Najar, orador.

Já faz alguns anos que muitos daqueles que lutaram pela consolidação da AUMC são professores das universidades instaladas em Mogi. E muitos deles ocupam postos de destaque, quer nos limites urbanos da cidade, quer em outros ambientes no Brasil e no exterior. Aquele desejo que fez todo esse grupo criar e consolidar a AUMC também fez com que seus destinos fossem marcados pela vontade de ver em Mogi o futuro marcado pelo presente, que se alicerçou no passado glorioso de seu povo.

FUTEBOL – O PRESENTE E AS LEMBRANÇAS

Há momentos da vida em que a gente sente como que um calafrio. Como cumprir o compromisso assumido? O que dizer para os leitores? E, acima de tudo, manter a confiança dos que lêem e dos que permitem que se escreva? Embora os assuntos povoem a minha cabeça eu não encontro um oportuno. Sexta, sábado, domingo e nada. Meu Deus, hoje é segunda-feira... O que fazer? A leitura da grande Imprensa parece que me faz encontrar, pelo menos, um tema muito atual: o futebol. A notícia de que serão lançados três livros sobre a "paixão" de todos nós, um documentário e um filme. Que bom que diferentes setores da atividade humana passem a cuidar de nosso esporte preferido e dêem a ele o espaço necessário, trazendo para o debate a discussão sistemática de todos os bares e esquinas depois das rodadas de qualquer campeonato. Quando os livros saírem, certamente eu procurarei tratar deles nas páginas de *O Diário*.

O tema futebol me fez lembrar de uma cidade chamada Mogi das Cruzes e que tinha dois importantes times de futebol nas décadas de 1950 e 1960. As duas agremiações ainda existem e resistem a todas as mudanças pelas quais a cidade vem passando. O União nem de sede mudou. Continua onde eu o conheci e onde vi tantas partidas memóraveis numa época em que o rádio era o único veículo a transmitir, de qualquer estádio, os jogos dos grandes times. E no União vi São Paulo, vi Corinthians, vi Palmeiras e não conseguia entender as narrações de grandes locutores como Geraldo José de

Almeida, que era um dos mais importantes e conhecidos narradores da época, mas que criava imagens e narrava pênaltis com a convicção de que eles existiram sem que nada tivesse acontecido... Mas ele criava a emoção. Eram outros tempos, a televisão ainda não era o que é hoje em dia.

Vi muitos jogos em ambos os estádios e assisti a muitos clássicos da cidade entre União e Vila. As arquibancadas ficavam repletas, os alambrados preenchidos pelos rostos dos torcedores. Em todos os cantos dos pequenos-grandes estádios havia gente torcendo pelo seu querido time.

O Vila Santista, hoje no trevo da entrada da cidade para quem vem da Trabalhadores (Ayrton Senna) ocupava um espaço nobre ali no longínquo bairro do Ipiranga, hoje centro da cidade. Nas proximidades do Hospital Ipiranga. Era um campo bem cuidado e acolhedor.

Vila e União montavam grandes esquadrões, "grandes quadros" como se dizia então. Tinha o time titular e o reserva ou o primeiro e segundo quadros. E quem conseguia jogar no "segundão" já se achava craque. Muitos se destacaram e acabaram profissionais dos times da capital e do interior do Estado de São Paulo. Ainda não havia o Japão como objetivo.

Pois bem, como me lembrei do fato hoje (dia 6/5) não tive tempo de buscar dados oficiais e nem as datas e números correspondentes, mas me senti, quando lia sobre o futebol e a invencibilidade do Palmeiras, o "bicho-papão" deste ano no Campeonato Paulista, que uma das séries invictas do Palmeiras foi interrompida, justamente, no campo do Vila Santista, num lindo domingo de sol. O Vila Santista ganhou de 2 a 1. Lembro-me bem do semblante do Oberdã, goleiro do Palmeiras quando tomou o segundo gol. Sim, o magnífico arqueiro Oberdã Catani de tantas glórias e histórias deste nosso majestoso futebol. O Palmeiras, com uma série invicta, semelhante à de hoje, era derrotado pelo humilde mas valoroso Vila Santista. Acho que muitos se lembram, com muita saudade, daquelas horas vividas antes e depois desse jogo.

Os noventa minutos de espetáculo foram de pura emoção e muita adrenalina. De um lado os astros renomados do esquadrão alvi-verde, e do outro os sonhadores meninos do Vila, também verde e branco, e que lutaram como ninguém até o apito final do mediador da partida. Lembrei de Oberdã e poderia lembrar de muitos outros jogadores, tanto de um como de outro time, mas não fui aos meus arquivos e nem aos de *O Diário* ou de outras coleções de mogianos, que certamente terão todas as informações de que precisava, neste momento, para dar um relato mais fidedigno. Bastaria recorrer a Ricardo Gomes Amorim e ele certamente me daria todos os nomes dos titulares, dos reservas, do técnico e do árbitro e possivelmente dos bandeirinhas, tal é a sua memória sobre o futebol brasileiro. Se um dia conseguir me organizar para escrever o livro que tanto quero fazer sobre o Brasil e o futebol, o mestre Ricardo terá de ser uma de minhas preciosas fontes. Não era o que queria, pois não se tratava de fazer uma descrição da partida, mas sim ligar os tempos de agora e o passado pouco distante, relembrando a todos nós de que temos muito a recuperar de nossa história para nos sentirmos mais orgulhosos de termos crescido nesta terra de Braz Cubas. Mas, principalmente não deixar minha coluna em branco na quarta-feira.

ESCRAVIDÃO

Quando eu acertava com os responsáveis de *O Diário* para assumir este espaço lembro-me bem de uma observação que fiz sobre o fato de a imprensa, principalmente a escrita, não mais registrar as datas marcantes do país, tais como a Proclamação da República, o Dia da Bandeira, que eram as que me vinham à cabeça naquele momento. Neste ano também não falamos sobre o Dia de Tiradentes (21 de abril) ou do Descobrimento do Brasil (22 de abril). Quero dizer, não registramos sequer com uma frase ou uma imagem evocativa... Pois bem, passados os meses entre a afirmação crítica e os meus escritos, também deixei de registrar uma data que é, talvez, a mais significativa deste século – o 8 de maio, fim da Segunda Guerra Mundial e o último 8 de maio foi uma quarta-feira, dia a mim reservado neste jornal... Nada como um dia depois do outro, não é mesmo?

Nesta semana, no entanto, não quero deixar de registrar o 13 de maio. É a data da edição da Lei Áurea, a lei que aboliu a escravidão no Brasil, no século passado. Alguns setores da nossa sociedade farão críticas dizendo que é o registro de uma comemoração vinculada à maioria branca e aos detentores do poder. A data preferida por esses setores é a que corresponde às comemorações de Zumbi. Não tenciono com o registro abrir espaço para uma polêmica, que teve destaque na imprensa escrita e falada e também na televisiva no ano de 1988, quando se comemorou os cem anos de abolição.

Estou tentando simplesmente relembrar que há mais de cem anos eram libertos os negros que ainda permaneciam escravos no Brasil. Digo ainda porque muitas foram as liberações de escravos antes de 1888. É também claro que sempre fica a pergunta de para onde foram esses libertos e como os absorveram a sociedade de então. Responder a essas perguntas é defender teses acadêmicas e este não é o lugar para isso.

Importa, isto sim, pensar um pouco como convivemos com a idéia de termos sido um país escravocrata?

Parece que antes de tudo este fato não parece estar no consciente de todos nós. Parece que esquecemos de que fomos um dos últimos, se não o último país, a promover a libertação dos escravos. É muito natural a lembrança de grande parte da nossa população a mencionar que somos um país sem memória. Em parte isto é verdade, mas isto não é privilégio e nem exclusividade do Brasil. Outros povos também não gostam de lembrar de seus episódios menos nobres. Ou será que os franceses gostam da recordação de que muitos dos seus cidadãos apoiaram Hitler durante a Segunda Guerra? E por falar em Segunda Guerra, lembro-me de que, atualmente, os estudos históricos estão se voltando mais para o século XX e esquecendo o nosso passado colonial e imperial. Eu, que sempre me insurgi, como professor, da forma de ensinar a História do Brasil que, no meu tempo, acabava com a Proclamação da República, hoje me preocupo com a inversão que parece estar se consolidando que é o estudo do momento mais próximo, da história do presente... Creio que é preciso ter visão de conjunto e esta ser muito bem trabalhada quando os estudantes estão começando a ler e escrever. Não estou propondo, como logo virão os críticos a alertar a população, um retorno às infindáveis listagens de nomes e às insuportáveis anotações das efemérides.

O que quero é equilíbrio na área de ensino chamada hoje de primeiro e segundo graus, onde, de fato, devem ser construídos os alicerces da nossa cultura.

Por isso, também como professor, fiz questão de registrar a data para avivar a memória de todos nós para a nossa história do século XIX que tem sempre de ser escrita e lembrada pelo binômio inseparável de que foi constituída, ou seja: escravidão e imigração. Os escravos (libertos ou não) e os imigrantes europeus foram, sem dúvida, os elementos humanos que criaram a face nova deste Brasil republicano.

A gradual e lenta caminhada, desde a Lei do Ventre Livre até a Lei Áurea, que permitiu a liberdade dos negros escravizados, também foi a responsável pela introdução do braço livre que substituiria os trabalhadores nas tarefas árduas do mundo rural.

Que fique o registro dos atos e discursos dos abolicionistas do século XIX a nos lembrar do quanto devemos do nosso progresso a esses trabalhadores que ajudaram a forjar esta nação e que viveram sob o jugo da violência de seus poderosos senhores, desde os tempos coloniais.

CARTOLAS E TREINADORES

Ciranda de técnicos de futebol é a regra no Brasil. Nenhuma novidade, nenhuma descoberta, nenhuma anormalidade. Eu, no entanto, depois das experiências de São Paulo e Palmeiras, não acreditava mais que isso pudesse acontecer nas hostes dos chamados "times grandes". Mas aconteceu e, mais uma vez, com o Corinthians Paulista, o mais tradicional dos clubes paulistas. E o atingido – Eduardo Amorim – não mereceu o castigo. E foi um castigo baseado num resultado anormal, num momento adverso. Quem pode, em sã consciência, afirmar que um técnico, seja ele quem for, pode ser responsabilizado por 3 x 0, nas condições em que o jogo entre Corinthians e Grêmio aconteceu? Dia de chuva forte, defeitos nos refletores do estádio, o que interrompeu a partida por mais de vinte minutos... O gramado quase impraticável... A forma como o Grêmio marcou é história diferente. Pode-se acreditar que o Ronaldo possa tomar um primeiro gol como ele aconteceu? E o terceiro, quase idêntico? E o segundo então é "coisa de filme americano", quando o time adversário precisa fazer uma cesta ou um ponto em circunstância muito especial e tudo é preparado para que isso aconteça. Vejam e revejam o tape e, depois, concordem ou não comigo.

Não fosse Eduardo Amorim, eu não estaria tratando de tão intricado assunto. Ele envolve bastidores, envolve muitos interesses e quase nunca se pensa no homem ou nos homens que acabam tendo suas vidas alteradas por decisões quase sempre unilaterais. Será que os dirigentes do Corinthians pensaram um pouco, um pouquinho sequer sobre a história desse jovem treinador no próprio Corinthians? Creio que se o acompanhassem nos últimos meses veriam que ele mais fez do que deixou de fazer. E mais. É um líder inconteste. Talvez tenha também suas imitações, mas estas somente o tempo pode mostrar. E o elenco do time com que o treinador teve de contar para, ao mesmo tempo, disputar tantos torneios?

Penso que está chegando a hora de sermos menos amadores no que diz respeito às diretorias de nossos clubes tão profissionais que pagam o que pagam aos seus jogadores. Se fossem os "cartolas" menos cartolas e mais dirigentes certamente Amorim continuaria o seu trabalho. Pelo menos até o fim do torneio em andamento. Faltou respeito profissional ao jovem competente que é Eduardo Amorim. Faltou mais respeito a todos nós que acreditamos nos conceitos éticos, pois imediatamente já havia de plantão o substituto que também deixou o outro time antes do fim de outro torneio. Estranho esta forma de proceder e de resolver os problemas imediatos. É pena que tenham feito isto com Eduardo Amorim, que demonstrou em todas as suas aparições na TV e nos jornais da capital o seu sofrimento. Estava triste, muito magoado. Um velho professor, bem vivido e tantas vezes tendo se sentido preterido e injustiçado pode lhe dizer: não se abata, pois você fez um bom trabalho. Quando esta coluna for para o ar, aqui em *O Diário*, tudo já terminou e espero sinceramente que o resultado seja aquele que prove que não há "treineiros milagrosos" e sim planejamento a médio e longo prazos. Escrevo cinco dias antes da finalíssima e embora gostasse de uma desforra do Corinthians sobre os gaúchos, acho mais fácil que o Grêmio, muito experiente nessas competições acabe por ser o grande vencedor. O que se aprende com isto? Não sei, mas gostaria que o "timão" de tantos paulistas e brasileiros começasse, depois de mais esta injustiça cometida com um técnico de futebol, a pensar seriamente no seu futuro baseando-se na sua história.

Eduardo Amorim, bola pra frente e parabéns de um são paulino fanático que gostaria de vê-lo num futuro qualquer dirigindo, com tempo e tranqüilidade, o tricolor do Morumbi e fazendo dele, com uma diretoria competente, o time brasileiro tri-campeão do mundo interclubes. Sorte Amorim... Mais confiança e garra.

Para que tratar deste tema, nesta coluna? Porque fato como este, marcante porque mexe com a paixão do brasileiro, é a maior advertência a todos os dirigentes deste país para que não cedamos aos interesses excusos e muito menos às pressões imediatas e pouco generosas. É preciso pensar a longo prazo.

AS FESTAS JOANINAS

"São João, São João acende a fogueira do meu coração..."

Logo virá alguém me corrigir. Não é festa joanina, pois as festas consagradas aos três santos de junho são juninas. Eu sei, eu sei, eu sei... Dizer juninas é corretamente certo, se pensarmos em purismos de linguagem, porém eu ainda sou dos que se lembram de como falavam os festeiros de minha época e eles diziam joanina.

Neste momento, mais uma vez, lembro-me de Armandinho quando dizia, "como fala"? É Bixiga e não Bexiga... Baseando-me em Armandinho eu digo "festas joaninas".

Não vou falar de Santo Antônio, São João e São Pedro, buscando em mestres do folclore ou estudiosos, preocupados com o fenômeno, fontes eruditas para mostrar que os ritos e as manifestações populares datam dos tempos da Antigüidade ou do medievo. Seria até cansativo...

Meu registro, neste junho de 1996, vai referir-se a alguns anos atrás, quando nós nos encantávamos com os balões coloridos, com os mastros, com os foguetes...

Era um tempo de festas ingênuas e lindas. Nelas os caipirinhas e as caipirinhas da cidade buscavam enfeitar-se para participar das diferentes manifestações populares.

Acreditem, meus jovens leitores, eram diferentes e muito mais bonitas as nossas festas de junho. Acho que se perdeu a espontaneidade, pois, hoje, sempre se "organiza" e se busca um "patrocinador".

Isto nunca acontecia, uma vez que as festas de Santo Antônio, São João e São Pedro eram, quase sempre, feitas num quintal de uma casa ou mesmo na calçada de uma rua qualquer, onde houvesse um "devoto" de um dos santos da tríade junina.

Há muitos anos participei, em Natal, capital do Rio Grande do Norte, de um "São João" inesquecível. Em quase todas as portas de casas, humildes ou suntuosas, de bairros inteiros, havia uma fogueira e, ao escurecer, nas vésperas dos dias consagrados, acendiam-se as fogueiras e apagava-se a iluminação pública.

E Natal transformava-se num universo fantástico. Festa espontânea e forte. Gente de todas as idades e classes sociais iam e, creio, ainda vão, para as ruas festejar os três santos, com certo encanto maior por São João. É algo indescritível e inolvidável...

Mas vamos, todos nós, que crescemos nesta Mogi das Cruzes entre 1940 e 1965, nos recordar das nossas festas que, como a cidade desta época, são inesquecíveis.

Em uma quantidade enorme de casas que ainda tinham quintal, montavam-se as fogueiras de tamanhos diferentes, mas com um calor humano semelhante. Não faltava em nenhuma quentão, pipoca, cerveja, balões e os temidos "busca-pés", as rodinhas, as lágrimas e os rojões, e sempre estavam presentes os fogueteiros. Lembram-se? E dos bailes caipiras do Itapeti? Estes eu vivi com muita intensidade. Como eram bonitos!

Desde o cortejo, que envolvia carroças e charretes, que conduziam os noivos e os convidados, até a bandinha que os acompanhava e, então, a entrada do clube e, em seguida, o baile propriamente dito era uma peça de teatro produzida pelo coração de todos nós. O baile, então, que coisa maravilhosa.

O espaço é pequeno para dizer tanta coisa que existe sobre as festas juninas, no Brasil tão diferenciado, e menor ainda para lembrar, sem falhas, os nomes de todos os meninos e meninas que fizeram delas, em Mogi, algo especial. Para encerrar com certa dose nostálgica:

Com a filha de João, Antônio ia se casar,
Mas Pedro fugiu com a noiva na hora de ir pro altar.

Os três santos continuam fortes e suas festas se reproduzem ainda, mas temos que afirmar que elas são, no mínimo diferentes... E viva Santo Antônio, viva São João e viva São Pedro e "viva nóis", né Zé?

Resgatar é Preciso...

Se navegar é preciso... resgatar também é preciso.

Em boa hora a Assembléia Legislativa do Estado de São Paulo inaugurou, no último dia 17 de junho, uma exposição do Acervo Histórico da Assembléia Legislativa. Cobre o período de 1835 a 1966. Em boa hora, porque é preciso resgatar, através da vasta documentação mantida em diferentes porões de nossas instituições públicas e privadas, as nossas origens, reescrevendo a nossa história.

Sempre ouvimos, de diferentes setores da sociedade a lembrança de que somos um país sem memória. Isto de fato não é verdade. Basta pensarmos em quantos trabalhos de historiadores, jornalistas, intelectuais e mesmo cidadãos comuns vemos constantemente um pouco desta história nossa de todos os dias sendo revista ou contada. O que tem faltado, de fato, é criar projetos e institucionalizá-los para que não venham a sofrer solução de continuidade.

Parece que, com esta mostra surpreendente, até certo ponto, o Poder Legislativo de São Paulo procura chamar a atenção para a questão documental do Estado e também do país, e busca criar condições de organizar o seu próprio Arquivo. Isto é verdadeiramente uma contribuição inestimável, pois, além de trazer ao debate toda problemática dos acervos históricos de nosso poder legislativo, aponta caminhos e sugere soluções. Entendi que se pretende também fazer com que esta exposição sediada, inicialmente, no Edifício da Assembléia Legislativa no Parque do Ibirapuera, transforme-se numa mostra itinerante a percorrer diferentes regiões do Estado. Se for levada à frente esta idéia, creio que avançamos, e muito. É preciso, além de resgatar este acervo, estimular o resgate de tantos outros que vão se perdendo pelo nosso interior. E se perde não por se desvalorizar a história, mas principalmente por falta de estímulo para preservá-la.

Caminhando pelos belos espaços da exposição podemos encontrar um número incomensurável de peças documentais de grande valor. Vamos falar de algumas delas. Dentre os manuscritos, em número aproximado de quarenta mil só para o período imperial, podemos encontrar, por exemplo, a Ata de apuração da eleição de deputados para 1836. Ou uma foto do Militão de Azevedo que retrata o edifício da Assembléia, no Pátio do Colégio. Ou ainda os anais, atas, pareceres... Há ainda outros elementos consideráveis retratando o período imperial.

Na seqüência, a República Velha, e dentro deste período uma carta de Santos Dumont ou um quadro com os senadores que integravam o senado paulista, no ano de 1900. Depois, o período posterior à Revolução de Trinta e à era Vargas. Em seguida, o que os organizadores chamaram de Período Liberal, em que se pode ver uma foto notável do Palácio das Indústrias, que foi sede da Assembléia de 1947 a 1968. É uma das mais de vinte mil, em negativo, que se encontram no arquivo fotográfico. Somam-se a isto discos e objetos os mais variados. Imaginem ainda as fitas de som. São vinte e duas mil horas de fitas, registrando os trabalhos do plenário. É uma coletânea quase completa. Faltam dois rolos que foram apreendidos pelo DOPS. É impossível reproduzir, neste espaço, todos os detalhes desta exposição que merece ser vista e analisada.

Espero que o entusiasmo das palavras de Ricardo Tripoli, no preâmbulo do Guia de Exposição, que reproduzo, possam alertar todos os cidadãos brasileiros para a importância de se manter a nossa memória viva. Com as palavras do presidente da Assembléia Legislativa encerro estes comentários:

[...] Com esta exposição, visionária naquilo que nos ensina para o descortinamento de atitudes sãs no futuro, toda resgatada do pó e da amnésia que enodoou nosso passado, concebida e projetada na planilha da multilinguagem, devolvemos às gerações que labutam em nosso Estado um pedaço do seu mundo. A memória, resgatada, volta para as mãos do cidadão, o seu verdadeiro dono.

Que tenha continuidade o projeto iniciado e que se crie um arquivo bem estruturado, a permitir não só reavivar as mentes, mas o desenvolvimento de muitas pesquisas, é o que espera este cidadão que assina esta coluna.

A Serra do Itapeti e Mogi

Todos nós que vivemos e continuamos vivendo em Mogi das Cruzes sabemos de seu valor como cidade histórica. Foi das primeiras vilas fundadas na região e compete com São Paulo em idade. Muitas foram as discussões em torno de sua fundação e de seus fundadores. Ainda aí estão historiadores como Isaac Grinberg e Jurandyr Ferraz de Campos (também colaboradores de *O Diário*) que poderão voltar a pensar nas origens de Mogi e seu papel no desenvolvimento econômico e social desta região do Estado. Não estudei a questão e até não me interesso muito por ela.

Ao lembrar de seu valor histórico, quero rememorar a destruição de nosso patrimônio arquitetônico e histórico. Não quero falar da documentação perdida ou criminosamente destruída, pois ainda quero voltar a tratar das questões de museus e arquivos históricos.

Volto-me hoje para dois pontos que minha última caminhada pelas ruas da cidade me fez pensar. É no descuido por que passa Mogi das Cruzes. Nada do que existiu há tão pouco tempo está preservado. Duas constatações tristes num só ponto: a rua Manoel Carlos. Vindo-se da Cel. Souza Franco e entrando à esquerda depara-se, na esquina com a Flaviano de Melo, com um horrível pequeno supermercado onde existia, até oito ou nove anos atrás, o último exemplar de um casarão do século XVII ou XVIII ainda guardando o nicho de um santo. Era exemplar, único. Certamente daquele magnífico casarão só sobraram as fotos feitas pelo grupo que participou da "Expedição São Paulo", patrocinada pelo *Jornal da Tarde*. Indo em frente, ao chegar ao final da rua, outra constatação: sumiu o prédio da Prefeitura, que era um exemplar significativo de nosso desenvolvimento arquitetônico e urbanístico. No lugar, um estacionamento. E, assim fui caminhando por diferentes ruas e praças e sentindo a amargura daquilo que foi apagado de nossa bela e provocante Mogi das Cruzes dos anos de 1940 e 1950 deste século. Aquela que também perdeu o belo Itapeti Club.

Foi aí, quando lembrei do Itapeti, que resolvi dar uma olhada na Serra. Vi o que previ em uma carta ao leitor, que escrevi indignado para o *Jornal da Tarde* há quase vinte anos. A cidade está ocupando, sem projeto, aquele recanto que foi o seu ponto de sustentação ecológico e o seu referencial. Sabíamos todos, pelo jeitão da Serra do Itapeti, como seriam os dias seguintes. Se faria sol ou choveria, se teríamos ou não frio úmido etc., verdade ou fantasia, dizia-se que a Itapeti teria sido o cenário de um filme muito bonito "Amar foi Minha Ruína". Lembram-se dessa história de amor dos anos de 1940 e de Gene Tierney? Como tudo passa correndo?

A Serra do Itapeti, o Sete Lagos, os sítios de ilustres senhores da elite mogiana e seu santuário ecológico está, pelo que vi, por se acabar. Que pena que isso venha acontecendo de tal forma que as pessoas não mais se revoltem ou se unam para evitar que valores tão significativos para tantos até bem pouco tempo pareçam hoje algo sem valor. Não quero estimar a perda de qualidade de vida que a destruição da Serra do Itapeti acarretará nos anos vindouros. Sei também que ninguém terá forças para evitar que a exploração imobiliária se superponha aos desejos de "poetas", como somos chamados por acreditar em valores em baixa como esse de preservar árvores, embora tantas associações e entidades ecológicas existam e lutem por manter os grandes complexos ecológicos e, via de regra, se esqueçam de que, talvez, seja importante evitar a derrubada sutil e contínua de uma ou duas árvores por dia numa serra como a do Itapeti ou numa cidade como Mogi das Cruzes.

Um apelo a todos os que vivem na cidade e ao futuro prefeito e vereadores: vamos fazer um plano sério e duradouro para manter o que ficou na Serra do Itapeti e no meio urbano da cidade de Mogi das Cruzes?

VIOLÊNCIA, VIOLÊNCIAS

Há dias em que não se consegue comandar as próprias ações e, então, me lembro sempre da incomparável "Roda Viva", de Chico Buarque de Holanda, um dos mais recentes avôs deste país. Imaginem, Chico Buarque avô! E eis que chega a "roda viva e carrega o destino prá lá". Pensava em falar de flores e amores e me vejo compelido a falar de "nossa violência de todo dia". Vou falar desta em três tópicos, motivado por uma notícia de morte. Vários jovens mogianos perderam a vida na Rodovia dos Trabalhadores. Sei que é Ayrton Senna, mas não me acostumo com a mudança. Talvez pela própria violência que levou Ayrton!

1 – A Rádio Bandeirantes, através de seus componentes, vem fazendo um esforço hercúleo para manter acesa a chama da "não violência". Além do martelar de seus microfones e das reportagens investigativas cuidadosas a demonstrar o quanto se deixa de fazer, neste Estado, para melhorar a vida de cada cidadão. Desde a ausência de uma polícia preventiva até a falta de condições mínimas para os investigadores trabalharem. Para não falar da facilidade das fugas de presos, rotina nos noticiários de rádios e jornais em quase todos os dias da semana. Mas não venho falar do noticiário, sim da demonstração inequívoca da população paulista no engajamento na campanha lançada há cerca de quinze ou vinte dias e que mostrou toda sua pujança neste último domingo. O parque do Ibirapuera recebeu muita gente que, de branco ou com fitas brancas disseram, em alto e

bom som, "não à violência". Não me importa se afirmaram os diferentes órgãos de imprensa que lá estavam 1.000, 2.000 ou 5.000 pessoas. Havia gente e o bastante para dizer que todos precisamos de sossego para trabalhar, descansar e se divertir. Não é possível continuarmos sem saber o que nos espera no nosso trajeto de casa ao trabalho e vice-versa, ou na nossa ida ao teatro ou cinema. E as crianças nas escolas, enfim... Creio que todos devemos nos engajar no projeto da Rede Bandeirantes e demonstrar o nosso descontentamento usando, no mínimo, uma fita branca na lapela ou no braço. Vamos lá?

2 – Enquanto uma emissora de Rádio, inspirada no apelo de familiares de jovens mortos brutalmente, quando buscavam um pouco de alegria, quantas outras mães, avós, tios, enfim, tantas famílias sofrem perdas brutais por caminhos diferentes. Não me interessa se houve ou não culpado ou culpados da morte dos rapazes mogianos. Mas é, infelizmente, uma outra forma de violência. O que será necessário para que haja uma mudança de rumo? Mais mortes? Todas violentas? Ou uma disposição de mudar? E não venham com a velha forma de esconder-se atrás das velhas superstições. É fácil dizer: "Agosto, mês do desgosto...". Se assim fosse, como seria bom!

3 – Mais sutil, no entanto, são as novas modalidades de violência. Como a que vivi hoje, uma segunda-feira. Fui mandar fazer um xampu em uma farmácia de manipulação (antes todos "aviavam" receitas) e, depois de certa demora, a jovem simpática que me atendera pediu-me desculpas dizendo que o orçamento da receita demoraria pois o computador estava fora do ar e ela não poderia dizer quanto custaria e se eu poderia esperar. Quanto tempo era difícil responder, pois dependia do computador... Fiquei com saudade do tempo em que o Mário da farmácia dizia, na hora, o que custavam os "papeizinhos" que o Dr. Milton recomendara. Não é uma nova forma de violência? Ou estou "por fora"?

MOGI DAS CRUZES

Ao longo do tempo... Desde 1941 eu convivo com Mogi das Cruzes. Quase sempre vivi como um marginal. Morava em Guararema e lá estudava no Grupo Escolar "Presidente Getúlio Vargas", que ficava nos fundos do quintal de minha casa. E vira e mexe vinha ver o que era uma grande cidade: Mogi. Desde 1964-1965 vivo mais em São Paulo. Vivi em Franca, em Rio Claro... Nela vivi efetivamente meio de lado de 1946 a 1961. Mas o namoro com Mogi começa ainda em Guararema.

A vida acabou trazendo para o meu convívio um dos melhores professores de História e Geografia que conheci. Chamava-se Ari Silva. Ele morava em Mogi e, por razões que desconheço, acabou freqüentando a casa de meus pais e lá pelas tantas meu cunhado. Viveu uma bela história de amor. Teve uma das mulheres mais apaixonadas que vi em toda minha vida. Mas pudera, Ari, além de um intelectual de verdade era um grande violinista. Tocava como poucos e junto com o José Veiga faziam uma dupla memorável.

Pois este professor/músico me convenceu a fazer o terrível "Exame de Admissão" ao ginásio. Guararema não tinha ginásio e daí Mogi das Cruzes.

Ari Silva acabou mudando toda vida da família porque mostrou, com a calma e a paciência dos mestres, que eu deveria estudar, e para isso era preciso enfrentar a mudança. Imaginem o que isso representava naqueles momentos tormentosos da Segunda Guerra Mundial e da transição que viria com o seu término. Em 1946 deixamos a singela, pacata e querida Guararema para viver em Mogi das Cruzes. Tudo porque o "varão" da família tinha de ser diplomado. O mesmo cuidado não houve quando minhas quatro irmãs cresciam. Ainda era o tempo em que mulher devia ser "dona de casa". De uma forma ou de outra todas se realizaram. Duas nos deixaram muito cedo. Uma delas, a apaixonada de Ari, o intelectual e o bom boêmio...

O acompanhamento do professor durante um ano me fez ter sucesso no Exame. E não era professor em tempo integral. Vagamente me lembro de que ele, depois de namorar quase o domingo inteiro, via as lições que passara no domingo anterior, me questionava, estimulava e deixava uma infinidade de novas obrigações para o novo encontro. E assim foi durante aquele ano que redundaria em um grande sucesso e mudaria totalmente a vida de todos nós. Mogi das Cruzes surgia como o grande e primeiro desafio a ser vencido.

Deixamos com tristeza a casa de Guararema, principalmente o seu quintal encantado – um mundo à parte – onde vivi e convivi com muitos meninos na fase triste e feliz de minha vida. Do enorme quintal para a pequena casa da rua Brás Cubas – ao lado de uma padaria mágica – foi um baque. A rua passou, então, a ter o seu papel na minha vida de moleque. Em Guararema ela era dividida com o quintal, e este tinha um papel especial, pois era o meu território, onde eu podia me esconder ou me abrigar. Agora a rua era o grande refúgio, uma vez que me protegia e escondia ao mesmo tempo. Mogi das Cruzes, com o seu Ginásio e Escola Normal, onde eu começava a estudar, iria permitir a minha sólida formação. Se o professor Ari Silva me preparara até ali, agora outros professores iriam testar o que sabíamos e nos colocar no mundo de um ensino criterioso e formador.

Mogi das Cruzes passava a encantar o menino que, nascido lá na distante Fernando Prestes (próxima a Rio Preto) e passara sua infância em Guararema começava a crescer e a desvendar o mistério da grande cidade, onde chegara até por imposições circunstanciais e pela insistência de um mogiano e professor marcante que foi o Ari.

Então, há cinqüenta anos, começava uma história que, certamente, aos poucos e sem cansar o leitor, irei contando. Não será para preencher espaço mas sim para rever com tantos o que foi esta Mogi das Cruzes dos anos de 1940 e 1950, que tanto nos ofereceu principalmente pelo ensino que era bem cuidado tanto no ginásio de Estado quanto no Brás Cubas, de Pinto Boucault e grande equipe.

Mogi das Cruzes tem história, muita história...

A Igreja do Carmo

Viver e não viver sempre na cidade onde se cresce faz com que tenhamos surpresas.

Há muito tempo, muito tempo mesmo, eu não entrava na Igreja do Carmo. Aliás, eu pensava que ela remanescia, como bem tombado que é, preservada mas sem atividade religiosa normal. Embora ligado às questões da preservação de nossa memória e de nossa história, na maioria das vezes deixamos sem atenção muitas das coisas que nos são tão caras. Como é a Igreja do Carmo... Ou não foi nela, com o esquecido Frei Thimoteo, que nos estimulou a estudar a história de Mogi das Cruzes. Não teria sido esse mesmo frei, todo especial, que conhecia paleografia e traduzia as atas da Câmara e dizia, não só a mim, mas também ao Jurandyr Ferraz de Campos, ao Horácio Silveira e ao Alberto Borges dos Santos (o Bugrão – por onde andará?), o quanto era necessária a perfeita leitura dos manuscritos para melhor entender o que fizeram os nossos antepassados e, então, com a sabedoria deles, poder compreender melhor o mundo em que vivíamos. Creio que também Isaac Grinberg – o historiador de Mogi das Cruzes – terá convivido com Frei Thimoteo e dele bebido o saber que emanava naturalmente. Naqueles tempos éramos de gerações distintas e vivíamos distantes... Diferente de hoje.

Mas, no dia 21 de dezembro, no belo casamento de Guadalupe e de Paulo, filha de Abib Neto e Dorothy Jungers Abib e filho de Roque Barboni de Almeida e Maria Therezinha Almeida voltei, pelo menos há cinqüenta anos... A Igreja do Carmo, engalanada para as bodas do jovem casal me mostrava toda sua força e todo seu encantamento. Séculos de história, séculos de descuido e ela ali está, íntegra, a desafiar os tempos futuros. Certamente, haverá alguém a fazer com ela e outras mais da região um belo CD-ROM e a mantê-la, na sua pujança, em imagem virtual! Mas, enquanto ela não é eternizada por mãos competentes, é bom lembrar a todos nós, que crescemos à sua sombra e nela até brincamos de esconder, tão acolhedora era e é, que este bem patrimonial de nossa história e, portanto, de nós todos e da própria humanidade está a precisar de muito carinho.

E não venham logo me lembrar de que os órgãos oficiais de preservação, entre eles o Condephaat e o Iphan, são os responsáveis e ponto final. Não se pode simplesmente delegar a outrem aquilo que é de se somar e fazer juntos. Infelizmente, a nossa Mogi das Cruzes colonial e imperial, e mesmo republicana, foi destruída... Ou não se lembram, alguns de nós, do centro da cidade – hoje abandonado e descaracterizado – com seus casarões de taipa de pilão, suas igrejas setecentistas monumentais e os sobradões? E a Igreja Matriz? Pequena e não tão bonita, mas representante de seu tempo? De tudo que era só temos a Igreja do Carmo, o teatro Vasques, o casarão da esquina do Largo do Carmo (muito alterado) e nada mais. Culpa de quem? De cada um de nós, de todos nós e dos poderes constituídos, que não sabem exercer o seu papel de norteador do desenvolvimento urbano. Basta pensar no belo prédio da antiga Prefeitura, que virou estacionamento...

Mas, a Igreja do Carmo, a simbolizar tantas épocas, aí está como marco de nossa Mogi das Cruzes e ela merece um pouco de carinho de todos. É preciso que ela seja mantida no seu esplendor mágico e no seu encanto físico para que tantos outros jovens casais possam viver, nela, o momento único da promessa e da ventura que é a cerimônia do casamento.

O Arquivo do Estado

Já escrevi muito sobre os arquivos brasileiros e, mesmo aqui, tenho insistido na importância dessas instituições, sejam elas públicas ou privadas. É preocupação constante. Afinal, nos arquivos estão guardados os documentos, matéria-prima de minha profissão.

Volto, hoje, a tratar de um Arquivo que me é muito especial – o Arquivo do Estado, uma instituição ligada à Secretaria de Estado da Cultura. Depois de muitas histórias tristes publicadas sobre ele e depois de críticas merecidas aos responsáveis pelo descuido com que era tratado, chegou a hora de recuperar um pouco a história mais recente desse Arquivo e elogiar o que está sendo feito para que ele cumpra sua função. Ele é, depois do Arquivo Nacional, a mais importante instituição arquivística do Brasil e, talvez, de toda a América do Sul.

Passou por muitas sedes e sempre em edifícios inadequados e sempre careceu de espaço. Desde o século XIX os diretores fizeram petição aos seus superiores exigindo uma acomodação adequada para o Arquivo do Estado. A sua sede até este mês é na rua Dona Antônia de Queirós, nº183. Ali viveu muito tempo e nela cresceu em importância e quantidade de acervo. Por ela passaram muitos notáveis como cidadãos comuns. Muitos pesquisadores fizeram ali suas teses acadêmicas, outros escreveram livros baseados nas diferentes coleções que compõem o seu acervo precioso. Ninguém se esquecerá dessa sede, mas ela já cumpriu seu papel e é hora de mudar.

A nova sede será inaugurada no dia 22 de abril de 1997. Para que este evento se concretizasse foram necessários muitos esforços. De homens e governos. O então governador e atual senador Franco Montoro tem papel especial na questão arquivista em São Paulo. Desde o primeiro momento de seu governo interessou-se pelo problema e foi categórico ao dizer que era preciso resolver os problemas crônicos do Arquivo. Não ficou no discurso. Agiu, e ao agir permitiu a aquisição da sede que se inaugura, e ainda determinou a realização de estudos arquitetônicos para sua ocupação. Fez mais: facilitou a vinda de especialistas da Unesco para analisarem o local e o edifício escolhido para a nova sede. Aprovado o local encontrou recursos e os vinculou ao Arquivo quando deixava o governo. Foi também Montoro quem criou o Sistema Estadual de Arquivos.

O tempo passou e apesar de muitos diretores do Arquivo como de Carlos Guilherme Mota, José Enio Casalechi e Nilo Odália, apoiados pelos Secretários da Cultura Fernando Moraes e Ricardo Othake, não houve uma evolução satisfatória.

O governo Covas e seus secretários Marcos Mendonça e Zélio Alves Pinto foram alvos de muitas críticas tempos atrás. Exigia-se uma solução urgente e definitiva para o Arquivo do Estado. Quando as primeiras medidas foram anunciadas e eu fui convidado a opinar sobre o projeto que estava em desenvolvimento, confesso que duvidei de sua realização. Hoje me penitencio e parabenizo Marcos Mendonça, Zélio Alves Pinto e o atual diretor do Arquivo Fausto Sobrinho pelo término das obras da nova sede do Arquivo e pela mudança de endereço realizada em curto espaço de tempo. Sabe-se o quanto é difícil mudar um Arquivo Público. E, também, cabe um elogio e um agradecimento à atitude de Mário Covas, que determinou a complementação das obras e exigiu a data de 22 de abril para sua inauguração. Estamos sempre prontos a fazer críticas severas à omissão dos políticos que ocupam cargos de mando. Há momentos, no entanto, que são de enaltecer e elogiar: parabéns governador Mário Covas – o arquivo merecia esta sua nova casa.

DIÁRIO DE VIAGEM I

Poucas vezes na vida, e ela já é longa, saí para passear no exterior. Sempre havia um compromisso ou, pelo menos, uma conferência. Agora foi diferente: saí para visitar amigos e rever o México em sua mágica exuberância. Ponto básico: Mérida – Yucatan, casa dos grandes amigos Mário e Maria, que conheci em 1968, no Brasil. Ele, professor, agora aposentado, da Universidade Autônoma do México, especialista em História do Brasil, e profundo conhecedor das histórias e tradições mexicanas. Ela, também professora da UNAM, também aposentada, especialista em Letras e original da Alemanha. Vivem numa confortável casa num Club de Golf que é, como dizem, um verdadeiro paraíso. Foram dias inesquecíveis estes passados no Yucatan e em todo México.

Comecemos pelo começo... Chegamos muito cedo, depois de uma viagem magnífica no conforto e com a categoria da nossa Varig, a Cancum e, lá estavam os braços amigos a nos receber, com o carinho de sempre. Um pouco antes de aterrissar, o avião nos apresentou ao hollywoodiano parque hoteleiro da cidade. Passeamos um pouco pelas ruas de Cancum e fizemos o primeiro reconhecimento. Estávamos, mais uma vez, na terra encantada de tantos deuses olmecas, toltecas, astecas e maias. Viveríamos, durante dias, o México Maya do Yucatan. E com "guias turísticos" muito especiais.

Procurarei não dar aula. Ficarei muito contente se conseguir transferir, através da narrativa, as emoções vividas.

Depois de sentir toda a artificialidade da badalada Cancum, começamos a rever um passado monumental, construído pelo esforço, persistência, obstinação e crença de civilizações que remontam a períodos pré-hispânicos – pré-cristãos. Aos poucos iremos falando de cada passagem – sem detalhes para não escrever um livro de viajante do século XX – e tentando recuperar cada cantinho com as lembranças, que sempre nos traem. Muito calor logo cedo. Céu azul – "céu de brigadeiro" como gostam alguns –, um azul muito próximo daquele que vemos em João Pessoa, Natal ou Fortaleza. Muito do Yucatan lembra o nordeste brasileiro e nos faz sentir "em casa". O carro avançava pela estrada boa e bonita e, através dela, íamos para o interior da península, deixando o mar e as praias para trás. Primeira parada: Tulum.

Tulum, diferentemente do que imaginara, estava à beira mar, mais ao norte, e com um esplendor estonteante. Ao mesmo tempo, templos e fortaleza e as suas ruínas a desafiar todos nós. Embora já bem estudados e analisados por antropólogos, arqueólogos e historiadores, há muito de mistério a envolver cada pedra desta e de outras construções desta região mexicana.

Começávamos a sentir o clima – quentíssimo e acolhedor – do México pré-colonial e, aos poucos, penetrar no mundo monumental em que viveram os antepassados "de mi cuate" Mário. E, já nas primeiras horas, se podia sentir o significado da palavra "cuate" mais uma vez. Mário me ensinou há quase trinta anos que "cuate" é mais que irmão e não se explica, sente-se... E, a cada dia, sentíamos mais o que é ser "cuate". Deixamos Tulum e vivemos Cobá. Outras supresas e outros encantos... Começamos assim, a viver, de novo, o México – lindo e querido, como diz a canção...

DIÁRIO DE VIAGEM II

Ainda no México e no Yucatan. Estamos vivendo a primeira experiência com as tradições culinárias da península e suas comidas "calientes". Eu, sempre com medo de ter desconfortos, principalmente no início de viagem, como meu "pollo al punto" (um franguinho honesto e sem qualquer picante) e me divirto com os pedidos dos outros companheiros. Vejo, sinto, mas não me atrevo a ingerir estas coisas desconhecidas. Vivo o almoço com toda intensidade e começo a ver como vivem os homens e mulheres de uma cidade média do interior. Estamos em Valladolid e posso conviver, ali, com o século XX e sua pujança. Saltamos, em poucas horas, do mundo pré-hispânico ao século XXI.

Logo depois de ter comido bem e nos reabastecido de água e líquidos, muito necessários nos quase quarenta graus, pudemos ver um pouco do sítio urbano de Valladolid, e, antes de deixarmos a interessante cidade, aprendi uma lição, tive uma verdadeira aula com o "maestro" Mário Contreras – "mi cuate" – e pude ver claramente o que é um "cenote". Eu aprendera, naqueles bons tempos em que Jair Batalha nos ensinava Geografia, que o México era um país sem rios e que estes viviam subterrâneos, e era necessária muita engenharia para obter boa água. Mas não realizara plenamente o significado de um "cenote". Poderia descrever um "cenote" como uma gruta ou um poço natural, onde a água surge. É um fenômeno muito interessante e esclarecedor quanto aos cuidados necessários e às dificuldades para se ter água potável e em quantidade necessária para abastecer bairros e cidades.

Deixamos Valladolid e buscamos a rodovia para irmos em direção àquela que seria, durante muitos dias, nossa casa, em Mérida. Em Mérida, no Club de Golf, vivem Maria e Mário. Lá chegamos no final da tarde, quase noite, que custa chegar, pois só escurece lá pelas 20 horas. É bom demais quando se está de férias, pois então se pode viver mais e mais cada dia.

Instalados, principescamente, pudemos sentir o paraíso dos amigos. Barulho, só de pássaros de todas as qualidades. Mais das corujas ou um cachorro... Por vários dias sairíamos todas as manhãs e retornaríamos à tarde, quando Maria nos presenteava com um jantar, sempre preparado com carinho e com requinte. E, depois, era dormir ou ouvir boa música, ou ouvir o próprio Mário Contreras que, além de bom professor, é um excelente cantor e muito bom violonista.

Mas se pensam que ficamos isolados do mundo global enganaram-se. Poderíamos, se assim o quiséssemos, ter, no mínimo, 52 canais de televisão do mundo inteiro. Optamos dia ou outro por ouvir noticiário internacional e saber das enchentes da Europa ou das rebeldias das polícias no Brasil. Ou o fax ou e-mail.

A partir deste lugar e tendo-o como referencial passamos a viver o México de todos os dias e, em especial, destes dias.

Mérida, a capital da Província, é outro referencial obrigatório. É uma cidade linda, muito bem cuidada. Muita árvore, muito verde e muita vida. Há nela, até certa agitação metropolitana e, cada ida até Mérida, punha-se junto ao mundo urbano e sentia que as cidades ainda existiam e com elas os encantos e as dificuldades... Nesta Mérida, ativa intelectualmente, participei de uma reunião e conheci um belo autor de um livro interessante e muito bem pensado...

Teotihuacan

É um sítio arqueológico que fica distante 40 km da cidade do México. Foi habitada entre 100 a.C. e 700 d.C. Seu nome é uma palavra náhuatl e significa "lugar dos deuses". Muitas são as teorias em torno de suas origens e do seu viver e conviver. Haveria muito o que dizer em torno daquilo que se pode chamar de cultura teotihuacana, mas não cabe a um não especialista caminhar por tema muito bem cuidado pelos mexicanos e também por ser um sítio arqueológico que transfere muita energia. Assim, vou falar do meu conviver com a magia de Teotihuacan.

Quando caminhava pela "cidadela", nestes dias que vivi, de novo, o México e Teotihuacan, me dei conta de que lá estive pela primeira vez em 1973. Quanto tempo se passou e senti como se lá estivesse estado há poucos dias. Há, indiscutivelmente, muita magia e muita força nestes sítios ecológicos mexicanos. Não sei se tornarei a vê-los de novo, mas desejo que os que não os viram ainda cheguem lá, e às novas gerações recomendo que visitem a todos os sítios que puderem, mas não deixem de ir mais de uma vez a Teotihuacan...

A "cidadela", como denominaram o grande quadrângulo os primeiros espanhóis que a viram, parece uma grande fortaleza, e as escadarias de acesso à "plaza" lhes parecera uma muralha. De fato, os arqueólogos que estudaram, com muita competência, a região, comprovaram que se trata de um edifício em forma de pirâmide dedicado Quetzalcoatl – o templo de Quetzalcoatl – um local que parece ter sido ocupado pela classe governante.

Mas o que mais nos faz sentir a nossa verdadeira dimensão de pequeno ser humano é quando se caminha pela "Calzada de los Muertos". É uma grande avenida que liga a Pirâmide da Lua à Pirâmide do Sol e está ladeada por construções de beleza indescritível. Ouvi muita gente dizer e sinto também que não se é o mesmo depois de viver por algumas horas o encantamento de Teotihuacan.

É como se todo o esplendor das cerimônias ali realizadas ou da vivência de tantos homens e deuses nos tomassem enquanto caminhávamos e olhávamos de forma respeitosa os monumentos ali deixados por quem foi forte e bondoso. Há muita energia e muita paz.

Teotihuacan é, de fato, um "lugar dos Deuses"...

Ano Novo... Vida Nova?

Nem sempre quem tem o espaço tem a inspiração... E há dias em que a música consagrada de Chico Buarque, a "Roda Viva", é que dá o tom. Pois, embora a gente queira ter voz ativa eis que chega a "roda Viva" e "carrega o destino pra lá"... Hoje, talvez porque estejamos saindo de um período festivo e de meias férias, eu esteja mais prá lá do que prá cá... E fico me perguntando o que este 1998 nos está preparando.

Todos sabemos que este é um ano atípico porque depois do carnaval (de todos os anos) temos a Copa do Mundo e a propaganda eleitoral. Esta estará dando início à preparação das eleições e reeleições (grande novidade na vida brasileira) e que vai ocupar nossas atenções.

Não vou entrar pelas reflexões em torno das forças alienantes desses acontecimentos e o quanto os políticos possam ou não se utilizar de eventos como esses para se notabilizarem. Muito já se escreveu sobre isso e ainda muito se escreverá neste e em tempos futuros. E as telecomunicações, o que farão?

Pois bem, se alguém perguntava se o ano passado teve dois meses a menos este será composto só de seis meses? Não sei se tanto, mas será muito acelerado.

O novo ano começou no dia cinco, o que já demonstra a sua pressa.

E há, pelo menos no meu interior, uma certa ansiedade e inquietude que pode ser coisa do cronista tão-somente, mas também pode ser a sensação daqueles que muito interagem e que alguns dizem que são os sensitivos. De alguma forma, no entanto, há uma expectativa no ar que nos indica que 1998 passará mais rápido e que já já estaremos desejando boas festas e feliz ano novo.

Como disse no início, hoje a inspiração não chegou e estou como que sentindo a lentidão dos dias de ressaca, e o pior da ressaca sem o prazer do bom vinho ou da champanhe da melhor qualidade. Acho que está muito ligado ao espírito daquele que muito ganhou e muito foi festejado no ano passado e está ainda embriagado por tantas demonstrações de carinho e amizade. Tanto que chegou a escrever uma "retrospectiva de um ano feliz" na qual registrou um sem número de manifestações de apreço que recebeu.

Depois de um momento de grande cansaço, o cronista se deu conta do que é "stress" e procurou retornar ao mundo saudável dos seres humanos, encontrando o seu tempo e não vivendo o tempo dos robôs. E pôs de lado, de cara, o relógio. Quando o tempo exigiu que o marcador de horas voltasse ao pulso não mais o encontrei. Passados mais de dois dias fiquei sabendo que ele ocupava um outro espaço, numa casa muito antiga e guardado num lugar muito seguro. O saber ingênuo da neta mais velha o levou e o conservou para que o final do ano, como num mundo mágico, as horas não contassem e o avô pudesse se esquecer que o tempo passava.

Assim se fez o período de tempo que vivi, desde o último compromisso oficial do homem público até que, de novo, retorne às funções do mundo real. É um momento bom e não tão bom, pois sempre precisamos estar na ativa, embora seja imprescindível saber parar e desligar.

Que o Ano Novo possa ser, como diziam os antigos, um feliz Ano Bom!

A Serra do Itapeti

Esta não é a primeira vez que escrevo sobre a ex-belíssima Serra de Itapeti. Ainda no final do ano passado me referi a ela quando abordava a questão da verticalização de Mogi das Cruzes. Não será, com certeza, a última vez que falarei dela, que sempre será um espaço de encantamento.

Alguns poucos deverão se lembrar de um filme: "Amar foi Minha Ruína", cuja atriz principal era Gene Tierney, uma das mais belas artistas de Hollywood, nas décadas de 1940 e 1950. Pois, dizia-se que o filme tinha sido rodado em uma das mansões que davam um tom especial à região dos Sete Lagos.

O que terá acontecido com as casas e com os Sete Lagos? Estes, se ainda existem, certamente estarão poluídos e se tiverem peixes, são dessas qualidades especiais para os "Pesque-Pague", que também poluem o mundo rural brasileiro, em especial em São Paulo.

Outros tempos estamos vivendo. Nos meus tempos de menino e rapaz, pescar era uma prática e uma arte daqueles que sabiam preparar as varas – todas simples –, colocar as chumbadas e os anzóis – estes adequados aos peixes que queríamos fisgar – e a escolha do local – à beira dos rios para mostrar as habilidades de cada um. Pescar era, acima de tudo, perícia. E os rios eram os locais da pesca. As corredeiras ou os remansos, enfim, era também trabalho. Pescar em lagos ou lagoas só naqueles ou naquelas formadas nas margens dos rios, depois das enchentes. Hoje os peixes são criados por granjeiros que os vendem para aqueles que exploram a pesca em lagos artificiais. É outro o prazer! Os rios piscosos se formavam de todos os pequenos afluentes que desciam as serras. Um desses mananciais era a opulenta Serra do Itapeti: além de bela e resplandescente, era rica tanto na flora quanto na fauna. Quase intocada, ela viveu desde os tempos da minha chegada por essas bandas, em 1939-1940 e até, pelo menos, 1965. Creio que foi por aí que escrevi a minha primeira carta ao leitor dirigida aos jornais da capital falando da necessidade de preservá-la.

Em muitos momentos, depois de passar pela serra e ao chegar a Mogi ou a São Paulo, eu, novamente, vendo os estragos sendo feitos, chamava a atenção das autoridades e do povo de Mogi para o descalabro que os meus olhos viam. Mogiano distante, mas não ausente, eu não deixava de lembrar que a Serra do Itapeti é o pulmão da cidade. Nestes últimos tempos quase todos os dias há notícias e fatos atestando a devastação. Aos poucos os edifícios subirão os morros e a cidade crescerá árida e triste, e quando muito o verde existirá em jardins artificiais entre os prédios. Dirá alguém que isso é o progresso. Dirão também que eu sou conservador demais, desejando que o tempo pare. Talvez eu esteja errado e o crescimento urbano pela serra seja somente mais uma etapa da evolução dos homens e suas máquinas maravilhosas.

Eu não gosto de pensar na Serra do Itapeti sem o seu verde natural, mas quem sabe, um dia, alguém proporá que se pintem todas as casas de verde para esconder a serra ressequida. Aliás, já houve quem propusesse pintar as favelas para esconder a pobreza!!!

MOGI DAS CRUZES... SÉCULO XXI

O homem que escreve vive de suas impressões e sensações. Às vezes sente mais do que percebe, outras ao contrário... Traduzir seus sentimentos é que são eles.

Li, dia desses, em *O Diário* que há um novo Plano Diretor a organizar o sítio urbano e a projetar o futuro de nossa Mogi das Cruzes. Parei um pouco para me perguntar se os historiadores de Mogi, em especial Isaac Grinberg e Jurandyr Ferraz de Campos, foram ouvidos em alguma fase desses estudos. Mas também não tenho detalhes do que se preparou visando à normalização do crescimento da cidade.

Como antigo professor de história e cidadão desta vila e cidade quatrocentona, comecei a me lembrar do quanto aprendi com Jair Rocha Batalha, o poeta Mello Freire, Dona Ignes, Maria Nair de Castilho sobre o nosso passado, até heróico. Passa pelos bandeirantes, pelos primeiros moradores, todos incógnitos; passa também por famílias tradicionais, estas convivendo com as autoridades do Império e da República. Se aprendi, e bastante sobre nossas tradições com esses mestres, também convivi com a cidade bastante simples e até pequena que teve no seu centro um núcleo urbano colonial de raro valor.

Gradativamente, os diferentes surtos de progresso foram mudando a fisionomia da cidade que eu conheci em 1946, quando fiz meu exame de admissão no Ginásio do Estado. Se paro para pensar não consigo refazer de memória os belos edifícios, os casarões e casas que compunham as ruas Dr. Deodato, Paulo Frontin, José Bonifácio, Senador Dantas, Coronel Sousa Franco, Ricardo Vilela. Muitas vezes falei desse núcleo central. Era uma Ouro Preto a cinqüenta quilômetros do centro da cidade de São Paulo. A esse centro de Mogi agregaram-se, em tempos diferentes, a Estação Rodoviária, o edifício onde se instalaram o Itapeti Club, o Cine Urupema e o Bazar Urupema (este sempre lembrado pelas figuras humanas incomparáveis de Dona Júlia, Toshio e Takeo) e o Bar do outro lado, onde o Chico Lopes sempre insistia: "Rapagão, o cafezinho é meu" e ia, no seu jeitão, fazendo a sua campanha política, quase sempre vitoriosa.

Mais um pouco abaixo a rua Brás Cubas, onde havia residências imponentes, como a dos Straube, que ainda está de pé, embora descaracterizada, e, mais adiante, todo o significado do bairro que abrigava o campo do Vila Santista. Lembranças, lembranças, guardadas no meu espírito e no meu coração, e que podem ser revistas na obra de Isaac Grinberg, em que há uma verdadeira memória fotográfica da cidade.

Baseado na própria história mais recente de Mogi pode-se entender que a nossa cidade não manterá nada de seu passado e se sobrarem a Igreja do Carmo, o Casarão da Esquina, o Teatro Municipal e a Igreja de São Benedito será muito. No mais, muitos prédios, muitos conjuntos de condomínios, muitos edifícios inteligentes e então, o futuro promissor de hoje.

Será que nesse século XXI restará um disquete ou um CD-ROM lembrando os séculos XVII, XVIII, XIX e XX? Ou simplesmente viveremos aquele presente, o do século XXI?

SÃO SEBASTIÃO

Hoje é dia do meu santo protetor, São Sebastião. Creio que ele, aliado ao meu outro santo de devoção, São José, sejam os responsáveis pelos meus sucessos e também por não terem permitido que eu sofresse além do necessário. Procurava algo sobre o que falar e, de repente, me lembrei que era bom falar de São Sebastião no dia dele. Afinal quantos Sebastiões eu conheço que assim se chamam por terem nascido no dia do meu santo. Eu já contei, neste mesmo espaço, em algum momento, que eu me chamo José Sebastião porque minha mãe, muito religiosa – e que por isso chegou a presidenta da Irmandade do Sagrado Coração –, escolheu os nomes em função de eu ter vindo ao mundo num dia 20 de janeiro, há 66 anos, e vivermos numa fazenda São José. Se não é verdade é o que sempre se disse. Enfim, diziam que eu ainda deveria ter mais um nome, que seria Eduardo.

Mas também o dia de hoje é o último do signo de Capricórnio e quase em Aquário, o que também deve complicar a personagem que nasceu no limite de dois signos tão marcantes e especiais. Às vezes não sei se entendo dessas coisas zodiacais e se sou, por outro lado, capaz de ignorá-las. Mas não é hora de falar de signos e sim de pensar em São Sebastião.

Pretendia escrever algo erudito. Alguma coisa que mostrasse, ao lado da religiosidade, um pouco de conhecimento da vida e da sagração daquele que eu elegi meu protetor. E nem sei se ele gostou de ter sido escolhido por mim. Porém aí estamos nós. Depois de ter escrito três ou quatro textos diferentes e até muito melhores que este (será?) resolvi ir rolando o que desse e viesse do meu jeito mais despreocupado. E deu nisso que aí está, marcando o dia do santo querido e que também empresta seu nome a duas cidades maravilhosas – Rio de Janeiro e São Sebastião, em São Paulo. Nelas é dia santo e feriado. Mas também tem gente que, como eu, chama José Sebastião, Sebastião, Benedito Sebastião. E são todos muito boa gente.

Ia escrever mais sobre o santo e suas histórias, mas não pude resistir aos impactos desta semana e resolvi, relembrando com muito medo dos tempos da inflação e da censura aos jornalistas e intelectuais de pedir a São Sebastião e evitar que os afobados e os maus brasileiros determinem a corrida aos supermercados e como consequência volte, de novo, a ciranda financeira e o aumento de todos os preços. Peço ao santo, no seu dia, porque não vejo saída pelos caminhos normais. Acho que estou com medo de uma recaída e assustado com a falta de bom senso de nossos políticos.

Oscar, Mogi e Fernanda

A esta altura todos já falaram tudo sobre o Oscar, as decepções, "os arranjos" da Máfia, a injustiça, além da "desimportância" do prêmio.

Quero, no entanto, também falar do Óscar ou Oscár, neste meu cantinho e de Mogi das Cruzes no contexto mundial do cinema.

Pouca gente deve lembrar da história. Nunca soube se era verdadeira ou não, porém foi objeto de muito comentário lá pelos anos de 1940 e 1950. Nem sei se alguém ainda se lembra de uma atriz, muito bonita para os padrões da época – Gene Tierney. Nem sei se existe alguém, nesta nossa Mogi, que tenha assistido no Parque, Odeon, Urupema ou Avenida, o filme "Amar foi Minha Ruína". Pois bem, o filme e a atriz fazem parte de um momento em que se dizia que ele tinha sido rodado na Serra do Itapeti, nos Sete Lagos. Diziam alguns que o filme todo, outros, que só algumas cenas. E criou-se, então, como sempre, a expectativa de aparecermos – nós mogianos, através da Serra – pelo menos na propaganda hollywoodiana. Havia, mesmo, uma expectativa, e nada aconteceu.

Lembrei-me disso nestes dias que antecederam a mais uma premiação com o Oscar. O Brasil, mais uma vez poderia trazer a "taça", ou melhor, a estatueta. E, como sempre, o "já ganhou", que é nossa marca, voltou para a cena. Os jornais, as TVs a cabo ou não, as revistas não falavam de outras coisa, e mostravam as grandes chances de sermos os vencedores, com "Central do Brasil". O filme é bom, a história é ótima e Fernanda Montenegro, excepcional. Mas, como a própria atriz cansou de repetir, tanto o filme como ela tinham atingido um ponto muito bom no cenário internacional e esta era a vitória. Fernanda tinha certo que não chegaria lá e que o poder econômico impediria "Central do Brasil" de ultrapassar o degrau da indicação para o Oscar. Chegar onde chegou é pouco para aqueles que só se contentam com o primeiro lugar, seja em brigas de galo, campeonatos de futebol regionais ou mundial, ou Fórmula 1. Chegar dentre os quatro primeiros sempre é uma marca excepcional, em qualquer país do mundo.

A festa da premiação de Hollywood sempre é bonita e tem tudo a ver com a fantasia criada pelo cinema. É um dia de sonho e de muita ilusão. Todos aqueles que dela participam sentem que os resultados já existem, mas fingem emoção quando o apresentador anuncia: E o prêmio vai para... Aplausos, sorrisos, nem sempre grande alegria ou emoção.

Mas, a festa acabou, os jornais trazem alguns detalhes daquilo que aconteceu, a TV registrou e reprisará, certamente, alguns momentos do espetáculo e, em seguida, todos voltaremos a viver o dia-a-dia e com ele nos absorveremos até que alguém, de novo, encontre um evento onde seremos vencedores e tudo acontecerá "tal e qual". E, também, novas decepções até que o penta campeonato de futebol resgate o nosso amor próprio. Isto não está longe.

Valeu Fernanda Montenegro, valeu Walter Salles, valeu menino Vinícius de Oliveira. O Oscar foi para a Itália mas vocês, que já eram vencedores, puderam mostrar o quanto se pode com persistência e humildade.

E Mogi, que também torceu, continuará esperando que novos diretores escolham a Serra de Itapeti para novos filmes e assim possa ver a sua reserva ecológica preservada.

Amparo, Mogi, Santa Maria

Voltava de Santa Maria, depois de uma ida muito tumultuada, e durante a viagem pensava nas muitas vantagens de ser professor universitário. Apesar de todas as dificuldades da vida de professor, qualquer que seja o nível – primário, secundário ou superior – ela traz compensações inúmeras e inponderáveis. Uma das oportunidades que a minha vida de professor universitário me deu foi a de viajar pelo Brasil. Praticamente o conheço todinho.

Desde a saída de Santa Maria, voando baixo num Brasília da Rio-Sul, que me levava a Porto Alegre, de onde voltaria para São Paulo, lembrei-me muito de Mogi e de Amparo. Pensei muito naquilo que essas cidades tem a ver com a minha vida nestes últimos anos. E foi inevitável que nascesse a vontade de mostrar suas semelhanças e grandes e pequenas diferenças. Comecemos pela localização geográfica. As três têm, no entorno de seus sítios urbanos, montanhas tão assemelhadas que impressionam. Todas têm muito parecidas as suas chegadas pelas rodovias que a elas conduzem. Montanhas que são os pulmões de todas e que vão aos poucos sendo devastadas. Apesar do descuido essas montanhas são encantadoras. De todas, a nossa Mogi das Cruzes é a mais antiga, surgida, apesar das controvérsias, no século XVI, pouco depois dos descobrimentos e do início da epopéia bandeirante. Tem sua história colonial marcada pelo processo de expansão às regiões mineradoras e à penetração pelo interior de nossa pátria. É uma cidade com fortes tradições e com um papel enorme a ser desempenhado na vida econômica e social do Estado e do país.

Santa Maria, que é Santa Maria da Boca do Monte, plantada no centro do Rio Grande do Sul, e Amparo, são mais novas, mas nem por isso com menos tradições. Amparo, talvez, no Estado de São Paulo, seja a cidade que melhor preserva o seu sítio urbano. Não tem sido possível manter melhor a própria cidade por falta de uma política preservacionista bem delineada. Tenho acompanhado, no entanto, o esforço da Secretaria de Cultura da cidade de Amparo no sentido de manter as tradições da região e, ao mesmo tempo, realizar empreendimentos no setor artístico. Este mês de abril foi marcado pelos festejos dos 170 anos e realizado mais um salão de artes plásticas que conseguiu a proeza de ter quase 700 obras inscritas. Uma beleza. Se Amparo nos impressiona por determinados eventos culturais, Santa Maria nos encanta também pela quantidade de realizações na área cultural e acadêmica. São muitas as teses de doutorado e mestrado realizados lá naquele longínquo rincão gaúcho ou feitas em São Paulo pelos estudantes de Santa Maria. Há muita semelhança de Santa Maria com Mogi por suas escolas de nível superior. Guardadas as proporções e as características próprias de cada região, Mogi e Santa Maria tem universidades de porte e que buscam se consolidar. Em Mogi, a UMC e a UBC; em Santa Maria, UFSM e a FIC. Neste setor Amparo ainda não deslanchou.

Amparo, Mogi e Santa Maria, no entanto, tem algo muito caro para este cidadão cronista. Em cada uma delas alguns parentes muito queridos e uma multidão de amigos. São tantos os amigos que nem sempre consigo ver a ínfima parcela deles todos, em cada viagem.

Gostaria que as três cidades ficassem a 30 km uma da outra para que eu pudesse estar nelas com muita constância e, em cada uma ter o mesmo espaço que consegui em Mogi das Cruzes, que me viu crescer e me ensinou a ensinar. Devo tanto a esta Mogi que não sei o que ou como fazer para transferir a ela toda a minha gratidão. Falar destas três cidades, onde passei bons momentos, neste mês de abril, é uma forma que encontro de, ao destacá-las, lhes prestar uma humilde homenagem. E nesta homenagem lembrar a importância dos cidadãos que fazem delas a razão de viver. E por falar em cidadãos e lembranças deixe-me registrar, neste momento, toda a minha tristeza por não ter convivido com tantos amigos na Feijoada do Willy, que sei pelo Roberto e Cidinha Pires ter sido o maior sucesso. Mais uma vez quem perde é quem, como eu, não pôde conviver com tantos amigos e conhecidos num acontecimento marcante no mundo social de Mogi. Quero deixar meu registro e os parabéns ao Willy Damasceno, que ama Mogi tanto quanto eu e a ela tem se dedicado com muito carinho e tenacidade, além de persistência.

Patrimônio Cultural e Histórico

Há momentos que me pergunto por quê voltar ao tema.
Não vejo nenhum movimento de autoridades, da sociedade civil,
de instituições educacionais e culturais desta nossa Mogi, que fosse
resultado daquilo que escrevi em tantas crônicas, aqui, no Caderno A.
Vi, por *O Diário*, quase desanimado, a foto de um edifício
histórico de nossa cidade que foi embora. Logo haverá um estacionamento no local (o caso do prédio da antiga Prefeitura é exemplo
indiscutível) e, na seqüência, um novo edifício de dez, quinze, vinte
e cinco andares. E daí, reclamar para quem? Antigamente mandava-
se reclamar para o bispo. E eu o fiz a D. Paulo Evaristo Arns e, com
ele, salvamos muitas coisas lá por São Paulo. Não fora por ele onde
estaria, hoje, a história da Igreja Católica? Pois ele a preservou, com a
modernidade necessária, lá no Arquivo da Cúria Metropolitana, no
bairro do Ipiranga. E a nossa história onde anda? Se não fossem Isaac
Grinberg, Jurandyr Ferraz de Campos e o inesquecível Horácio da
Silveira dela, certamente, não haveria mais vestígios. Mas, se eles nos
legaram muitos bons livros e artigos e ainda nos trarão novas
contribuições, o que esperar da nossa história mais recente? É evidente
que os jornais mogianos, em especial *O Diário*, registram o nosso
acontecer, porém não basta. É preciso garantir a boa preservação
daquela produção documental do presente. E não adianta apelar para
a qualidade dos registros da informática e tudo o que ela nos reserva
no futuro. É preciso muito mais.

É momento de todas as escolas de Mogi das Cruzes começarem uma cruzada para manter os edifícios históricos como bens tombados e preservados. É momento de todos os cidadãos se unirem para evitar a definitiva demolição do que restou. Corremos os riscos de catástrofes como as que têm sofrido muitas de nossas cidades com enchentes, incêndios, desmoronamentos, enfim, aquilo que o acaso não nos permite evitar.

Também há o descuido de todos nós, que não acreditamos que o pior possa acontecer conosco ou com coisas que amamos. E por não lutarmos todos unidos é que vimos tantas obras-primas de nossa arquitetura colonial e dos primeiros tempos da República, para não falar dos casarões do tempo do Império, acabarem no chão. Nos seus terrenos, prédios de mau gosto, embora necessários, imprescindíveis é verdade. Mas falta um bom plano diretor. Mais que isso, um plano viável, definido e, de fato, cumprido. Será que veremos isso acontecer? É preciso dar o primeiro passo. Nessas horas, quando paro para pensar, volta a imagem do Horácio e de Dona Guiomar Pinheiro, que nos deixou há pouco. Perdemos, nesse dia, uma bandeira, porém a sua lembrança e a sua imagem de lutadora deve ser o exemplo a ser seguido. Talvez a figura dela possa nos fazer pensar melhor em tudo o que queremos de nosso futuro e quem sabe encontremos na sua personalidade o êmulo para lutar pelo nosso patrimônio cultural. Chico Ornellas é outro pilar em que podemos nos apoiar para a nossa empreitada. E, por falar nele, quero, ao mesmo tempo em que elogio o seu "A Elite que Faz uma Cidade" (Domingo, 2/1/2000) – especialmente porque o cronista lá está com sua imagem de 42 anos atrás –, não o perdôo por não ter identificado e nem o Dr. Jair Monsores ter lembrado da professora Nair Nakayama, uma das melhores professoras de Matemática do nosso tempo. Ainda mais, uma das belas mulheres desta cidade. E por falar dessa elite, por onde andará Nair? Daquela foto alguns se foram, mas, os que ficaram já são, sem dúvida, patrimônio cultural ou peça de museu.

E já que estamos no tema de nosso patrimônio, é bom lembrar da notícia que me chegou, também por *O Diário*, em artigo de Margareth Sato (Domingo, 26/12/1999). Nele podemos constatar o estado precário da Igreja de São Sebastião (logo a capela do meu protetor?) e que está ameaçada de desabar. Há reação da comunidade, porém falta apoio efetivo. Será que não é hora de partirmos para a defesa desse patrimônio e transformá-lo num exemplo de ação? As lembranças de José de Lima Martins, captadas também por Margareth, nos dão conta do papel da comunidade e o quanto podem homens e mulheres quando se reúnem em defesa de um ideal ou de um projeto. A igreja, concluída em 1928, foi iniciada em 1904. E Martins lembra com carinho que "A igreja era pequenininha, como eu era; parece que foi crescendo junto comigo". E ele pode acompanhar tudo o que se passa com a capela, que também é sua porque mora a vinte metros de distância.

Acho que esta capela e seu santo merecem cuidado e é ela o referencial do início do ano 2000 para todos nós que ainda acreditamos na importância da preservação da nossa história e do patrimônio cultural.

CASARÃO E PATRIMÔNIO

Há poucas semanas eu falava sobre o nosso patrimônio cultural. Volto a falar porque li, em *O Diário*, que empresas devem apoiar a restauração e a preservação do Casarão do Chá. Espero que se concretize a idéia de se fazer parcerias com empresas preocupadas com os benefícios de se contribuir para a preservação de nossa história. Há, e não poucos, empresários que querem ajudar nessa difícil tarefa. Muitos deles não se preocupam com as leis de incentivo fiscal ou outros benefícios legais, pois tão-somente querem ver mantidas as nossas tradições.

Mogi das Cruzes tem no Casarão do Chá um símbolo. Todos aqueles que vivem e convivem com a nossa história e com a cidade nos últimos tempos sabem de sua importância e o que significou a chegada daqueles que a construíram e preservaram até bem pouco tempo. O tempo passou, a cidade cresceu e, em grande parte porque eles, os japoneses, chegaram a Mogi das Cruzes. Chegaram e foram conquistando o seu espaço como, aliás, fizeram em todo o Brasil.

Desde a primeira leva de imigrantes japoneses, chegados em 1908, até hoje, eles passaram a fazer parte do nosso universo e, aos poucos, foram buscando o seu lugar. No princípio houve o preconceito e, durante muito tempo, muitos amigos e parentes não aceitavam essa raça estranha. Hoje, ao contrário, não há quem deixe de reconhecer o papel desse grupo na nossa vida diária.

O Casarão do Chá, por tudo que ele representa e por sua marca na paisagem mogiana, merece o apoio de todos nós, simples cidadãos ou autoridades constituídas.

Vale lembrar que os japoneses, quando chegaram no começo do século XX, vinham complementar a saga de tantos outros grupos que deixavam seus países de origem para tentar "fazer a América". Antes deles, no século XIX, vieram suíços, alemães, espanhóis, franceses, poloneses, austríacos. Não esqueci dos italianos, não precisam ficar bravos. Aliás, quem não tem um pouco de sangue europeu nas veias não é bem brasileiro. Calma, também não esqueci dos portugueses. Estes, como os espanhóis no resto da América espanhola, quase nunca são vistos como imigrantes, mas conquistadores. Mas, de uma forma ou de outra o Brasil é um país de imigração. Ou pelo menos o foi até bem pouco tempo. Hoje já ouvimos falar da saída de tantos brasileiros para o exterior que começamos a pensar que passamos de país de imigrantes para um país de emigrantes.

Porém, aqueles japoneses que para cá vieram para ampliar ou não o império japonês, acabaram por se constituir num ramo especial de brasileiros (mestiços ou não) que muito tem ajudado Mogi a crescer e a se modificar culturalmente. Por isso, com a finalidade de manter viva a imagem daqueles que aqui chegaram no início do século XX, é que precisamos nos unir à comissão que cuida do casarão e todos juntos criarmos meios de ver o edifício sempre exuberante.

Há um ano atrás, creio eu, li aqui mesmo em *O Diário*, que esse grupo de pessoas, somando-se à sociedade mogiana partia, decisivamente, para a luta da salvação desse patrimônio. Esta última notícia traz uma fotografia de arquivo. Fiquei a perguntar se faltou vontade de a reportagem registrar o que já foi feito no bem público nestes últimos tempos ou se nada foi feito e a situação piorou e não era bom registrar. A conferir.

Por falar em patrimônio, é bom lembrar o Corinthians paulista, que também merece registro e não pode ser esquecido como um bem a ser tombado. Tombado pelos órgãos de defesa dos nossos bens culturais e também tombado no chão da disputa esportiva por outros campeões paulistas. Por enquanto, vale parabenizar a nação corinthiana e ressaltar as figuras de Dida e Elton, dois valores que despontam no cenário esportivo nacional.

E dizer, também para o Edmundo que ele precisa começar a pensar na vida, pois o Vasco merecia e teria outra sorte se não fosse a displicência e a pretensão do jogador. Saudações ao grande vascaíno, o jornalista Moacyr Japiassu, condutor da Revista *Jornal dos Jornais*, que acaba de ganhar um dos prêmios Esso de Jornalismo.

Socorro

Nem estou pedindo ajuda ou SOS, nem me refiro a tantas pessoas amigas ou conhecidas que se chamam Maria do Socorro, Socorro ou Socorrinho. E são muitas e inesquecíveis criaturas e, quem sabe um dia, inspirado, falo de todas ou de algumas. Hoje me refiro ao bairro do Socorro, um dos novos referenciais de Mogi das Cruzes. Custei a entender que a UMC, o Clube de Campo e o edifício Antares ficassem localizados no bairro do Socorro. Isto porque na lembrança do velho professor o Socorro era muito distante. Esqueci que já morei nele, na Adelino Torquato, nos tempos em que a luz elétrica não chegava, de pronto, a todas as casas. Tive um novo olhar sobre a cidade a partir dele. Era uma tarde de sol, muito sol, calor quase insuportável (senegalesco como se dizia nos meus tempos de jovem), porém, por força do hábito e pela necessidade de manter o fôlego, resolvi andar. E, andando, passei pelo shopping e resolvi rever a capela do Largo do Socorro. Quando lá cheguei, decepção, as portas da igreja se fechavam. Havia esquecido da nova prática, necessária aliás, e me veio a lembrança de uma letra de música que sempre me marcou. Dizia ela, mais ou menos, isto: "Esta porta não se fecha, contra ela não há queixa, são os braços de Jesus..." Lembram-se?

A partir do momento em que as portas se fechavam, mudei meus planos e comecei a olhar ao redor e fui notando, nos detalhes, as mudanças ocorridas naquele pedaço de Mogi.

Se puderem me acompanhar, imaginem alguém caminhando na direção do centro, de costas para o Largo, vistas percorrendo os espaços, ora vendo a Serra, ora indo de encontro aos diferentes edifícios que circundam o shopping ou servem de moldura para o *campus* da UMC e da UBC. Surpresas e mais surpresas. Os velhos córregos ou rios, afluentes do Tietê, desapareceram, e hoje correm debaixo do asfalto. Dessa forma evitam inundações cá no Socorro e as transferem para outros pontos mais baixos. Aliás, não tenho ouvido falar de grandes inundações da cidade nos últimos anos. A última vivi em toda sua intensidade quando tentava convencer o professor José Enio a assumir responsabilidades da nossa terra e a mostra daquela chuvarada quase o fez desistir. Mas ele veio e ficou. A Serra do Itapeti, vista nas brechas, está sendo comida e as conseqüências serão terríveis. Não sei o que é preciso para se dar um basta à devastação que vem ocorrendo nestes últimos tempos.

Num outro ângulo são vistos os "flats" acadêmicos ou não e o Clube de Campo, que mantém o nome pela tradição pois ele está envolvido por ruas e avenidas que o colocam no meio do mundo urbano.

No meu caminhar ia buscando imagens e me perguntando o que restara do bairro onde existia a "Chácara da Yayá", os campinhos "esmaga-sapo", onde buscávamos aventuras ou tentávamos mostras as nossas competências como "boleiros", ou simplesmente o que ainda existe das antigas trilhas para se chegar a Estância dos Reis? Nada ou quase nada, além do traçado das atuais avenidas que nos conduzem aos diversos pontos da nova Mogi.

As mudanças foram muitas e o bairro é outro e daquele Socorro talvez só reste a Igreja (vou conferir o seu interior), porém, ainda é charmoso.

Voltaremos ao Socorro e a outros cantos de Mogi para tentar falar daquilo que uma fotografia poderá melhor retratar.

ITU – UM EXEMPLO

Nas andanças costumeiras pelo interior do Estado de São Paulo, desde 1963, conheço a cidade de Itu e admiro o modelo de preservação de seu passado arquitetônico. Também nela são mantidas as tradições históricas, religiosas, folclóricas com um profundo sentido do conceito de cidadania.

A minha última estada, no dia 10 de junho, quando a Festa do Divino acontecia também lá em Itu, me permitiu rever a cidade histórica e o esforço de seus cidadãos e autoridades para recuperar as praças públicas do centro da cidade. Há, é verdade, muitas críticas a todos que pretendem dar um novo/ antigo visual para elas, mas considero oportuna a iniciativa. Dizem alguns cidadãos que a cidade perdeu seu encanto, mas não vejo com esses olhos. Itu ganhará, em curto espaço de tempo, um novo visual e, com o passar dos dias, meses e anos, a lembrança será a de que a cidade que é histórica ganhou o *status* que precisava para permanecer, apesar do implacável tempo, moderna enquanto preservada. Não tem sido fácil tocar o projeto e chegar ao melhor termo. Tem sido, conforme sou informado, um trabalho incansável, persistente e constante, e cada nova pedra ou árvore replantada uma vitória, festejada com entusiasmo.

Aos poucos, é bem verdade, o centro histórico de Itu vai sendo, como em quase todas as cidades progressistas (Mogi é exemplo disso), cercado por um conjunto de edifícios de muitos andares, como que a sufocá-lo. Entretanto, apesar dos pesares, a cidade se conserva e bem.

Nela estão ainda muito bem conservadas as suas igrejas, as escolas e o casario. Os tempos da construção são diferenciados. Existem remanescentes do século XVIII, do século XIX e do século XX. Lembremos do edifício onde está o Museu Republicano "Convenção de Itu", edificado em 1873 e que serviu de ponto de reunião para os convencionais republicanos, que, nessa casa, criaram o PRP (Partido Republicano Paulista). E poderíamos ir enumerando tantas outras edificações para demonstrar o quanto o ituano é consciente do valor de sua história. É das poucas cidades que luta para preservá-la.

Lembrar de Itu, neste momento, tem muito a ver com a coincidência, deste ano, de ela e Mogi festejarem o Espírito Santo no mesmo período, o que me impediu de ver a "Entrada dos Palmitos", porque eu estava vendo o desfile de lá. As notícias da imprensa mogiana, no entanto, me permitem imaginar que estamos vivendo, em nossa cidade, uma mudança na festividade tradicional, e que este ano não surgiram os palmitos ou suas folhagens durante a peregrinação de 10 de junho. E também a promessa de surpresas para o ano que vem. Será que o mais autêntico não está no manter o Divino no seu formato atual? É para todos nós pensarmos. Não será melhor que a festa seja em maio para que junho possa, aos poucos, ir retomando os festejos juninos que homenageiam Santo Antônio, São João e São Pedro? Pensem, senhores festeiros, bem como todos nós, sobre a manutenção de nossas tradições e a preservação do histórico que ainda permanece e insiste em continuar existindo.

A nossa Mogi das Cruzes está merecendo muito cuidado e está pedindo a todos nós, cidadãos e autoridades, que a olhemos em todos os momentos de cada dia e pensemos numa ação que a revitalize em todos os sentidos. É preciso encontrar uma fórmula para que ela venha a ter novamente alguns encantos que fizeram dela uma cidade moderna e progressista, com valores urbanos equivalentes aos das melhores cidades de nosso interior. E não são necessárias longas pesquisas para encontrar fotos e documentos que nos levem de volta aos padrões de qualidade de vida que Mogi das Cruzes já teve e que Itu tem e a cidade mantém com o esforço de toda sociedade. As comparações, muitas vezes, são amargas, porém, são necessárias para que nos coloquemos na defesa de patrimônio de valor inestimável que é aquele que esta cidade tem.

FONTE

O DIÁRIO – MOGI DAS CRUZES
CADERNO A – QUARTA-FEIRA

EU

CALHAUS E BURGAUS, 20 de março de 1996.

NÓS, OS ENVELHECIDOS, 10 de julho de 1996.

NOSTALGIA, TALVEZ, 21 de agosto de 1996.

AS NORMALISTAS, 9 de outubro de 1996.

A INESQUECÍVEL CONFRARIA DO ETTORE, 12 de dezembro de 1995.

CONFRARIA DO ETTORE, 18 de dezembro de 1996.

"CINEMA PARADISO", 15 de janeiro de 1997.

LADY, 5 de março de 1997.

"QUEM QUISER FAZER POR MIM...", 30 de abril de 1997.

A NOVA DESIGUALDADE, 9 de julho de 1997.

GUARAREMA, 24 de setembro de 1997.

GUARAREMA II, 1 de outubro de 1997.

GUARAREMA III, 5 de novembro de 1997.

PORTOS FELIZES, 8 de outubro de 1997.

SESSÕES SOLENES, 17 de dezembro de 1997.

ISSO É PRA CACHORRINHA? 21 de janeiro de 1998.

O ÚLTIMO BOÊMIO! 20 de maio de 1998.

A BANCA DA ESTAÇÃO, 12 de agosto de 1998.

AS SECRETÁRIAS, 30 de setembro de 1998.

NOS TEMPOS DO TIRO, 4 de novembro de 1998.

ESCOLAS NORMAIS, 11 de novembro de 1998.

UMA COLUNA QUE É UMA FESTA, 2 de dezembro de 1998.

CRÔNICA DAS "CRÔNICAS", 9 de dezembro de 1998.

SÓ SE LIBERTA QUEM MUDA A DIREÇÃO DO OLHAR, 16 de dezembro de 1998.

O BECO DO INFERNO, 27 de janeiro de 1999.

SAUDADE, 3 de fevereiro de 1999.

GUARAREMA – MAIS UMA VEZ, 3 de março de 1999.

CALOUROS DE 1958, 7 de abril de 1999.

MOGI, SEUS ARQUIVOS E MUSEUS. SUAS HISTÓRIAS, 2 de junho de 1999.

PRECIOSIDADE, 23 de junho de 1999.

PANATHLON E JUBILEU, 18 de agosto de 1999.
FUTEBOL + FOTOGRAFIA = ARTE, 15 de setembro de 1999.
SINAL DOS TEMPOS, 29 de setembro de 1999.
OUTUBROS, 27 de outubro de 1999.
RELEMBRANÇA, 1 de dezembro de 1999.
A FESTA DAS LUZES, 8 de dezembro de 1999.
CÁ ESTAMOS, 5 de janeiro de 2000.
CERIMÔNIAS E RITUAIS, 9 de fevereiro de 2000.
QUE SAUDADE DA PROFESSORINHA!, 7 de julho de 2000.
A FESTA DO DIVINO, 14 de junho de 2000.
NO BERRO, 11 de outubro de 2000.
SHAZAM, 8 de novembro de 2000.
DIA DA BANDA, 15 de novembro de 2000.

GENTE

DOM JOSÉ, 17 de abril de 1996.
TENENTE SIMÕES, 3 de julho de 1996.
OBDULIO VARELA, 7 de agosto de 1996.
CRÔNICAS DE IVAN MAZZINI, 13 de novembro de 1996.
SEBASTIÃO HARDT, 27 de novembro de 1996.
PIETRO MARIA BARDI – UM VERO PROFESSOR, 26 de fevereiro de 1997.
BANDEIRANTES – GENTE, 2 de abril de 1997.
BALTAZAR – O CABECINHA DE OURO, 16 de abril de 1997.
O "LOBO MAU", 14 de maio de 1997.
DONA CARMEN, 28 de maio de 1997.
JOSÉ REIS, 2 de julho de 1997.
WALTER GEORGE DURST, 17 de setembro de 1997.
JOSÉ MINDLIN, 12 de novembro de 1997.
EURÍPEDES SIMÕES DE PAULA, 26 de novembro de 1997.
O PAPA PEREGRINO E O HERÓI CUBANO, 4 de fevereiro de 1998.
ODILON NOGUEIRA DE MATOS, 14 de maio de 1998.
ORLANDO SIGNORINI, 17 de junho de 1998.
UMC – A REALIZAÇÃO DE UM SONHO, 5 de agosto de 1998.
O REI DA VOZ, 19 de agosto de 1998.
O JOÃO "BARBEIRO", 26 de agosto de 1998.
DÉCIO DE ALMEIDA PRADO, 16 de setembro de 1998.
ODILON – 82, 7 de Outubro de 1998.
ISAAC GRINBERG, 18 de novembro de 1998.
MÁRIO COVAS, 13 de janeiro de 1999.
LÉA BRÍGIDA E AS FERROVIAS, 24 de fevereiro de 1999.
SEX...AGENÁRIO, 10 de março de 1999.
CHICO E SÉRGIO BUARQUE DE HOLANDA, 31 de março de 1999.
ANITA NOVINSKY, 14 de abril de 1999.

UM "PULO DO GATO" COM GENTE DA BANDEIRANTES, 5 de maio de 1999.
"SEU" ÁLVARO, 26 de maio de 1999.
IVAN BORGO, 30 de junho de 1999.
FIORI GIGLIOTI, 21 de julho de 1999.
O PROFESSOR E MESTRE MONTORO, 28 de julho de 1999.
AOS MESTRES COM MUITO CARINHO, 6 de outubro de 1999.
REENCONTROS, 10 de novembro de 1999.
O MILIONÉSIMO GOL, 24 de novembro de 1999.
DONA JÚLIA, 26 de janeiro de 2000.
TIA JÚLIA, 2 de fevereiro de 2000.
DONA GUIOMAR, 22 de março de 2000.
ARY SILVA, 5 de abril de 2000.
ADEUS JOSÉ, 19 de julho de 2000.
RAUL CASTREZANA, 23 de agosto de 2000.
AQUELE MENINO, 20 de setembro de 2000.
ALFREDO BOSI, 18 de outubro de 2000.

ESPAÇOS E COISAS

A MATRACA, 3 de Abril de 1996.
AUMC, 1 de Maio de 1996.
FUTEBOL – O PRESENTE E AS LEMBRANÇAS, 8 de maio de 1996.
ESCRAVIDÃO, 15 de maio de 1996.
CARTOLAS E TREINADORES, 29 de maio de 1996.
AS FESTAS JOANINAS, 19 de junho de 1996.
RESGATAR É PRECISO..., 26 de junho de 1996.
A SERRA DO ITAPETI E MOGI, 14 de agosto de 1996.
VIOLÊNCIA, VIOLÊNCIAS, 28 de agosto de 1996.
MOGI DAS CRUZES, 25 de setembro de 1996.
A IGREJA DO CARMO, 8 de janeiro de 1997.
O ARQUIVO DO ESTADO, 9 de abril de 1997.
DIÁRIO DE VIAGEM I, 13 de agosto de 1997.
DIÁRIO DE VIAGEM II, 20 de agosto de 1997.
TEOTIHUACAN, 10 de setembro de 1997.
ANO NOVO... VIDA NOVA?, 7 de janeiro de 1998.
A SERRA DO ITAPETI, 14 de janeiro de 1998.
MOGI DAS CRUZES... SÉCULO XXI, 24 de junho de 1998.
SÃO SEBASTIÃO, 20 de janeiro de 1999.
OSCAR, MOGI E FERNANDA, 24 de março de 1999.
AMPARO, MOGI, SANTA MARIA, 28 de abril de 1999.
PATRIMÔNIO CULTURAL E HISTÓRICO, 12 de janeiro de 2000.
CASARÃO E PATRIMÔNIO, 19 de janeiro de 2000.
SOCORRO, 16 de fevereiro de 2000.
ITU – UM EXEMPLO, 5 de julho de 2000.

Título	*Memorial de Mogi das Cruzes*
Autor	José Sebastião Witter
Produção	Ateliê Editorial
Projeto Gráfico	Ateliê Editorial
Capa	Ricardo Assis
Editoração Eletrônica	Mônica Santos
Revisão	Marilena Vizentin
	Cristina Marques
Formato	13,5 x 21 cm
Tipologia	Agaramond
Papel	Pólen Soft 90 g/m² (miolo)
	Cartão Supremo 250 g/m² (capa)
Impressão e Acabamento	Lis Gráfica
Número de Páginas	296
Tiragem	1000